傳家寶妻 1

風文創 909

秋水痕 著

目錄

序文

秋水痕

人在一生之中，會因為很多原因，與喜歡的東西失之交臂。

童年時，我好喜歡店裡賣的洋娃娃，但要價太昂貴，只能隔著櫥窗看兩眼，忍痛離開，跟媽媽說我不喜歡。可是回家後，依然時常想起它們。

許多年後，我能自己賺錢了，買了更大、更漂亮的洋娃娃。然而，那種喜歡的心情似乎已經消失不見，不管有多少洋娃娃，都彌補不了當初不得不捨棄的缺憾。

年少時，覺得自己不夠優秀，不敢向暗戀的對象告白，違心地告訴自己，要好好讀書，不能早早談戀愛。長大之後，對方來告白，我卻沒了年少時的悸動和純真。

成年後，有時自己仍要做出不喜歡的選擇，比如還就同事而喝酒；為了讓父母高興，說在外一切安好；想讓孩子多吃點，刻意拒絕喜歡的食物。

有人說，學會說謊，就是成長。這種成長，不是虛偽，是為了讓世界更加美好。

然而，我們的用心良苦，不一定是正確的。

很多年後我才知道，那天媽媽帶我出門，就是想送我一件生日禮物，以為我喜歡洋娃娃，結果我卻說不喜歡，讓她很失落。

暗戀的男生說，以前很喜歡我，卻害怕我不喜歡他，而不敢靠近。

我還就同事時，其實他們也在遷就我，甚至以為我喜歡喝酒，而不得不奉陪。說自己在外一切都好，父母反而更擔心，他們想在我遇到困難時幫忙解決，或靜靜地當個傾聽者；我把喜歡吃的東西讓給孩子，結果孩子只能自己吃，少了母子分享的歡樂。

所以，我們不要隨意跟喜歡的東西說再見。

正如文中的男主角，在遇到感情危機時，不顧一切去爭取，對抗強權，哪怕可能得罪天下最有權勢的人，可能粉身碎骨，也毫無畏懼，最終迎來轉機，金榜題名、洞房花燭，贏得人生的大滿貫。

過程中，女主角一直陪伴在他身邊，一起出謀劃策、一起承擔責任。

寫這個故事，是想告訴大家，人生的路看起來很長，其實不長。雖然生活在資訊十分發達的社會，偶爾一個錯身，可能就是一輩子；不經意間說的一句再見，可能就是永遠不見。

通訊錄裡的名單冷冰冰的，網路另一邊的聲音，就算再真實，也無法觸及。

想獲得幸福，一定要珍惜眼前人。愛家人，就告訴他們；喜歡什麼，在不傷害他人利益的前提下，可以大膽說出來；想去哪裡，要趁著年輕還走得動，及時規劃。

等我們老了，從時光長河撈取回憶的碎片時，會發現裡面有很多動人的瞬間。哪怕已經白髮蒼蒼，看著廝守一生的愛人，也可以說，此生無悔。

第一章 懲刁奴太傅教女

辰時末，第一縷陽光透過厚重的窗戶灑入室內，楊寶娘睜開了雙眼。

還沒等她開口，立在外頭的丫頭喜鵲立刻察覺到動靜，輕輕撩開蚊帳。

「二娘子醒了，要起身嗎？」

楊寶娘嗯了聲，喜鵲對外招招手，四個丫頭立刻魚貫而入，端水的、拿帕子的、拿衣裳的、梳頭的，站成一排。

楊寶娘垂下眼簾，自己下床，喜鵲立刻扶住她。

「二娘子慢些，才剛能走，可不能再勞累了。今兒老爺出門之前特意囑咐，讓我們好生伺候二娘子。」

楊寶娘想到原身素來嬌縱，抱怨了一句。「阿爹來了，妳們也不叫醒我。」

喜鵲一邊幫楊寶娘換衣裳、一邊笑著對她說。「老爺這是心疼二娘子呢，想讓您多睡一會兒。」

楊寶娘忍著不適，任由一群小丫頭梳妝打扮，雖然奴役小女孩讓她有些罪惡感，但被一群香噴噴的小姑娘圍著，感覺挺不錯的。

古代也稱呼未嫁姑娘為娘子，穿越五天的楊寶娘還在適應。初來時，原身正病著，剛清醒，行為有些奇怪也是常理，但過兩天，她便開始謹言慎行了。

還沒等楊寶娘搞明白身上穿的衣裳是什麼料子，丫頭們又上了早飯，有一小碗粳米粥、一碟蝦餃、兩樣小菜和兩個小花卷。

楊寶娘端起碗喝粥，半晌後問喜鵲。「今兒有什麼安排？」

喜鵲小聲回她。「太太院裡的荔枝姊姊來傳話，說二娘子若是好了，過去坐坐。」

楊寶娘聽見太太這兩個字，內心忽然激動起來，無邊無際的憤恨一下子沖向頭腦，驚得她差點把碗扔了。

楊寶娘平復氣息，慢慢放下碗。「我曉得了。」

喜鵲不敢再吱聲，自那天楊寶娘被楊太傅從太太莫氏院裡抱回來後，接連昏迷兩天兩夜，高燒不退，滿嘴胡話，命懸一線。

誰也不知道當日發生什麼事，楊太傅始終守在楊寶娘床前，連早朝都告假。滿京城的人都知道楊太傅最寶愛嫡次女，景仁帝還派了太醫過來看診。

喜鵲小心翼翼地問楊寶娘。「二娘子，要不要等老爺回來之後再去？」

楊寶娘反覆釐清自己的思緒，裡面殘存了許多記憶。

神采飛揚的楊寶娘、刁蠻嬌縱的楊寶娘和嬌憨可人的楊寶娘，這是個備受父親寵愛的女孩子。楊太傅深得帝心，家裡雖然一堆子女，唯獨寵愛這個女兒，自然可以在京城橫著走。

但除此之外，她又能感受到原身的哀傷、痛苦和憤怒，在聽到太太兩字時，這些感覺立刻沸反盈天地叫囂起來，似乎要衝破這具軀體，咆哮著去找人打架。

論起打架，原身戰績頗豐。

楊寶娘沈思半天後，吩咐喜鵲。「走吧。」

出了門，楊寶娘帶頭，喜鵲和劉嬤嬤一左一右相伴，後面還跟了幾個丫頭。論起排場，楊家一干子女中，楊寶娘是第一人。

不假思索，楊寶娘憑著感覺，走到莫氏的正院。

一進院子，正院的人紛紛行禮，楊寶娘只點點頭，快步去正房。

莫氏剛用過早飯，正坐在屋裡縫製一件小娃兒穿的肚兜，神情溫和，彷彿手裡捧著的，是什麼寶貝一樣。

楊寶娘進來，莫氏的貼身嬤嬤秦嬤嬤就聽見動靜，拍拍莫氏的肩膀，伸出兩隻手指。

莫氏會意，把手裡的活計放到一邊的針線笸裡，端坐在太師椅上。

楊寶娘看到莫氏主僕，內心又開始激動起來，強壓下這股情緒，憑著本能屈膝行禮。

「見過太太。」

莫氏笑了笑，指指旁邊的凳子。

莫氏是聾子，全京城的人都知道，楊寶娘也在腦海裡搜尋到關於楊太傅和莫氏的記憶。

楊太傅單名鎮字，元配是原大理寺正卿的孫女莫氏。莫氏的父親是莫正卿的庶子，她又是庶女，因幼年時一場高燒，從此耳聾。

莫氏這身分，做太傅夫人有些勉強。但她嫁入楊家時，楊太傅還只是個小小秀才，其父是衙役，在京城一場內亂中，為救時任大理寺少卿的莫大人而亡。

和狗血劇裡的情節一樣，莫大人慧眼識珠，把楊太傅弄進自己家讀書，並把孫女許配給他。從此，楊太傅開始像開外掛一樣的傳奇人生，先是三元及第，然後像坐了火箭炮似的，飛快升官。

莫氏生了二女一子，長女早就出嫁，上個月剛生了兒子，她繡的肚兜，就是要給外孫的。楊寶娘和唯一的嫡子楊玉昆是雙胞胎，今年要滿十二歲。莫氏非常疼愛長女和獨子，唯獨對次女有些冷淡。

京城傳聞，楊太傅憐惜幼女，把楊寶娘抱到外頭皇家寺院養了五年，才抱回來。

楊寶娘初回楊家，百般討好父母，楊太傅把她寵上天，莫氏卻不冷不熱。時日一久，楊寶娘也就淡了心思，只遵照禮儀敬重莫氏，但內心仍對莫氏抱有期待。

楊寶娘依言坐在旁邊的凳子上，默不作聲。

莫氏耳聾之後，極少開口說話，日常有什麼話，都是秦嬤嬤幫著說的。

秦嬤嬤笑著問楊寶娘。「二娘子身子可好些了？太太日夜憂心，盼著您能早日康復。」

楊寶娘抬頭看向秦嬤嬤，感覺自己快要壓抑不住內心的憤恨。

秦嬤嬤瞧見楊寶娘凶狠的眼神，驚了下，又道：「二娘子和太太是親母女，什麼話說不開。那日太太著急，老奴也糊塗了，才說了些混帳話，還請二娘子不要與老奴一般見識。」

楊寶娘盯著秦嬤嬤。「嬤嬤說了什麼混帳話？我都不記得了呢。」

秦嬤嬤不知楊寶娘這話是真是假。「不記得才好呢，一家子歡歡喜喜過日子多好。」

楊寶娘搖搖頭。「不，我想知道嬤嬤到底說了什麼，我病了一場，都忘了。聽說當日只有我們三人在場，太太不能開口，還請嬤嬤告訴我。」

秦嬤嬤尷尬地笑笑。「二娘子不用在意，都過去了。太太一大早就派荔枝去看二娘子，可見心裡惦記著呢。」

楊寶娘輕聲笑了。「嬤嬤別騙我，我昏過去幾天，聽說只有阿爹不眠不休照顧我。」

秦嬤嬤聽了，立時收斂笑容。「二娘子，太太日夜憂心您的病情，二娘子為人子女，豈能質疑太太。」

楊寶娘端起旁邊的茶水喝一口，非常想知道，當日這對主僕到底對原身說了什麼。

原身始終渴望得到親娘莫氏的愛，才忍讓秦嬤嬤。她初來乍到，若是不把規矩立好，以後豈不是要和原身一樣，得忍受這個刁婆子。

原來的楊寶娘死了，她總要替原身出口惡氣。

楊寶娘放下茶盞。「秦嬤嬤，一個奴才豈能對主子用這樣的口氣說話，誰教妳的？」

秦嬤嬤愣住，她到楊家這麼多年，除了老太太、老爺和太太，誰敢和她叫板？

楊寶娘忽然站起，欺身上前。雖然她只有十二歲，但個子和秦嬤嬤一般高。

莫氏忽然抓緊椅子扶手，瞇著眼睛看向楊寶娘。

秦嬤嬤轉頭去看莫氏，莫氏微微搖頭。

楊寶娘瞪著秦嬤嬤。「妳這刁奴，仗著太太喜歡妳，整日對我指手畫腳，比太太的架子還大。如今妳膽子越發大了，把我氣暈幾天，老爺太太仁慈不責罰妳，妳見了我，連一句道歉的話都沒有，明兒是不是就要上天了？」

楊寶娘一上來，就給秦嬤嬤扣個大帽子，秦嬤嬤氣得半天說不出話。

楊寶娘瞥向秦嬤嬤。「說吧，是妳自己去領罰，還是我親自動手。說起來，我好久沒耍鞭子了。」

秦嬤嬤一忍再忍，還是沒忍住，反問楊寶娘。「二娘子知道自己在說什麼嗎？」

楊寶娘頓時笑顏如花，見四處無人，低聲說：「當然知道，今兒我就是來報仇的啊！」

秦嬤嬤頓時覺得後脖頸一涼，想回嘴，但想到那日楊太傅從正院離開時冰冷冷的目光，立刻啞然。

她比誰都清楚，那日口不擇言，氣昏楊寶娘。這麼多天，楊太傅隻字未提責罰她的事，但不代表他忘了。

秦嬤嬤內心天人交戰，還沒等她開口，莫氏忽然拍了下桌子。

楊寶娘笑著望向莫氏。「太太，您也贊同我說的？太太身子不便，我再不看著，這死老婆子要爬到我們頭上了。」

莫氏會讀唇，看懂楊寶娘說的話後，又拍桌子。

秦嬤嬤見狀，立時像得了尚方寶劍一樣，道：「二娘子，太太生氣了，還不快賠罪！」

楊寶娘轉身端起茶壺，順著秦嬤嬤的頭頂，把一壺還有些燙的茶水倒個乾淨。

「太太明明是氣妳不敬我，妳卻故意曲解太太的意思，讓我們母女失和，其心可誅！」

秦嬤嬤被燙得像殺豬一樣叫起來。

楊寶娘放下茶壺，感受著內心忽然而來的一絲暢快。

莫氏把手邊的茶盞摔到地上，外面的丫頭們一擁而入，劉嬤嬤和喜鵲也趕緊跟進來。

楊寶娘大聲道：「秦嬤嬤犯上作亂，把太太氣得摔茶盞，我已經懲罰她了。都出去，該幹什麼就幹什麼，別大驚小怪。」

丫頭們面面相覷，誰也不敢開口。荔枝雖然是大丫頭，但莫氏一向只信任秦嬤嬤，她白擔個大丫頭的名號，只在一旁看著，並沒有往前衝。

秦嬤嬤滿臉通紅，憤恨地望向楊寶娘。「二娘子好得很！」

劉嬤嬤立刻喝斥她。「住嘴！難道秦姊姊不知規矩，怎可對二娘子這樣說話！」

楊寶娘看莫氏一眼，見她如佛爺一樣坐在那裡，瞇著眼睛不開口。

半晌後，楊寶娘對莫氏行禮。「讓太太受驚了，我先回去，明兒再來給太太請安。」說完，又吩咐荔枝。「好生照看太太，若不仔細，我饒不了妳們。」便帶著一群人呼啦啦回自己院子去了。

回去的路上，喜鵲有些惴惴不安。「二娘子，秦嬤嬤可是太太跟前最得臉的人。」

劉嬤嬤笑了。「妳這丫頭，妳阿爹在這府裡還不夠體面？怕她不成！老爺難道會為了個老婆子責罰二娘子？」

喜鵲吐吐舌頭。「我阿爹說，讓我多勸著二娘子，儘量不要去招惹太太身邊的人。」

喜鵲的親爹是莫大管事，當年莫二老太爺送給楊太傅的小廝，陪著楊太傅從寄人籬下的小子熬成一品大員，對楊太傅忠心耿耿。

楊寶娘在正院教訓了秦嬤嬤一頓，回來後，內心有些空蕩蕩的。

她記得，自己因為二十幾歲還沒男朋友被三姑六婆圍著討伐，舌戰群婦後，氣哄哄跑去睡覺，結果一覺醒來就穿越到古代，成了楊寶娘。

她到這裡來了，那原來的她呢？在這個禮教吃人的地方，她要怎樣才能生存下去？

就算原來的她因為是女孩而不得父母重視，好歹能自己養活自己。如今成為千金大小姐，命運卻掌握在別人手中。

劉嬤嬤見楊寶娘發呆，忙寬慰她。「二娘子不用怕，我雖不知前幾日正院發生了什麼事，但二娘子和太太是母女，必定是秦嬤嬤那個老貨忤逆二娘子的。老爺沒出手，就是把機會讓給二娘子，太太心裡清楚，所以才沒吱聲。」

楊寶娘搖搖頭。「嬤嬤，後院之人，整天就要為了這些事情浪費口舌嗎？」

劉嬤嬤輕聲相勸。「二娘子這回懲治秦嬤嬤那老貨，以後再沒有別的煩惱了。」

楊寶娘悠悠嘆口氣，外頭忽然傳來一陣腳步聲。「我兒何故嘆氣？」

來人正是楊太傅，劉嬤嬤和喜鵲立刻起身行禮。

楊太傅擺擺手，兩人躬身退下。

楊寶娘從榻上起身，行了個歪歪扭扭的禮。「阿爹回來了。」

楊太傅拉著女兒的手坐下。「聽說我兒今日懲治了秦嬤嬤？」

楊寶娘笑。「阿爹莫非手眼通天，我剛從正院回來，您就曉得了。沒意思，我還想瞞著您，多幹兩回呢。」

楊太傅用左手捋捋鬍鬚。「這麼大的動靜，家裡誰不知道呢。」

楊太傅是左撇子，京城人盡皆知。不是他天生如此，是他為了救景仁帝，被賊人砍掉半隻右手，只剩下一根大拇指。此後，楊太傅的右手總藏在寬大的袍子中，鮮少有人能看到。

楊寶娘幫楊太傅倒茶。「阿爹怎麼回來得這麼早？」

楊太傅接過茶水。「朝中無事，為父就先回來了。」

楊寶娘開玩笑。「阿爹整日告假，不怕聖上扣您的俸祿？」

楊太傅也和女兒開玩笑。「就算為父沒有俸祿，也不會委屈我兒。」

楊寶娘看向他，據傳楊太傅年輕時才華橫溢，姿容俊美，如今身居高位，官威日盛，又添一分成年男子的魅力。

「阿爹，秦嬤嬤對我不敬，您可要幫我撐腰。」
楊太傅眺起眼睛。「潑她一臉茶水不算什麼，為父教妳，撤了她兒子外院管事的差事，保證她以後見了妳，恭恭敬敬。」
楊寶娘笑。「阿爹，我哪有那麼大的能耐。」
楊太傅摸摸女兒的頭髮。「阿爹替妳辦。妳要怎麼謝阿爹？」
楊寶娘想了想。「女兒給阿爹做個荷包好不好？」
楊太傅聽了，心裡異常柔軟。「好，我兒孝順。」
楊寶娘歪著腦袋看他。「阿爹，您不問我為什麼處罰秦嬤嬤？」
楊太傅溫聲回答道：「她是奴僕，不敬主子，合該受罰。」
楊寶娘內心咋舌，沒想到楊太傅偏心偏得這麼厲害，女兒做什麼都是對的。
父女倆又說了幾句話，楊太傅囑咐丫頭、婆子好生照看女兒，自己去了外書房。
送走楊太傅，楊寶娘無事可做，把喜鵲單獨留下來套話。
「這些日子我生病，手邊的事情都擱下，往後該繼續做了。」
喜鵲是個愛笑的丫頭。「二娘子想玩什麼？盪秋千肯定不行，嬤嬤不許。也不能去學堂，老爺說讓二娘子好好歇息幾日。要不，咱們去花園採花？」
楊寶娘想了想，站起身。「我先在院子裡走走，再寫字，寫完了就去採花。」

喜鵲連忙跟上，還叫上兩個小丫頭，主僕四人一起在院子裡瞎逛。

院子門口有一塊牌匾，上書棲月閣三個字。棲月閣是座三進小院，前院是幾個婆子住的地方，楊寶娘住正院，後罩房是丫頭們的屋子和庫房。

三間正房，東屋是臥房，中間是待客廳，西屋是楊寶娘玩耍的地方，裡頭放了一些亂七八糟的東西，什麼陀螺、馬鞭、毽子、花繩……可見原身愛好廣泛。

東廂房是繡房，楊寶娘的針線活做得特別好；西廂房是她的書房，裡頭擺滿了書。

院子裡種了許多花木，楊寶娘叫不出名字，但覺得煞是好看。

幾步路逛完院子，楊寶娘拐進西廂房，準備寫字。

喜鵲把她平日用的字帖和筆墨紙硯準備好，楊寶娘又吩咐她拿出幾張以前寫的字。

「多日沒寫，怕手生。看看以前的字，省得寫起來沒個樣。」

喜鵲笑著磨墨。「二娘子不用謙虛，您寫的字，在幾個娘子裡頭算頂頂好的了。」

楊寶娘提起筆，將喜鵲打發出去。「妳在這裡看著，跟個先生似的。」

喜鵲捂嘴笑，領命退下。

楊寶娘閉上眼睛，找了找感覺，開始下筆。

前世她學過書法，雖然這個朝代用的字略有不同，但書畫之道總有相通之處，且原身有楊太傅親自啟蒙，字寫得很不錯。

楊寶娘感覺彷彿有一股力量包裹住她的手，只要順著那力量走，就能寫出讓自己都驚嘆不已的字。十二歲的小女孩能寫出這麼好的字，看來是下過苦功的。

京城人都說楊太傅寵愛女兒，但楊太傅並沒有把楊寶娘慣成草包。楊寶娘的書畫深得楊太傅真傳，在一眾貴女裡算上等，連針線活這種許多貴女不屑多下功夫的手藝，楊寶娘也學得非常認真。

楊太傅請了許多女先生來家學教導女兒們，反倒是兩個兒子，都被他攆到官學去了。

寫完三篇大字後，楊寶娘放下筆，滿意地看著眼前的作品。

趁著屋裡沒人，楊寶娘又把整個書房巡視一遍。

屋子裡全是藏書，經史子集、天文地理、奇聞軼事，應有盡有。

楊寶娘隨意抽出一本史書，略看兩眼，上頭寫了許多蠅頭小楷，都是原身做的筆記。這朝代跟她認知的古代相比，發展有些不一樣，但部分史事是相同的。

楊寶娘很滿意，這是個愛念書的好姑娘。雖然性子嬌縱，但人家優秀啊。

她繼續翻看其他書，忍不住感嘆，楊太傅不愧是三元及第的狀元郎，得他啟蒙的女兒，讀起書來異常認真。

外頭正是三月天，陽光柔和明媚，透過窗戶照進室內。穿著一襲長裙的少女站在書架前，捧著書看得有滋有味。

微風吹過，裙襬微微飄動，髮絲飛起，仍舊沒有影響到她的專注。

楊太傅去書房理完事，又折返回來，透過窗戶看到這場景，駐足不前。

半晌後，他微微笑了笑，轉身離去，囑咐下人不要驚擾女兒。

楊寶娘看了好一會兒書，感覺脖子有些發痠。

這麼好的天氣，不能出去郊遊，那就去花園裡玩吧。

楊寶娘把書一丟，提著裙子快步出來，揚聲道：「喜鵲，去花園！」

喜鵲連忙應聲。「二娘子，我早備好東西，就等著您呢。」帶著兩個小丫頭隨她去了。

第二章 逛花園惡僕詛咒

楊寶娘循著原身的記憶，走進了花園。

太傅府的花園特別大，湖心還有亭子，正值盛春，園子裡花紅柳綠，姹紫嫣紅。湖中種滿荷葉，旁邊停靠一條小舟。

楊寶娘高興極了，這景致，至少能評個四星級。

楊寶娘在花叢中穿梭，盛開的牡丹、嬌豔的迎春，還有許多叫不出名字的花。香氣隨著柔和的春風撲面而來，讓人感覺心曠神怡。

喜鵲給她一把剪刀。「二娘子，剪幾朵花回去吧。」

楊寶娘搖搖頭。「剪回去做什麼，一個晚上就凋謝了。留在園子裡吧，想看了，便過來走走。」

喜鵲收回剪刀，主僕幾個在花園中四處走動，楊寶娘目測一下，這花園少說占了五畝地大小，以後可有個玩耍的好地方了。

楊寶娘正沈浸在花海的芳香中，耳邊忽然傳來一陣笑聲。「二姊姊，好巧呀！」

楊寶娘轉身，看見對面站了個年紀和她差不多的少女，一襲鵝黃色衣裙，面容俏麗。

她想了想，道：「三妹妹來了。今兒怎麼沒去學堂？」

來人正是楊太傅的三女楊默娘，寵妾豐姨娘的長女，只比楊寶娘小一個月。

楊默娘向楊寶娘屈膝行禮。「二姊姊的身子好些了嗎？前兒聽說二姊姊病了，我和姨娘憂心不已，曾偷偷去探望一回，見阿爹在照顧姊姊，就回去了。今兒先生給我們放假，我才出來走走，沒想到會遇見二姊姊。」

楊寶娘笑著回答她。「多謝妹妹關心，我已經好了，明兒還想去學堂，和妹妹們一起讀書呢。」

楊默娘走過來。「學堂裡沒了姊姊，我們都沒了主心骨。」

這話不假，楊寶娘在學堂裡雖不是年紀最大，卻是說話最有分量的。

楊寶娘岔開話。「三妹妹要跟我一起去亭子裡坐坐嗎？」

楊默娘點頭。「好。」

姊妹倆一起進了亭子，楊寶娘趴在欄杆上，低頭看下面的水。

湖水清澈，裡頭有許多小魚游來游去，見有人來了，爭先恐後圍過來。

喜鵲遞了一小碟魚食給楊寶娘。「這些魚兒多日不見二娘子，怕是也想念得緊。」

楊默娘打趣。「喜鵲姊姊這名字叫得真好，說的話讓人聽著就高興。」

喜鵲不好意思地笑了。「當不得三娘子誇讚，我只是實話實說罷了。」

楊寶娘心裡忍不住嘆氣，原身愛聽人拍馬屁，身邊服侍的人都知道，整日滿嘴好話，看來以後要給她們正一正風氣了。

兩姊妹往湖中撒魚食，小魚們一陣瘋搶，逗得她們一邊餵、一邊笑，丫頭們也跟著湊趣，整個院子裡笑聲不斷。

在花園裡玩了一會兒後，兩個小姑娘才各別回自己的院子。

楊寶娘剛進棲月閣，劉嬤嬤便迎上來。「二娘子再不回來，我就要去花園叫人了。」

楊寶娘進了垂花門，脫下外衫。「嬤嬤，花園裡的花都開了，好看得很，下午我還想去呢。逛了半天，肚子也餓了。」

劉嬤嬤笑著道：「已經叫丫頭去取飯，等會兒就回來。」

楊寶娘吃完飯，小睡一會兒，剛穿戴整齊，楊默娘便派人送帖子來，請她去玩。

楊寶娘正需要一個契機，打開府裡的交際圈，便欣然前往。

楊默娘和生母豐姨娘住在一起。別人家的庶女都是歸嫡母教養，楊家情況特殊，庶女是由生母教養。

楊寶娘一進豐姨娘的院子，丫頭、婆子們紛紛行禮問好，她只略微點點頭。

豐姨娘聽見動靜，忙帶著女兒出來迎接，向楊寶娘行禮。「婢妾見過二娘子。」

楊寶娘有些納悶，不是說豐姨娘是家中寵妾，寵妾不該趾高氣揚、飛揚跋扈嗎？居然對著嫡女行禮？

楊寶娘又打量豐姨娘一下，怪不得能做寵妾，這張臉真是好看，且性子看起來也很柔和，又美又溫柔，是男人都喜歡。

楊寶娘愣了一下，立刻反應過來，道：「豐姨娘不必多禮，我來找三妹妹玩的。」

接著，還沒等楊默娘屈膝，楊寶娘一把拉住她。「三妹妹不用客氣，咱們進去說話。」

楊默娘領楊寶娘進屋子，豐姨娘帶著丫頭們，忙著上茶、上點心。

「三娘子整日憂心二娘子的身子，婢妾瞧您氣色好多了，阿彌陀佛，總算是好了。」

楊寶娘對於豐姨娘這樣謙卑的態度，有些不習慣，從記憶中搜索一番，她以前好像就是如此，遂不再計較。

這大概是豐姨娘最大的好處，她是家中最守規矩的人，並不因為得寵而驕縱。

楊默娘把上午採的花拿出來。「二姊姊，咱們用這些花染指甲吧。」

楊寶娘看了滿筐的花一眼。「還是三妹妹心思巧。」

楊默娘對著她燦然一笑，看得楊寶娘晃了晃神。楊默娘的長相結合了父母出色之處，現在便讓人看得挪不開眼，等長大了，不知要如何傾國傾城。

「我只喜歡這些小玩意兒，不像二姊姊喜歡的都是書畫。」

前世，楊寶娘忙於工作，沒有太多時間研究這些小女孩用的東西，這會兒也來了興趣。姊妹倆找來一堆瓶瓶罐罐，淘洗、搗碎、過濾、加香料……忙了近一個時辰，才得了一點花泥。

豐姨娘在旁邊安靜地守著，不去打擾她們。

楊默娘看著盜碟中的泥狀物，問道：「往常拿來塗指甲的都是花汁，這回成了稀糊，會不會糊住指甲？」

楊寶娘用指甲摳了一點。「誰知道呢？試一試吧！」

姊妹倆開始塗指甲，正玩得高興，楊太傅來了。

「在玩什麼呢？」

楊寶娘伸出雙手。「阿爹，好不好看？」

楊太傅仔細看了看。「好看。」說完，又去看楊默娘的手。

楊默娘卻先認真行禮，豐姨娘也跟著屈膝。

楊太傅揮揮手讓她們都坐下，楊寶娘很有眼色，人家一家子團聚，她就不打擾了，連忙告辭。

孰料，楊太傅卻要送她回去，她只好跟他走了。

等父女倆出了院門，楊默娘站在門口，問豐姨娘。「姨娘，阿爹還會來嗎？」

豐姨娘沈默片刻，道：「三娘子，門口風大，回去吧。」

回到棲月閣，楊寶娘幫楊太傅倒了杯茶。

「阿爹，我已經好了，明兒想去學堂讀書。阿爹差事繁忙，不用整日為我的事掛心。」

楊太傅溫和地望向她。「好，白日做完功課，等我晚上回來，去前院找我。正院裡每隔三日去請安就可以，妳奶奶那裡，仍舊五天去一次。丫頭或婆子不聽話了，不要忍著。」

前世在家裡一直被父親忽視的楊寶娘，內心生出一絲感動。眼前這位父親，高官厚祿，日理萬機，卻記得女兒的小事情。

楊太傅見女兒呆愣地看向他，摸摸她的頭髮。「別怕，有阿爹在呢。」

楊寶娘忽然笑了。「阿爹，女兒好得很。您快去豐姨娘那裡吧，我半路截胡，三妹妹要傷心了。」

楊太傅哈哈大笑。「好，阿爹聽妳的，去看妳三妹妹。昨兒有人送了一匣子上好的珍珠，我讓管事拿來給妳，妳帶著兩個妹妹分一分。」

楊寶娘點頭。「阿爹放心，女兒會好生分給妹妹們的。」

楊太傅微微一笑。「我兒辦事公正大氣，為父很放心。」說完，就起身了。

楊寶娘送他到垂花門，才轉身回房。

一會兒後，楊默娘見楊太傅折回來，立刻歡欣鼓舞，小嘴呱啦地說個不停。

「阿爹，早上我和二姊姊在園子裡餵魚，剛剛一起做了染指甲的花泥，二姊姊還說明兒要跟我去學堂呢。」

楊太傅也很高興。「妳二姊姊書讀得好，妳多跟著她學一學。」

楊默娘高興地直點頭。「阿爹放心，我和二姊姊很要好呢。」

楊太傅讓三女兒坐在自己身邊。「妳是姊姊，四妹妹不太懂事，妳也要多教導她。」

楊默娘偷偷看楊太傅一眼。「阿爹，我不敢，陳姨娘會說我欺負四妹妹。」

楊太傅端起茶盞喝茶。「無妨，妳一向懂事，她若不守規矩，只管端出姊姊的架子。」

楊默娘點點頭。「那我聽阿爹的，多勸導四妹妹。」

外頭，太陽已經落山，楊太傅留在豐姨娘的院子裡，帶著兩個孩子和豐姨娘吃晚飯。

棲月閣中，楊寶娘也在吃飯。

因為身子剛好，廚房送來的飯菜清淡，有碧綠青菜、山藥炒雞肉塊、一碟炒芽菜、一碟鴨肉、一盅甜湯及米飯。

都說三代看吃穿，楊太傅發跡的時日不久，家中的吃穿用度仍舊介於市井和豪門之間，不上不下。偶爾會有些風雅，大多數時又讓人感覺濃厚的小戶人家氣息。

好在，穿來的楊寶娘也不是富貴人家出身，這些家常菜很對她的胃口，用了一小碗米飯，喝了甜湯，還吃下不少菜。

劉嬤嬤高興地笑了。「二娘子總算好了，飯量還比先前多些。」

楊寶娘用帕子擦擦嘴。「都收下去吧，我吃飽了。」

兩個小丫頭進來把飯菜收走，楊寶娘在院子裡溜達一陣子之後，又去了書房，循著記憶，整理明兒去學堂要用的東西。

喜鵲要幫忙，楊寶娘卻打發她出去。「妳在這裡盯著我收拾，像先生似的。」讀書的事，她想自己動手，喜鵲便捂嘴笑著走了。

書房中，一燈如豆，楊寶娘感覺自己彷彿又回到了少年時光，埋首讀書，不問世事。

第二天，天剛矇矇亮，喜鵲便叫醒楊寶娘。「二娘子，該起來了，今兒要去學堂呢。」

楊寶娘想起自己要上學，飛快起床，在丫頭們的伺候下換衣裳。喜鵲挑了身繁複衣裙，楊寶娘拒絕了，另選一套。她是去讀書的，還是穿簡單些好。

洗臉梳妝後，楊寶娘仔細看看銅鏡中的人，頓時傻了眼。

這幾天，她還沒好好看過原身的相貌，原以為楊默娘就很好看了，可這張臉絲毫不比楊默娘的差。

楊寶娘呆住，老天爺，她穿越一場，做了貴女便罷，還這麼好看，難道這是場夢？夢裡她得父親寵愛、飽讀詩書、長得漂亮，雖然脾氣大些，但瑕不掩瑜。

楊寶娘拍拍自己的臉。

喜鵲連忙過來問：「二娘子，可是哪裡不舒服？不然今兒別去學堂了吧？」

楊寶娘立時清醒過來。「不妨事，我沒睡好，想清醒清醒。」

喜鵲笑了。「我讓人打開窗戶透透氣，等會兒二娘子就能清醒些。」

楊寶娘坐到旁邊的梳妝凳上，讓一個圓臉小丫頭替她梳頭。小丫頭雖然只有十歲，梳頭的手藝卻不錯。

小丫頭見楊寶娘穿得簡單，一身鵝黃色衣裙，裙襬上繡些簡單花朵，交疊領口也繡了花，便替她梳了簡單的垂鬟髻，兩邊各戴一只一模一樣的蘭花珠釵。

吃早飯後，楊寶娘帶著喜鵲一起去了學堂。

正院中，秦嬤嬤剛剛得知自己的兒子被撤掉差事，還被攆到莊子上去了，立時對著莫氏大哭。

「太太，老奴這把年紀，就這一個兒子，因他不太機靈，蒙太太厚愛，給了他這個差事。本想著以後這樣安生度日，如今卻被老奴連累，丟了差事。」

莫氏沒看秦嬤嬤，自然讀不到她的唇語。但多年主僕，莫氏知道，秦嬤嬤必定在哭訴。

秦嬤嬤是莫氏生母老秦姨娘的族姊，莫氏一向信任她。秦嬤嬤護主，卻有些是非不分，楊寶娘和莫氏衝突，她不勸解，反而口出惡語。

莫氏忽然有些煩躁，甩下秦嬤嬤拽著她袖子的手，轉身走了。

秦嬤嬤惡狠狠地盯著位於西南方的棲月閣，往地上吐了口口水，呸！

楊寶娘在家學裡認認真真聽了一上午的課。

女先生講課時，她下筆如飛，恨不得把女先生說的每句話全記下來。別人都安靜坐著聽，只有她一個人在紙上寫寫畫畫。中間休息時，還逮著先生問了許多問題。

午飯是在家學裡吃，楊太傅教養孩子並非一味寵愛，不因為女兒們嬌弱，讀書時就降低要求。

學堂裡的飯雖是大鍋飯，但楊寶娘覺得，比前世點的外賣好吃多了。

姊妹三個坐在一起吃飯，楊淑娘忽然問：「三姊姊，昨兒妳請二姊，怎麼不叫上我？」

楊默娘有些尷尬，楊寶娘出聲解圍。「昨兒是臨時起意，過幾天我作東請妳們玩。」

楊默娘聽了，向她投去感激的笑容。

楊淑娘這才滿意。「我就說嘛，姊姊們豈會故意不帶我玩。」

楊寶娘看著楊淑娘，有些頭疼。這姑娘和她姨娘一樣，一張嘴不饒人，整日想爭寵，又不會說話，到處得罪人。

楊淑娘總愛賴在兩個姊姊身邊，又容易炸毛，生怕別人忽視她。大概是安全感不足，父親不管她，陳姨娘又讓她爭寵，爭寵不成，一直患得患失。

楊寶娘想著，有些心虛。楊太傅偏心，她只能替他描補描補，多關照這些未成年的弟弟妹妹們。

存了這個念頭，楊寶娘對兩位妹妹多有照顧。

下午學琴，楊寶娘新奇地看著那把有些破舊的琴，據說這是別人送給楊太傅的古琴。

楊寶娘循著記憶，反覆練習先生教的曲子。原身於音律之道並不出色，只能勉強不丟人，比不上楊默娘精通。但對於上輩子五音不全的楊寶娘來說，十指纖纖調素琴，甭管水準怎麼樣，這感覺已讓她心裡忍不住雀躍了。

下學後，楊寶娘別過妹妹們，帶著丫頭們回棲月閣。

剛進門，劉嬤嬤就迎過來。「今日二娘子感覺如何？累不累？上午莫管事送來一匣子珍珠，老天爺，那珍珠真好看！粉的、紅的、白的，還以為是染色，沒想到竟是天生的。」

楊寶娘眼睛發亮，這年代還有這樣好的珍珠。「嬤嬤趕緊拿給我看看，讓我開開眼。」

劉嬤嬤遞上匣子，一打開，裡頭的珍珠顆顆粒大飽滿，顏色各異，表面光滑，透過陽光一看，內裡雜質極少。

「好漂亮的珍珠！」

看完珍珠，楊寶娘想起楊太傅的囑託，連忙吩咐喜鵲。「找兩個小匣子來，給三妹妹和四妹妹各分一些。」見喜鵲要細分，又道：「別挑了，直接倒吧。去陳姨娘那裡時說一聲，是隨手倒的，不分好歹。」

劉嬤嬤忍不住笑了。「二娘子真是促狹。」

楊寶娘也笑。「不說清楚，她又要覺得是我們挑剩才給四妹妹。」

靈魂是成年人，楊寶娘願意包容這種小女孩們的小心思，親爹不疼愛，親娘不受寵，楊淑娘心裡安全感不夠，她能理解。

因珍珠貴重，喜鵲親自帶著兩個小丫頭，送去楊默娘及楊淑娘住的院子。

楊默娘高興地接過匣子，愛不釋手。豐姨娘再三道謝，各抓一把銅錢給三個丫頭打賞。

到了陳姨娘那裡，陳姨娘歡喜的同時，仍舊不忘套話。「三娘子那裡也得了嗎？」

喜鵲笑著說：「回姨娘的話，二娘子說珍珠這樣多，一顆顆揀太費勁，索性找了兩個小匣子，各倒一些。真要說哪邊多幾顆，奴婢也弄不清楚呢。」

楊淑娘這才開心了。「二姊姊辦事就是大氣。妳回去跟二姊姊說，我很喜歡這珍珠。」

陳姨娘也給三個丫頭打賞。「多謝二娘子惦記我們四娘子。」

以前，楊寶娘剛入府時，陳姨娘見她不得老太太陳氏和莫氏寵愛，還想過讓楊淑娘壓過楊寶娘。但多少年過去了，楊太傅始終偏心，陳姨娘也死了心，對於楊太傅把好東西交給楊寶娘來分，已經毫不在意。反正楊寶娘一向公正，不會剋扣妹妹們的東西。

至於楊太傅的理由，可是冠冕堂皇，老太太年紀大了，太太不方便，楊寶娘是家裡最大的姊姊，妹妹們的事情，合該她來操心。

楊寶娘分過珍珠後，歪在躺椅上想事情。

目前太傅府後院的局勢，老太太陳氏和太太莫氏井水不犯河水，且兩人都喜愛大姊姊楊黛娘，某些事情上意見倒是一致；豐姨娘受寵，但老實得很；陳姨娘是陳氏娘家姪女，雖跋扈了些，卻不受寵。各方勢力平衡，楊太傅不愧是帝王心腹，連後院的事都要耍權謀心機。一妻二妾，符合一般士大夫的需求。妻妾們和平相處，她們這些子女，並沒有因為生母相爭而鬥得頭破血流。

楊寶娘對這樣的局面很滿意，她初來乍到，不想一頭扎進後院紛爭中。況且，她並不得生母寵愛。

想通這些事情，楊寶娘訂下目標，決定好生學習，多學些本事，到哪裡都不吃虧。

楊寶娘坐了一會兒，起身去書房，先是練琴畫畫，然後寫字背書。

她能感覺到，殘存的記憶似乎有些不穩定，要趕快把這些東西吸收過來。

平心而論，如果原身能回來，楊寶娘不介意自己做個傀儡。這幾日，她一直默默對原身說話，試圖感應，但除了那日在正院有些激動外，其餘時間得不到半點回應。

她放下筆，在心裡暗自發問：寶娘，妳還在嗎？

過了半晌，內心毫無波瀾。

她忽然有些難過。

寶娘，放心吧，我會替妳好好活下去。若來日妳能醒來，我定不和妳爭。

第三章 分珍珠天倫之樂

夜裡，楊太傅回來後，讓人來叫楊寶娘，楊寶娘便點著燈籠去了前院書房。

楊太傅見到女兒，忍不住摸摸她的頭髮。「今兒去學堂如何？」

楊寶娘點頭。「都好得很。先生和善，姊妹們好相處。那一匣子珍珠，女兒留了一些，其餘的分給兩位妹妹了。」

楊太傅點頭。「我兒辦事，為父放心得很。」起身拿起旁邊的書，開始為楊寶娘講課。

楊寶娘連忙找了紙筆，一邊聽、一邊記。

楊太傅不愧是三元及第的狀元郎，講起書來比女先生水準高許多，不急不緩、娓娓道來，說到最後，乾脆放下書，和女兒一起論道。

楊寶娘覺得這堂課聽得真是酣暢淋漓，父女倆相對而坐，你來我往，把書中道理說得不能再透澈了。

講課時，楊寶娘有時微微遲鈍，需要想一想，才能運用原身的記憶，幫助她領悟。但只要是被她搜出來的記憶，就跑不掉。

父女倆說了小半個時辰，楊寶娘主動停下來。「阿爹，時辰不早了。您忙了一天，早些歇著吧。」

楊太傅捋捋鬍鬚。「我兒病了一場，學問倒沒丟下太多。」

楊寶娘笑笑，再次向楊太傅行禮，告辭回後院。

隔天早晨，天還沒亮，喜鵲便搖醒楊寶娘。

「二娘子，今兒要去給老太太請安。」

楊寶娘立時睜開眼，這是府裡第二大老闆，不能得罪。

梳洗罷，還沒用早飯，楊寶娘立刻去了陳氏住的慈恩堂。

她一進屋，發現陳姨娘已經帶著楊淑娘到了。

楊寶娘向陳氏行禮請安，陳氏笑著問她。「寶娘的身子好些沒有？」

楊寶娘也笑著回答道：「多謝奶奶惦記，我已經好多了。」

話音剛落，莫氏來了，後面跟著豐姨娘和楊默娘。

莫氏進屋後，默默對陳氏行禮，陳氏擺擺手，讓她坐在一邊。

三個姑娘向莫氏行禮，莫氏讓她們起身，場面頓時冷清下來。

陳氏主動開口道：「過幾日，妳們大姊姊的孩子滿月，我帶著妳們一起去瞧瞧。」

莫氏一直盯著陳氏，看懂她說的話，笑了起來。頭一個外孫，在她心中分量極重，多少年沒動過針線的她，還親自給孩子繡了件肚兜。

說了一會兒閒話之後，陳氏就把媳婦和孫女們打發走，只留陳姨娘和楊淑娘解悶。

當天下午，楊寶娘從學堂回來，立刻開始動手做針線。她要幫楊太傅做個荷包，然後替楊黛娘的兒子做一件貼身衣裳。

楊寶娘帶著喜鵲找了塊水藍色錦緞，裁剪好，配上青色絲線。又把絲線分得細細的，一根根放好。

分好線，楊寶娘開始縫荷包，打算在上面繡一叢綠竹。

忙了半個時辰後，楊寶娘放下活計休息。她要保護好自己的眼睛，不能過度勞累。

夜裡，楊太傅回來後，依舊傳楊寶娘去前院。

父女倆說了一會兒書，楊太傅便帶她去陳氏的院子。

每隔一旬，楊太傅會帶著妻妾兒女去陳氏屋裡吃飯。

父女倆到的時候，所有人已經落坐。

楊太傅向陳氏行禮。「兒子見過阿娘，阿娘這兩日身上可好？」他差事繁忙，並非每天都能來請安。

陳氏笑咪咪地看著兒子。「我好得很。我兒整日辦差勞累，也要保重身子，這一大家子都指望你呢。」

母子說話的工夫，楊太傅坐到陳氏身邊，看看兩個兒子，先招手讓嫡長子楊玉昆到身邊，問了官學裡的事，囑咐他照看弟弟，然後擺手讓他下去，換豐姨娘生的次子楊玉闌上前。

楊玉闌今年才八歲，楊太傅沒問他的功課，只溫和地問問他在官學的起居，叮嚀他要聽哥哥的話。

楊玉昆穩重，楊玉闌活潑，兩個兒子各有千秋。楊太傅不偏不倚，嫡長子該有的體面，他一分不少；庶子該有的疼愛，他也做得很到位，莫氏和豐姨娘才能相安無事。

接著，楊太傅招手讓楊寶娘坐到他身邊，開口道：「聽說阿娘過幾日要去看黛娘？」

陳氏點頭。「是，這回黛娘總算生了個兒子，能在婆家站穩腳跟。」

楊太傅笑了。「阿娘不用擔心，黛娘在婆家的地位穩得很。」

陳氏連忙誇讚自己的兒。「都是我兒能幹，孩子們跟著你，也能享福。」

雖然楊黛娘不得父親寵愛，但楊太傅仍親自為她擇了京中有名的出色子弟，出嫁時，給予厚厚的嫁妝。她嫁到婆家後，因為父親官職高，又是帝王心腹，婆家沒人敢在她面前說一句不中聽的話。

身為父親，楊太傅除了沒給楊黛娘寵愛，其餘該有的體面都給了。

楊太傅聽見母親奉承自己，便道：「兒子事情多，家裡的事全賴阿娘打理。兒子不孝，不能讓阿娘好生頤養天年。」

陳氏連忙勸慰兒子。「鎮兒莫要跟阿娘客氣，咱們母子本就是一體。為了你，阿娘做什麼都願意。」

楊太傅抬頭看向陳氏，半晌後笑了。「那就有勞阿娘。孩子滿月那天，我中午去吃頓酒席，家裡幾個孩子交給阿娘照看。」

陳氏點點頭。「你放心吧。」

母子倆說著話，其他人在一邊靜坐。

楊寶娘微微抬頭，打量了身旁的兩個弟弟。

據說跟她同一天出生的弟弟也正在看她，姊弟兩人相視一笑，算是打過招呼。楊玉闌正和楊默娘小聲說話，他們是親姊弟，關係親厚。

唯有楊淑娘百無聊賴地坐在那裡。她沒有一母同出的兄弟姊妹，每到這個時候，就特別羨慕兩個姊姊，因為她們都有親弟弟。

坐在上首的母子倆說了一會兒話，陳氏決定先用晚膳，便吩咐人送上飯菜了。

一家子團團而坐，楊太傅和陳氏坐在一起，陳氏旁邊是莫氏，楊太傅身邊是楊寶娘，其餘兄弟姊妹穿插而坐，豐姨娘和陳姨娘在一邊服侍。

楊太傅不停幫楊寶娘夾菜，一眾弟弟妹妹們不時往這邊瞟過來，讓楊寶娘有些尷尬。

「阿爹，女兒自己來。」

楊太傅聽了，頭也不抬，只吩咐道：「去妳大姊姊家裡時，謹言慎行，莫要與不認識的人多說。好生伺候妳奶奶和阿娘，照看好兩個妹妹，尤其是淑娘，別讓她亂跑。」

被點名的楊淑娘噘了噘嘴，有些氣楊太傅的偏心，只顧著楊寶娘，從來不幫她夾菜。

楊默娘看看楊寶娘，又看看楊淑娘，抬頭發現站在楊太傅身後的豐姨娘衝她輕輕搖頭，立刻低下頭吃飯。

楊寶娘一邊點頭、一邊保證道：「阿爹放心，我會照看好兩個妹妹，聽奶奶和阿娘的話。」

她說完，伸手替旁邊的楊淑娘夾了一筷子菜，這小妹妹眼裡都要噴火了，她如何感覺不出來，趕緊安撫一下。

「四妹妹想吃什麼，只管跟我說，我替妳夾。」

楊淑娘這才笑了。「二姊姊，我想吃八寶魚。」

楊寶娘幫她夾了一塊魚，還挑了刺，楊淑娘終於高興起來。

陳氏在上面看著兒孫們的舉動，默不作聲。

莫氏仍舊像個佛爺似的，只管自己吃飯，偶爾替兒子夾菜。

楊寶娘感覺這飯吃得讓人有些鬱悶，這些士大夫們，弄一屋子女人，各生各的孩子，誰還能真正相親相愛做姊妹不成？

吃完飯，楊太傅把楊寶娘送到棲月閣門口，摸摸女兒的頭髮，愛憐地說：「我兒別怕，有阿爹在呢。」

楊寶娘抬頭看他，半晌後給了個燦爛的微笑。「阿爹，女兒不怕。」

楊太傅點頭，去了前院。

大部分時日，楊太傅都住在前院，每個月去豐姨娘的院子幾天。莫氏那裡，他初一、十五會去。陳姨娘就可憐了，自從生下女兒之後，楊太傅吩咐她好生照看陳氏，把她挪到陳氏的院子旁邊住，從此就跟守活寡似的。

楊寶娘進了院子，心裡有些墜墜的。這個楊太傅太厲害了，她但凡有一點心思波動，他都能發現。

有這樣一個女兒控親爹，若真是楊寶娘也罷了，但她是冒牌貨，要是被發現……老天爺，真是要命！

整日面對這樣一個明察秋毫的親爹，楊寶娘感覺壓力倍增。

可這身體是人家女兒的，她總不能不讓人家父女親近，看來還是要好生討好楊太傅，就當做討好大老闆吧。

存了這個心思，第二天下午下學回來後，楊寶娘越發用心地做荷包。等荷包完成，便跑去廚房。

廚房裡的人瞧見她來了，管事娘子親自上前招呼。「二娘子想要什麼，只管讓人來傳，怎麼親自過來了？」
楊寶娘對她笑笑。「嬤嬤只管去忙自己的，我給阿爹做碗粥。」
管事娘子一聽，立刻殷勤地在旁邊當助手。
楊寶娘循著記憶，在粥裡加了蝦和百合。這百合蝦仁粥是原身最先學會的，奇怪的搭配，楊太傅卻很喜歡吃。
熬粥時，楊寶娘搬了張凳子坐在灶爐旁邊，親自看火。
天色剛剛擦黑時，粥快熬好了，楊寶娘讓棲月閣裡的小丫頭看著爐子，自己回去洗臉換衣裳。
一會兒後，楊寶娘帶上荷包、端著粥，去了前院。
楊太傅剛回來，正準備派人去叫女兒，見她帶這麼多東西來，高興地拉著她坐下，要一起喝粥。
楊寶娘有些不好意思。「阿爹，這是為您做的，女兒不喝。」
楊太傅仍舊把她當作剛入府的那個小女孩，餵她喝了兩勺。
「我兒的心意，阿爹都明白，以後多把心思放在功課上，莫要多想。有沒有這些孝敬，阿爹都是阿爹。」
楊寶娘笑著點頭。「女兒知道了。」
楊太傅喝完一碗粥，又開始了每天的例行講課。

隔天早上，喜鵲提醒楊寶娘。「二娘子，今兒要去給太太請安。」

楊寶娘正在吃飯，聞言嗯了聲，很快便放下碗筷，帶著丫頭們去正院。

半路上，她遇到陳姨娘和楊淑娘。

母女倆向楊寶娘見禮，楊寶娘拉起楊淑娘的手。「姨娘和妹妹不用客氣，咱們日日都要見面的。」

陳姨娘嘴角抽了抽，她也不想這樣，可豐姨娘那個假正經，整日見到府裡的嫡出孩子都行禮，老爺本來就讓她跟豐姨娘多學學規矩，若是再失禮，更不得老爺歡心。

一行人走到正院，豐姨娘已經帶著一子一女來了。

莫氏高坐主位，來的人先後行禮，又各自見過禮後，按照往常的次序坐下。

楊玉昆坐在莫氏身邊，楊寶娘挨著楊玉昆，下首是楊淑娘。楊默娘帶著弟弟，老老實實坐在對面。豐姨娘和陳姨娘並排立在莫氏身後。

楊玉昆問楊寶娘。「二姊姊的身子好些沒有？我新得了本地域志，覺得有意思，明兒送給二姊姊看。」

楊寶娘點頭。「多謝你關心，我都好了。你看這樣的閒書，不怕阿爹打你板子。」

楊玉昆笑了。「阿爹從不管我看這些書，聖人也曾遊歷天下。阿爹常說，學問都藏在世間，而非書本中。要是能像東籬先生一樣走遍天下，方才不負此生呢。」

雖然楊太傅不親自教導兩個兒子讀書，但時常把他們叫過去，說些道理，甚至偶爾會提及朝中的事情。

按照楊太傅的意思，書讀得再好，是個呆子也沒用。好在楊家兄弟似乎繼承父親的聰慧，在官學裡的同齡子弟中，算是個中翹楚。

楊寶娘淺淺一笑。「你說得我都心動，外面天地廣闊，誰不想出去看看呢。」

楊淑娘在旁邊插嘴道：「二姊姊，大哥出去也罷了，我們出去做什麼？我還是喜歡待在家裡，和姊姊們一起讀書、逛園子。出去走幾萬里路，腿都要走斷了。」

莫氏坐在上面，面含微笑。她讀唇的本領一流，只要張嘴，哪怕隔得老遠，也能明白說話人的意思。

楊寶娘摸摸楊淑娘頭上的小髮辮。「明兒我作東，請妳們去我院子裡玩。趁著春光好，咱們一起樂一樂。昆哥兒和闌哥兒來不來？」

楊玉闌雙眼發亮，但還是先看向楊玉昆。

楊玉昆笑著點頭。「二姊姊有請，敢不從命。明兒我送二姊姊一些好東西，慶賀二姊姊病癒。」

楊玉闌也跟著點頭。「二姊姊，我跟大哥一起去。」

莫氏並不反對兒子和兄弟姊妹們來往，她深知，凡世家大族，獨木難成林，兒子只有一個庶出弟弟，這幾位姊妹，以後都是他的助力。

兄弟姊妹幾個坐一會兒後，便各自告退了。

如今楊寶娘是家裡最大的姑娘，要請弟弟妹妹們過來玩，誰也沒有二話。且她有單獨的院子，能玩得開。

聚會當天，早上上學時，楊寶娘讓喜鵲去廚房交代，傍晚做一桌好酒席，送來棲月閣。下學後，楊寶娘換了一身煙羅雪曳地望仙裙，上面繡了攢枝千葉海棠，遮住一雙繡花鞋。梳百花分肖髻，髮髻兩側戴羊脂色茉莉小簪。

趁著弟弟妹妹們還沒來，她先把聚會要用的東西查看一遍。

酒席擺在正房，兄弟姊妹們先去她的書房玩耍。書房裡備了小圓桌，上面擺滿各色瓜果茶點。

今兒聚會，府裡人人知曉。楊太傅讓莫大管事去廚房傳話，要下人們用心伺候，管事娘子立刻打起十二分的精神。

楊寶娘在書房裡轉半天，按照各自的口味，備了好幾樣茶葉和點心。

楊默娘姊弟是最先到的，一進門，就向楊寶娘行禮問好，楊寶娘把他們帶進書房。

今日楊默娘穿的雖然是新衣，樣式卻簡單，是豐姨娘親自挑給她的。

「二娘子大病初癒，又對妳很好，妳們都到了要說親的年紀，姊妹友愛，傳出去，皆能得個好名聲。妳是妹妹，今兒不要奪姊姊的風頭，該妳出風頭時，二娘子也不會小氣。」

楊默娘很聽豐姨娘的話，故而穿得清爽簡單。

楊玉昆是第三個來的，身後跟著丫頭，手裡抱了許多東西。

楊寶娘笑話他。「你帶這麼多東西，顯得旁人都小氣了。」

楊玉昆親自把東西放到桌上。「三妹妹和弟弟還小呢，不會計較這個。」

眾人湊過來看，原來全都是書，一本地域志、一本遊記、一本話本子，還有一本介紹各地綾羅綢緞的書。

楊寶娘抽出話本子。「昆哥兒，你們平日也看這個？」

楊玉昆眨眨眼。「看了這個，才能知道外頭賊人的伎倆，不會上當受騙。這是阿爹告訴我的。」

楊寶娘大略翻了翻，裡頭寫的都是市井之間會耍的鬼祟伎倆。「這東西倒是不錯，等我看完，也給三妹妹、四妹妹瞧瞧。」

眾人正說著呢，楊淑娘進來了。「都是做哥哥姊姊的，走了也不叫我一聲，害我在後頭好一陣趕。」

楊寶娘趕緊把她拉過來，按在椅子上，幫她倒杯茶。「四妹妹別生氣，等會兒我罰他們幾個。」

楊淑娘才七歲，脾氣卻不小，氣哼哼接過茶杯。「我看二姊姊的面子。」

楊玉昆用扇子敲敲她的頭。「四妹妹整日愛生氣，被氣壓住了，不長個子。」

楊淑娘一聽，險些沒把嘴裡的茶水噴了。「大哥，可別叫我笑話你。姑媽家的表兄，比你小呢，個子高了你半個頭。」

楊寶娘也說楊玉昆。「你是做哥哥的，怎能這樣說妹妹。」

說話間，楊寶娘在弟弟妹妹們面前各放一只小碟子，上頭裝了他們愛吃的東西，楊默娘也幫著招呼。

楊玉闌在書房裡轉來轉去。「二姊姊的書真多。」

楊寶娘笑道：「你看上哪一本，儘管拿去看。」

楊玉昆起身，看牆上的水墨畫。「二姊姊這畫，跟外頭的名流相比，也差不了太多。」

楊寶娘有些心虛。「不過是畫著玩的，可不敢跟大師們相提並論。」

楊默娘開玩笑。「可惜二姊姊不是男子，不然也能跟阿爹似的，考個狀元回來。」

楊淑娘一邊嗑瓜子、一邊打趣。「二姊姊要是能考個狀元，三姊姊多了靠山，就能說個好婆家了！」

楊默娘伸手去捏她的臉。「吃還堵不住妳的嘴！」

兄弟姊妹幾個在屋子裡熱熱鬧鬧地玩耍，酒席送來之後，便一起去了正房。

大家剛坐下，楊太傅來了。

孩子們全部起身，他揮揮手，讓他們坐。「聽說你們一起玩得熱鬧，我也來湊個趣。今日不分大小，也不說功課，只管放開了玩。先吃飯。」

楊太傅帶著一群兒女，一邊吃飯、一邊說笑。他見多識廣，今天願意哄著孩子們玩，一肚子故事聽得大家雙眼放光。而且他心細，能準確記住哪個孩子愛吃什麼，指使楊寶娘幫弟弟妹妹們布菜。

都說楊太傅偏心，可他偏得讓人說不出話來。

兩個兒子拉著他吟詩作對，女兒們圍著他嘰嘰喳喳。

楊太傅面含微笑，自斟自酌，看著滿屋子的孩子，思緒有些恍惚。

曾幾何時，他也有過這樣快樂的時光。

那時候，阿爹還在，一家人住在楊柳胡同中，家境殷實，吃喝不愁，能供他去學堂。阿娘溫和，妹妹嬌俏可愛，他只管用心讀書，做個孝順父母、友愛妹妹的好少年。

是從什麼時候開始，他漸漸少了歡樂？

不能想，一想起來，他的心就忍不住陣陣劇痛……

第四章 滿月禮居心不良

楊黛娘的兒子滿月那天，楊寶娘姊妹不用上學，要一起去慶賀。吃完早飯，陳氏帶著大家出發了。

按理來說，楊黛娘的兒子滿月，莫氏帶著兒女們去就可以。但一來莫氏交際不便，二來陳氏很喜愛這個長孫女，所以也過來。

楊黛娘夫家姓周，周家是河東望族。其夫周晉中是周家嫡支長房次子，如今嫡支在京城落戶，宗族仍舊在河東府。

周晉中現任青州知府，二十多歲能做到四品正印官，很不容易。去年他上任時，楊黛娘被診出有孕，留在京城，他遂帶著兩個姨娘去青州。

楊黛娘嫁過去快十年，只生了一個女兒眉娘，這回終於生了兒子，周家大宴賓客，慶賀這個孫子的出世。

陳氏等人到時，楊黛娘的婆母周太太親自出門迎接。「親家老太太跟親家母來了，快請進。」還向陳氏行禮。

陳氏一把拉起她。「不用客氣，咱們都是至親。」

眾人互相見禮後，周太太拉著楊寶娘的手一頓誇讚，對兩個庶女，只略微招呼兩句。

一行人一邊說話、一邊進了楊黛娘的屋子，周家的丫頭跟婆子們紛紛行禮，楊黛娘連忙出來迎接。

「奶奶，阿娘。」

陳氏和莫氏一人拉著楊黛娘一隻手，仔細上下打量她，見她氣色很好，就放心了。

周太太還有很多客人要招呼，說兩句客氣話就出去，把屋子留給楊家人。

楊黛娘請陳氏和莫氏坐下，楊寶娘連忙帶著兩個妹妹，上前祝賀。「大姊姊安好，恭喜大姊姊、賀喜大姊姊。」

楊黛娘長得像楊太傅，也是個美人，笑著拉起楊寶娘。「三位妹妹整日功課忙碌，來得也少，今兒定要多玩一會兒。」又喚人端茶果來。

不用吩咐，大丫頭早帶著小丫頭們上了一堆茶水果品，楊寶娘便和兩個妹妹安靜地坐在旁邊喝茶。

陳氏高興地看著楊黛娘，這個長孫女是她和莫氏一起帶大的，那時候，家裡只有一個孩子，婆媳倆都寶貝得很。

陳氏笑咪咪地跟楊黛娘說話。「這回好了，妳有兒子，在周家終於能站穩腳跟了。」

楊黛娘的表情凝滯一下，又綻放笑容。「讓奶奶和阿爹阿娘操心了，是我不爭氣。」

莫氏拉著女兒的手拍了拍，然後對荔枝揮揮手，荔枝立刻把莫氏做的肚兜拿出來，呈給楊黛娘。

楊黛娘看著肚兜。「阿娘好手藝，這肚兜做得真精緻。」

等楊黛娘看完肚兜，楊寶娘也帶著妹妹們呈上自己做的禮物，都是些衣裳鞋襪。姊妹幾個提前商量好了，沒有重複的。

楊黛娘誇讚幾個妹妹一番，正說著話，外面忽然有丫頭來報說莫家太太來了，便忙帶著妹妹們出去迎接。

來人是莫氏娘家親弟妹莫二太太，進門後先給陳氏和莫氏見禮，幾個女孩也見過舅媽。

楊黛娘問：「大舅媽怎麼沒來？」

莫二太太扯了扯嘴角。「來了，在你們太太院子裡呢。」

莫二太太嫁的莫二老爺是莫氏的親弟弟，老秦姨娘所生，莫大老爺是正室所出。雖然莫氏嫁給楊太傅，但楊太傅對莫二老爺並未另眼相看，反倒和莫大老爺處得更好。

莫氏的親爹二老太爺是庶出，兩個兒子才幹一般，莫大老爺讀書不成，但還算精幹。莫二老爺不光讀書不成，還和親娘老秦姨娘一樣，整日只想靠這個靠那個，一點力都不想出。

自從親姊夫楊太傅發達後，莫二老爺就彷彿自己做了太傅似的，整日狐假虎威。楊太傅不和他多計較，但有兩回他仗勢欺人，楊太傅便親自帶人去莫家，當著岳父和大舅兄的面，把小舅子揍了一頓。

莫正卿去世後，三個兒子分了家，二房全靠著這個發達的女婿，才能勉強維持門面，連二老太爺在楊太傅這個女婿面前都挺不起腰桿子，莫家二房其他人就更不用說了。

莫二老爺白挨一頓打，除了老秦姨娘哭了一頓，誰也沒替他求情。

幾個女兒見過二舅媽之後，又坐在旁邊安靜吃茶。

莫二太太說了滿車好話，莫氏微笑不語，陳氏也不開口，只有楊黛娘一個人應和。

陳氏很不喜歡莫二太太，這個蠢婦，和她親婆母一樣，心思歹毒，慣愛用些下三濫的手段算計人，兩口子沒少在外面敗壞兒子的名聲。

以前陳氏去莫家，只和莫氏的嫡母二老太太說話，根本不搭理老秦姨娘。這輩子，陳氏恨透了老秦姨娘，如今她和兒子離心，就是這個賤婦害的。

當年，楊太傅本有未婚妻，就是李家養女豆娘，現在的李太后。後來，莫正卿為報答楊太傅之父楊捕頭的救命之恩，把楊太傅弄進莫家讀書。

楊太傅年少才高，又長得俊俏，莫氏因耳聾嫁不出去，老秦姨娘便相中了楊太傅。趁著楊太傅不在家，老秦姨娘派嬤嬤去楊家誘惑陳氏，說李家女配不上楊太傅，又說莫家四娘子未婚配。陳氏愛慕富貴，背著兒子，不顧道義去李家退親，轉頭去莫家訂下莫氏。

等楊太傅知道時，他的未婚妻已經從李豆娘變成莫四娘，他在李家小院裡哭斷了腸子，也沒能轉圜。

他要去莫家退親，陳氏不敢得罪莫家，自然不肯；李豆娘知道陳氏愛慕富貴，自己爭贏了也沒意思，同樣不肯。楊太傅夾在中間，受盡了委屈。

過沒多久，李豆娘進宮選秀，成了五皇子侍妾。楊太傅心如死灰，聽從親娘的安排，娶了莫氏。

可陳氏萬萬沒想到，莫氏是個聾子。

娶了個聾子，陳氏氣得一佛出世，二佛升天，但楊家勢弱，娶到莫正卿的孫女，已經算是高攀。

如今不一樣了，她兒子當了一品大員，她連個好臉色都不給老秦姨娘，只記得老秦姨娘誘騙她，全忘了自己見利忘義悔婚的事。

莫二太太自說自話，半天沒人搭理，有些氣惱。

忽然間，她拉著楊寶娘的手，開始絮叨道：「寶娘，聽說妳前陣子身子不太舒服，如今都好了嗎？平日多去舅媽那裡坐坐，妳表兄整日惦記著妳呢。」

陳氏和楊黛娘聽得直皺眉頭，莫氏面無表情。楊默娘和楊淑娘妳看看我、我看看妳，不敢出聲。

楊寶娘想在腦海裡搜索這什麼表兄的事，卻一片空白，聽婦人說話不得體，笑著回答。

「多謝二舅媽關心，我都好了。因整日功課忙碌，亦少出門。等回頭有空，定去看望二舅媽。只是，男女有別，表兄也大了，還是以讀書為要，切莫再說惦記我的話。」

莫二太太聞言，表情尷尬，楊淑娘忍不住噗哧笑了，又趕緊端起茶杯假裝喝茶。

二姊姊太壞了，莫九郎草包一個，讀個屁的書！癩蛤蟆想吃天鵝肉，竟敢妄想二姊姊。

陳氏也跟著笑起來，這個孫女不是好惹的，她連親娘都敢頂，別說一個舅媽了。

以前莫二太太還知道遮掩遮掩自己的心思，今日這樣堂而皇之地說出來，讓大家都有些不高興。

莫氏瞇起眼睛，這門婚事，她是不反對的，但心裡清楚，想促成可太難了。

楊太傅對老秦姨娘恨之入骨，連她的親兒孫在楊太傅眼中都變得面目可憎，更別說莫九郎那個草包。

那日，莫二太太與莫氏說過此事後，莫氏很為難，秦嬤嬤卻大力贊同。

「太太，老爺對舅老爺冷淡得很，若是二娘子能嫁給九郎，憑著老爺對二娘子的喜愛，以後舅老爺一家子還能少了好日子過？」

莫氏聽了直搖頭，秦嬤嬤仍舊小聲遊說。「太太，九郎是太太的親姪兒，她一個野種能配給九郎，是她高攀。」

莫氏覺得秦嬤嬤說話過於刻薄，正想提醒她，在外面聽了半天的楊寶娘忽然衝進來，雙目赤紅看著秦嬤嬤。

「老賊婆子，把妳剛才說的話再說一遍！」

秦嬤嬤一直覺得這個野丫頭不配她敬重，神色之間不免透露出一絲鄙夷。「哪有小娘子過問自己婚事的。太太這麼做，也是為二娘子打算，親上加親豈不是更好。」

楊寶娘聽見秦嬤嬤那句野種，想到說她的流言，內心頓時像被扎了千萬把刀子，立刻轉頭看向莫氏，一邊哭、一邊問——

「太太，難道您真的一點也不疼我？」

莫氏看看楊寶娘，閉上了眼睛。

楊寶娘用手指著主僕兩人。「好，好，好得很！」說完這句話，就昏過去了。

後來，莫氏不知道楊寶娘換了靈魂，以為楊寶娘病好後會大鬧一場，孰料她只是潑了秦嬤嬤一臉茶水。

時至今日，莫二太太不再掩飾自己的目的，但莫氏心裡清楚，這門婚事不用再想了。

楊寶娘不知原身被這樣折辱過，但她能感覺到，當這個女人靠近時，內心本能的厭惡。她知道這是楊寶娘殘存的意識，這個舅媽一定做過讓原身很討厭的事情。

楊寶娘拒絕後，莫二太太仍舊絮絮叨叨，不外乎是說自己多喜歡楊寶娘，楊寶娘相貌好、家世好，什麼都好，好在沒有睜眼說瞎話，誇她兒子莫九郎好。

說了許久的話，周太太來請楊家人去正院，莫二太太也跟上了。

開席時，楊太傅從衙門過來了。

楊黛娘的公爹周老爺親自迎接楊太傅，請他坐上席。

楊太傅和周老爺寒暄。「哥兒出生，可惜他阿爹到現在還沒看到呢。」

周老爺摸摸鬍鬚。「親家放心，等孩子再大些，我讓人送他們娘兒三個去青州，孩子還是要在親爹跟前長大才行。」

楊太傅要的就是這句話，但仍舊謙虛道：「做兒媳婦的，女婿不在家，她留在家裡孝敬公婆是應該的。」

周老爺笑咪咪地反駁。「親家一向豁達，怎麼忽然古板起來。我家大郎在家裡呢，何苦拆散二郎他們一家子。以後，也不是沒有機會在一起。」

周老爺這句話說得就遠了，想要一家團聚，周晉中必然要回京，能不能回來，就得看老丈人了。

楊太傅被將一軍，並不接話。「我倒是羨慕女婿，能外放做父母官。我這輩子都沒離開過京城，頗為遺憾。」

其他人聽了，連忙奉承。「太傅身居高堂，運籌帷幄之間，便可助聖上把江山治理得海晏河清，這是天下讀書人作夢都做不到的呢。」

楊太傅朝宮內的方向拱手。「聖上垂拱而治，我等不過是聽命行事。」

一行人立刻吹捧景仁帝，又吹捧楊太傅和景仁帝君臣和諧。

一桌子男人說著客套話。內院中，楊家女眷單獨坐一桌，莫家妯娌也在一起，周太太又請了族裡婦人作陪。

楊寶娘謹言慎行，只和兩個妹妹說話，時不時照看楊淑娘的吃喝。

吃完酒席，楊太傅要去當差，走之前派人到內院傳話，讓莫氏帶著陳氏和孩子們回府。

開席之前，楊黛娘聽說楊太傅來了，心裡十分高興。

楊太傅來吃酒，就是替她做臉面。酒席上的話，有人傳給她聽，楊太傅一句話，公爹就要送她去青州。

嫁到周家後，她遲遲沒有兒子，因此一直惴惴不安。婆母等了六、七年，終於等不及，提了兩個姨娘，打算生下孩子後，抱給她養，讓楊黛娘十分難過，誰願意養別人的孩子呢。

楊太傅聽說後，把周晉中送到青州做知府，原意是讓小夫妻和公婆分開，誰曉得周晉中出發前，楊黛娘居然懷上了。

楊黛娘內心有些感慨，若非有親爹楊太傅當靠山，家裡怕是早有一堆庶子。

於是，楊家女眷離開時，楊黛娘親自送到二門口，一再邀請幾個妹妹多過來玩耍。

回到家，楊寶娘有些疲憊，躺上床就睡著。等她起來時，已經是傍晚。

楊寶娘見離吃晚飯的時辰還早，帶著喜鵲一起去花園。

春日黃昏，有些餘暉灑在湖面上。

楊寶娘問喜鵲。「妳會划船嗎？」

喜鵲瞪大了眼睛。「二娘子，家裡有船娘，您可別自己動手。」

楊寶娘躍躍欲試，喜鵲立刻出聲阻止。「二娘子，那船槳粗糙得很，別傷著您的手。要是老爺知道了，船娘會受罰……」

楊寶娘見這丫頭嘮嘮叨叨，不想讓她為難，只能放棄，命人叫船娘來。

一會兒後，主僕倆一起上了小船，船娘撐著船槳，小船慢慢飄蕩。

楊寶娘趴在船邊，把手伸進有些涼的水裡，覺得有趣，又撥弄兩下，喜鵲也湊過來。

船娘趕緊阻攔她們。「二娘子，妳們不能趴在同一邊，這樣船會翻的。」

楊寶娘趕緊把喜鵲攆到另一邊。「趕緊過去，要是翻船，都成了落湯雞。」

楊寶娘玩水玩得高興，往湖裡撒了很多魚食，小魚們爭前恐後跟著小船游。

太陽將要下山了，湖邊的下人們忽然安靜下來。楊寶娘抬頭一看，發現楊太傅正站在湖邊望著她。

楊寶娘有些訕訕。「阿爹，您要不要下來一起玩？」

楊太傅笑笑。「妳自己玩，當心些，莫要翻了船。」說罷，走到湖心亭，坐在欄杆旁邊的長椅上，看女兒戲水。

楊寶娘拿了根稍短的船槳幫忙划船，越玩越有意思。

楊太傅坐在亭中，目不轉睛地看著女兒，神思縹緲。

等楊寶娘玩夠了，天已經黑透。她下了船，走進亭中。

「阿爹，划船還挺好玩的。」

楊太傅笑了。「等天氣再暖和些，妳多來玩玩。如今早晚還涼得很，回去吧。」

他說完，起身帶著她回棲月閣吃晚飯。

用膳時，楊太傅幫楊寶娘夾菜，問她。「今日在妳大姊姊家中，後院有無事情發生？」

楊寶娘想了想，搖搖頭。「無事，阿爹放心吧。」

楊太傅便不再問。「這些日子讀書也累了，明兒讓先生給妳們放假，妳帶著妹妹們出去玩玩。」

楊寶娘驚喜地看向楊太傅。「阿爹，我能出去玩？」

楊太傅摸摸她的頭髮。「自然可以。不出去走走看看，讀再多的書，也是個糊塗人。」

楊寶娘高興地幫楊太傅布菜。「阿爹真是世上最好的阿爹，明兒我再給阿爹做衣裳。」

楊太傅吃了這一記馬屁，哈哈笑了。吃完飯，便去了豐姨娘的院子。

另一邊，楊默娘回來後，把周家的事說給豐姨娘聽。

豐姨娘正在做針線，聞言放下手裡的活計。「若是莫家人靠近，多幫襯妳二姊姊，莫要讓她被人算計了。」

楊默娘內心好奇，忍不住問她。「姨娘，以前發生過什麼事不成？」

豐姨娘搖頭。「並沒有。妳二姊姊再不濟，也不至於嫁給莫九郎。他雖是太太親姪子，但沒有為了姪子委屈女兒的。」

楊默娘試探地說：「姨娘，這世上，為了親姪子委屈女兒的人多了去。再說，太太好像也不太在意二姊姊。」

豐姨娘忽然抬頭盯著女兒。「切莫再說這話。老爺看重二娘子，這就夠了。」

楊默娘見她表情嚴肅，立刻點頭。「我曉得了，姨娘放心吧。」

到了用膳的時辰，豐姨娘帶著一雙兒女吃飯，丫頭悄悄來報。「姨娘，老爺在棲月閣陪二娘子吃晚飯。」

豐姨娘擺擺手，讓丫頭下去，又低聲對兒女說：「你們二姊姊沒有生母疼愛，老爺多疼她一些，也是應該的。」

楊玉闌是個男孩子，並不怎麼和姊姊們爭這個。楊默娘已經習慣了，也沒反駁。且自從聽說楊寶娘在正院昏倒，內心便十分好奇，感覺太太和二姊姊之間，關係莫測。

楊太傅過來後，娘兒三個高興地迎接他。楊默娘行過禮，很有眼色地帶著弟弟下去了。

等兒女們走後，楊太傅望向豐姨娘。「怎麼不穿那身水紅色的裙子了，那身好看。」

豐姨娘淺笑。「婢妾年紀大了，不好總穿那麼鮮亮的顏色。」

楊太傅又看了她一眼。「妳不老。」

豐姨娘點頭。「那明兒婢妾就穿上。」接著，幫楊太傅捶背捏腿。

楊太傅閉著眼睛躺在躺椅上，豐姨娘服侍他一陣子後，輕聲問：「老爺，要洗漱嗎？」

楊太傅嗯了一聲，豐姨娘對外頭擺擺手，立刻有人去準備。

洗漱後，楊太傅在燈下看著豐姨娘，她的年紀確實不小了。

豐姨娘原是陳氏身邊的丫頭，但楊太傅看都不看她一眼，獨自住在外院，和莫氏也是井水不犯河水。

但豐姨娘永遠記得，景仁四年夏天的某個晚上，楊太傅忽然闖入內院，把她帶到前院，不管不顧地要了她。

第二天，她就成了姨娘，還有了個單獨的小院子，對當時快三十歲的她來說，簡直是喜從天降。

從此，老爺夜夜入內院，但並不獨寵她一人，今天來她這裡，明晚去莫氏院裡。

過了月餘，太太和她先後被診出有孕。

她以為自己成了寵妾，但隨著日子越來越久，漸漸開了竅。楊太傅大概是真的不喜歡她，她明明喜歡蔥綠，非說她喜歡水紅；她喜歡聽戲，他卻說她喜歡讀書。

而今，年屆四十的豐姨娘，猶如一朵盛開到極致的花，雖然安靜地待在角落裡，卻隨時散發著淡淡的香氣，讓楊太傅覺得安靜、美好。

如此便好。

第五章 初相見牡丹入畫

第二日，還沒等楊寶娘想好去哪裡玩，原身的好閨密嘉和縣主下了帖子，邀請她去南平郡王府。南平郡王是景仁帝的庶弟，景仁帝年幼登基，因前頭幾個兄長都折損，為了表示安撫，首先重用跟他年紀差不多的南平郡王。

南平郡王十六歲就領了差事，一向看景仁帝的眼色行事，是宗室中比較有權勢的郡王。

嘉和縣主有這樣的親爹，宮裡一干娘娘們也很看重她。

楊寶娘長到五歲才回家，剛到京城時，楊太傅還不是太傅，也沒做吏部尚書。因為沒有熟悉的朋友，楊寶娘被人恥笑，嘉和縣主路見不平拔刀相助，替她解過幾次圍，兩個小女孩就這樣交好了。

後來，楊太傅的權勢越來越大，楊寶娘底氣越發足了，兩家門第相當，兩人之間的情誼也越來越深厚。楊寶娘的朋友不多，嘉和縣主是最親密的一個。她能感覺到，自己看到請柬時，內心的歡喜。嘉和縣主的神采飛揚，和楊寶娘如出一轍。

喜鵲在一旁湊趣。「二娘子，咱們好久沒去郡王府，這回好生玩一玩再回來。」

劉嬤嬤笑著罵她。「妳這丫頭，整日想著玩。妳阿爹送妳來，是要妳服侍二娘子，不是讓妳玩的。」

喜鵲嘿嘿笑了。「嬤嬤，陪二娘子玩，就是我的差事呀。」

楊寶娘放下請柬。「明兒去吧，先把出門的衣裳準備好。」

喜鵲高興地應聲去了。

還沒到吃午飯的時辰，陳姨娘忽然帶著楊淑娘過來。

陳姨娘仔細打量楊寶娘的屋子，嘖嘖稱讚。「二娘子這屋子佈置得真好看，四娘子，妳也學一學。」

楊淑娘噘嘴。「姨娘整天就覺得我差勁。」

楊寶娘摸摸她頭上的小髮辮。「誰說的，四妹妹長得得人疼呢。」

楊淑娘頓時笑得異常燦爛，拉住楊寶娘的袖子。「二姊姊，聽說嘉和縣主下帖子請妳去玩，能不能帶上我？」

楊寶娘有些為難，嘉和縣主的帖子並未說要請楊家所有姊妹。

果然，陳姨娘無事不登三寶殿，定是她聽到消息，攛掇楊淑娘來的。

楊寶娘拍拍楊淑娘的頭。「四妹妹，不是我不想帶妳去。縣主這帖子下得突然，並未說讓我帶著妹妹們一起，我若貿然帶上一堆姊妹，不免有些失禮。這樣吧，昨兒阿爹跟我說，讓我們出門玩玩，下午我帶妳們去逛逛可好？」

楊淑娘並不是真的想去郡王府，嘉和縣主下帖子時，並未避著人，陳姨娘聽說後，立刻在楊淑娘耳朵邊嘮叨起來。

「妳二姊姊又要去郡王府了，妳們是親姊妹，若是能跟著去，總能多認識兩個貴女，以後的路也能更寬些。」

楊淑娘本來還沒多想，聽她這樣一說，小孩子好勝心強，立刻有些心動，但又不好意思過來，陳姨娘便硬拉著她上門。

聽楊寶娘說要帶她出門逛逛，楊淑娘頓時雙眼發光。「二姊姊，真的能出去玩？」

楊寶娘點頭。「能，叫上妳三姊姊，咱們一起去。」

陳姨娘聞言，暗暗撇撇嘴，真是個傻丫頭。

既然許諾，楊寶娘說到做到，立刻派人去問楊默娘，得到了答覆。

楊淑娘聽了，高高興興地回去準備。

大景朝閨訓並沒有那麼嚴格，女子也可以上街，多帶些隨從就是了。

楊寶娘先吩咐人去稟告陳氏和莫氏，莫氏命人傳話，說早些回來，陳氏則讓她們玩得高興些，準備車馬和跟隨的男僕。

楊寶娘高興地吃完午飯，然後在劉嬤嬤的叨叨聲中睡著了。

不到半個時辰，楊寶娘就醒了。

喜鵲帶著幾個丫頭幫她洗漱打扮，因為要出門，楊寶娘換上華麗的衣裙，那料子據說是貢品，頭上的花釵鑲嵌各色寶石，脖子上的金項圈，底下掛了把金鎖，上頭還有一顆又大又純淨的紅寶石。

楊寶娘很滿意自己這身裝扮，帶著丫頭們往外走。

剛出了正房門，便見楊默娘走進垂花門。「二姊姊也預備好了？」

楊寶娘笑著點頭。「剛準備走呢，咱們去叫四妹妹。」

楊默娘穿的也是新做的衣裳，款式繁複，只比楊寶娘的略微素淨些。姊妹兩個容貌都出眾，一個華貴，一個清麗，真是各有千秋。

叫了楊淑娘，三人坐上馬車，出了太傅府的大門。馬車上面有個楊字，普通百姓可能不認識，高門的人一看就知道。

馬車夠大，楊寶娘坐主位，兩個妹妹分兩列而坐。

楊淑娘掀開簾子往外頭看。「二姊姊，咱們去哪裡？」

楊寶娘也正在思考這個問題，在腦海中把原身平日去過的地方想了一遍，找個可以看風景的好地方。

「咱們去一壺春吧，這會兒該有好茶了。」

楊寶娘說的是這一帶有名的茶樓，兩個妹妹立刻點頭答應。

楊默娘勸楊淑娘。「四妹妹，把簾子放下吧，大街上人來人往，沒什麼好看的。等會兒到茶樓坐，多的是風景可瞧呢。」

楊淑娘放下簾子。「我就喜歡看這熱熱鬧鬧的人群，家裡來來去去總是那幾個人，看都看煩了。」

楊寶娘知道，這孩子定是悶壞了。「以後只要學堂放假，我就帶妳出來玩，聽妳三姊姊的，別看了，當心被拐子盯上。」

說笑的工夫，馬車到了一壺春，跟來的小廝先進去找掌櫃訂了臨街的雅間，三個姑娘這才下車，在丫頭婆子的簇擁下，一起上樓。

雅間不是很大，姊妹三個只帶著丫頭進去，婆子們守著門口，男僕們坐在樓下大廳。

楊寶娘一進屋，就把頭上的帷帽扔了，率先坐到窗邊的小桌旁。「這麼好的天氣，就該出來逛逛。」說完，伸手打開旁邊的窗戶，外頭熙熙攘攘的人潮立刻映入眼簾。

楊淑娘忙湊過來，坐在另外一邊。「街上的人好多呀。」

楊默娘坐在面向窗戶的位置，只能看見對面的屋頂。

此時，店家送來一壺上等碧螺春，姊妹三個有些口渴，一人端了一杯茶，細細喝起來。

楊寶娘只覺得這茶好喝，卻說不出怎麼個好法，倒是楊默娘能說出一二，什麼季節採茶、如何製茶、怎麼泡茶才能更好喝。

楊寶娘笑而不語，楊淑娘嘟起嘴。「三姊姊喝個茶也這麼多講究。」

楊默娘也笑。「我好不容易有個地方能比得過妳們，還不許我顯擺。」

笑鬧過後，楊寶娘放下茶盞，面向窗外而坐。

外頭，行人如織，下午的陽光已經照不到這條街。叫賣聲、吆喝聲，聽得楊寶娘有些神情恍惚。忽然，街口傳來一陣達達馬蹄聲，一群人從路口進來。

為首的是個中年男子，身穿樸素儒衫，渾身的書卷氣掩都掩不住。但他看起來並不文弱，面色和善中帶著一絲堅毅，又透出一抹淡然隨興，像是經歷許多人世間的風霜洗禮。

男子旁邊是個小小少年，華服錦袍，頭戴金冠，容貌如玉般精緻，雖還未長成，卻不難想像，長大了定是個美男子。

二人皆騎在馬上，下面有僕人牽著馬，慢慢行走。

能在這鬧市中騎馬，看來非富即貴。

楊寶娘正在猜測來人身分，旁邊的雅間裡忽然伸出一個腦袋，對著下面大喊：「樓下的可是東籬先生？」

中年人望向樓上，旁邊的少年也跟著抬頭，看到了楊寶娘。

楊寶娘愣一下，忽然笑了。小帥哥，你好呀！

少年郎也愣了，衝楊寶娘一笑，笑容燦若星辰，看得楊寶娘真想衝下樓捏他的臉。長得這樣好看還對人笑，會讓人犯法的知道嗎?!

楊寶娘覺得自己這樣對著漂亮小男孩笑不太恰當，趕緊縮回頭，還把楊淑娘拉進去。

樓下中年人的聲音傳來。「正是李某人。不知兄臺是哪位？」

隔壁那人立刻激動得語無倫次。「三郎，你不記得我啦？以前咱們一起讀書的呀！」

話音一落，兩旁街道立刻伸出許多腦袋，竊竊私語起來。

「東籬先生回來了？他還沒成親嗎？」

「蠢材，你以為東籬先生跟你一樣，沒了婆娘就活不下去。」

中年男子的聲音又傳來。「兄臺，李某多年未歸，家中父母盼著，我先回去，來日再找兄臺一起喝酒。」

那人繼續語無倫次。「好，好，三郎先回去，我回頭上承恩公府下帖子，一定要來。」

「好，靜候兄臺。」

須臾，少年郎的聲音也傳進來。「三舅，咱們走吧。」

隨後，噠噠的馬蹄聲越走越遠。

楊寶娘問楊默娘。「這位東籬先生是什麼來頭？」

楊默娘低聲解釋道：「這是太后娘娘的親弟弟，十分有才華，聽說在南邊開了家書院，名滿天下。」

楊寶娘對楊默娘點點頭，然後開始在腦中搜尋，果然有些記憶，卻覺得和自己無關，遂不多想。

楊淑娘也小聲說道：「我聽我姨娘說，東籬先生每次回來，都被承恩公夫人押著相看親事，再找機會偷偷跑掉。」

楊寶娘看她一眼。「這話可別到外頭去說，跟咱們又沒關係。」
等馬蹄聲遠了，楊寶娘又打開窗戶，讓楊默娘坐過來一起看。
待了一陣子後，姊妹三個一起離開，去了常去的銀樓，還上墨寶閣買了些筆墨紙硯。
三個人走走逛逛，天快黑了才回家。
一進大門，立刻有人把她們帶進楊太傅的書房。
楊太傅讓她們坐下，仔細問了今日去哪些地方、遇到什麼人，楊寶娘一一回答了。
楊太傅聽完，揮揮手。「都去吧，早些歇著。」

第二天早上，楊寶娘換身裝扮，坐上昨天那輛馬車，早早去了南平郡王府。
不用遞帖子，門房看到楊家的車，連問都不問，立刻放行。到了二門，有轎子來接。
到了正院後，嘉和縣主聽見動靜，親自出來迎接，拉著楊寶娘的手就是一陣念叨。
「妳好些了沒有？我想去看妳，又怕擾著妳歇息，只好讓人送些東西過去。聽說妳前兒去了周家，才下了帖子。」
楊寶娘感覺到一陣熟悉感，這是個赤忱的小姑娘。
「我都好了，昨兒還出去逛一圈。聽說妳家的牡丹花開了，趕緊跑來，遲了就沒得看呢。先說好，我叫不上花名，妳可別笑話我，我只管看。」
嘉和縣主哈哈笑了。「我背不出書來，妳不也沒笑話我。」

兩個人一起進內室，一位氣質溫婉、衣著華貴的中年婦人坐在上首，微笑看著她們。

楊寶娘趕緊行禮。「見過王妃娘娘。」

郡王妃親自下來扶起楊寶娘，又仔細觀察她的氣色。「總算是好了，到這裡來，就跟家裡一樣，不要客氣。嘉和在院子裡準備了許多東西，今兒中午別走了，在這裡吃飯。園子留給妳們兩個，只要不拆院牆，想怎麼玩就怎麼玩。」

嘉和縣主撒嬌。「母妃！」

郡王妃拍拍楊寶娘的手。「我不多留妳說話了，妳們去玩吧。」

楊寶娘又屈膝。「多謝王妃娘娘。」

嘉和縣主拉著楊寶娘走了。

嘉和縣主先帶楊寶娘進她房裡，換了身衣裳，拉著楊寶娘去王府花園。

花園裡有座八角亭，亭中的桌上已經擺滿果品。

亭子旁邊開滿牡丹花，顏色各異，有些楊寶娘能叫出名字，有些不認識。

嘉和縣主招呼楊寶娘。「這茶是妳愛喝的，果子也是照著妳喜歡的口味準備。別客氣，儘管吃。」

楊寶娘笑了。「我又不是飯桶。」

嘉和縣主哈哈大笑。「妳不吃，我吃了，我是飯桶。」

楊寶娘的目光被亭子附近的花吸引，忽然問嘉和縣主。「有紙筆嗎？我想畫畫。」

嘉和縣主高興地叫丫頭趕緊準備，又道：「寶娘，妳好生畫，明兒給我做花樣子。」

王府的丫頭們飛快搬來一張桌子，擺滿作畫用的東西。

楊寶娘站在桌子旁邊，先仔細觀察正前方的兩盆牡丹，閉上眼睛後，在腦海中把牡丹的樣子還原一遍，開始下筆畫。嘉和縣主坐在旁邊吃東西，楊寶娘筆下不停。兩個女孩並未說話，卻如同多年老友一般，隨興不拘束。

一陣暖風吹來，楊寶娘的裙襬微微飄動。

不遠的地方，南平郡王的次子朱翌軒駐足觀看，半晌後，抬起腳往亭子走去。

他靜悄悄進來，嘉和縣主衝他擺手，讓他別作聲。

朱翌軒微笑，輕輕坐下，一句話也沒說。兄妹倆都怕打擾了楊寶娘。

楊寶娘直畫了近半個時辰才停筆，一回神，發現亭子中竟多了個人，連忙行禮問好。

「二公子進來怎麼不吱聲，倒嚇我一跳。」

朱翌軒也起身還禮。「寶娘妹妹別來無恙。多日不見，聽說妹妹病了，可大安了？」

楊寶娘笑著坐下。「原是小毛病，如今都好了，多謝二公子關心。」

朱翌軒看看楊寶娘畫的牡丹圖，立時一迭連聲地誇讚。「妹妹的畫越來越好了，不光畫技嫻熟，意境也越發有靈氣。」

嘉和縣主也起身來看。「呀，畫得真好，送給我吧，明兒我讓人繡在裙子上。我做兩條裙子，咱倆一人一條。」
楊寶娘點頭。「喜歡就拿去吧，若繡在裙子上不好看，別賴我，定是繡娘手藝不好。」
嘉和縣主趕忙接話。「不賴妳不賴妳。」
朱翌軒用扇子敲敲嘉和縣主的頭。「妳也跟寶娘妹妹學學，別整日憨吃憨玩的。」
嘉和縣主翻個白眼，小聲嘟囔道：「在二哥眼裡，連寶娘吐口水的樣子都是極美的。」
朱翌軒瞥楊寶娘一眼，面含微笑。「別胡說，我是想讓妳學些好。」
楊寶娘聽見嘉和縣主的話，若無其事地端起茶盞喝了一口，又扭頭看旁邊的牡丹花。
嘉和縣主問：「今兒二哥沒去學堂？父王知道了，又要罰你。」
朱翌軒把玩著手裡的茶盞。「過幾日外曾祖母大壽，父王替我告了假，要幫母妃準備賀禮呢。」
嘉和縣主歪著頭，用口形對他說：呸！你就是聽見寶娘來了，狗顛顛似的跟來了。
朱翌軒坐在楊寶娘對面，時不時看向她，見她嬌俏如花，心裡忍不住怦怦亂跳。
不知從什麼時候開始，這個整日和妹妹一起玩的小女孩，讓他牽腸掛肚。
他去求父王，可父王說楊太傅勢大，為向皇伯父表忠心，必定不會和宗親結親。楊寶娘是太傅掌珠，想讓楊太傅應允，看來還是要去求皇伯父。
上輩子楊寶娘雖然沒談過戀愛，但混跡職場好幾年，這種少年郎暗戀的味道，她吸一口氣就聞出來了。

開玩笑，閨密的親哥哥，她一點興趣都沒有。

楊寶娘在南平郡王府玩了一天，等她到家時，楊太傅已經在等她了。

見女兒髮髻有些亂，楊太傅幫她抿頭髮。「玩得高不高興？」

楊寶娘點頭。「高興！」

楊太傅摸摸她的頭。「明兒繼續讀書吧。過幾日衛家太夫人七十大壽，妳去赴宴，跟著嘉和縣主，不要和不認識的人多說話。」

楊寶娘再次點頭。「我知道了。阿爹今兒累不累？」

楊太傅開玩笑。「阿爹不累。阿爹如今只要把聖上伺候好就行，不用幹別的活。」

楊寶娘忍不住笑了。「阿爹這活兒，天下多少人羨慕得眼紅。」

楊太傅哈哈大笑，笑過之後，又仔細叮囑女兒。「妳也大了，如今朝中許多人家開始打聽妳的親事。為防有人心思不正，從明兒開始，我撥兩個侍衛給妳，他們身手都不錯，在外頭遇到不守禮的人，只管打，阿爹替妳撐腰。」

楊寶娘笑咪咪地向楊太傅道謝。「阿爹早該給我的，多兩個侍衛，我出門多威風。」

楊太傅點頭。「去吧，早些歇著。」

第六章　校場事出門燒香

過了幾日，嘉和縣主果真派人給楊寶娘送來一條裙子，上面繡了大朵的牡丹花。來人對楊寶娘說：「二娘子，我們縣主說，等衛家太夫人大壽那天，和二娘子穿一樣的裙子赴宴，不知道的人，還以為您們是親姊妹呢。」

楊寶娘笑了，小女孩們交情好，穿一樣的衣裳，想起來就覺得很可愛。

等衛家太夫人大壽那天，楊寶娘一大早就起床，換衣梳妝，忙了小半個時辰。嘉和縣主送來的裙子雍容華貴，好在楊寶娘容貌出眾，華服配美人，相得益彰。

陳氏笑著誇讚。「這裙子真不錯。」

楊寶娘扯了扯裙邊。「奶奶，這是嘉和縣主送我的。」

陳氏不再多說，帶著兒媳婦和三個孫女出門。楊家兩個男孩子已經在外院候著，等女眷們出來後，兄弟倆騎馬，一左一右相護。

衛家原是勛貴世家，太祖登基，賜壽亭侯，但太宗和先帝年間有些落魄，被降為伯爵。景仁帝即位，把衛家嫡女賜給南平郡王當正妃，衛家用心教導子弟，漸漸又興旺起來。

南平郡王得景仁帝看重，如今是宗室最有權勢的人。衛太夫人有個這樣出息的孫女婿，她的七十大壽，滿京城的勛貴、清流之家，都派人來賀壽。

楊家車隊到衛家時，因為今日來的賓客太多，車馬交織在一起，坊口都堵住了。衛家的男僕們正在指揮安排，好多人家紛紛下車下馬，徒步前行。

陳氏掀開簾子看了看。「咱們也下車吧。」

陳氏帶著兒媳婦和三個孫女下來，楊玉坤兄弟也下馬。衛家僕人相迎，帶著眾人往府裡去了。

一群人剛走到大門口，迎面碰見幾個賓客。

為首是一對青年夫婦，衣著華貴。後面跟了兩男兩女，最大的男孩，年紀看起來和楊寶娘差不多。

青年婦人向陳氏和莫氏行禮。「見過楊太夫人，見過楊夫人。」

陳氏拉起她的手。「好孩子，不必多禮，一起進去吧。」

青年人也對婆媳倆拱手，楊家兄弟連忙回禮。「見過世子爺。」

楊寶娘略微抬眼，發現那個最大的男孩子正是那天在茶樓下對她笑的少年郎。

少年郎發現了，忽然又對著楊寶娘燦然一笑。

楊寶娘歪頭，也對他笑了。

旁邊的楊淑娘認出對面的少年，興奮地扯扯楊寶娘的袖子。

楊寶娘見那青年婦人有些眼熟，開始從腦海中搜索。

哦，原來是晉國公世子夫婦。那兩個女孩是世子爺趙傳慶的女兒，小一點的男孩是他唯一的兒子。

但那個對她笑的少年郎，原身好像不認識。

到了內院，衛太夫人親自接待楊氏婆媳以及晉國公世子夫人。

嘉和縣主過來，一把拉起楊寶娘的手，走到衛太夫人身邊。「外曾祖母您看，我和寶娘的裙子，是不是一模一樣？」

衛太夫人笑了。「真是一模一樣，不知道的，以為妳們是嫡親姊妹呢。」

陳氏接話道：「她們兩個整日一起玩，感情好得不比嫡親姊妹差了。」

婦人們相聚，道些家長裡短，女孩們各自找相熟的人說話。

嘉和縣主對楊寶娘耳語。「後面的跑馬場正在賽馬，妳想不想去？」

楊寶娘眼睛亮了，看看前面的陳氏和莫氏，有些猶豫。

嘉和縣主慫恿她。「沒事的，後頭好多人呢，妳跟老夫人說一聲，咱們瞧瞧就回來。」

楊寶娘也想騎馬，喝口茶後，儀態萬千地走到前面。「奶奶，嘉和縣主約我去騎馬。」

陳氏和藹地說：「去吧，注意些，別把裙子弄髒了。」

楊寶娘高興地點頭，立刻就要走。

楊默娘一向不參與這些事，楊淑娘便拉拉楊寶娘的袖子。「二姊姊，我也要去。」

莫氏看楊淑娘一眼，搖搖頭。

楊寶娘安慰她。「妳還小呢，不能騎馬，跟妳三姊姊在這裡玩。」

嘉和縣主等不及，楊寶娘剛說完，就拉著她走了。

衛家的爵位被降，但府邸規模沒變。衛家是開國元勛之一，家裡有個巨大的校場。

兩人到時，校場裡已經有不少人，都是各家愛玩鬧的孩子們。

嘉和縣主的表弟衛七郎過來招呼。「表姊來了。」

嘉和縣主點頭。「你們怎麼玩的？」

衛七郎認真回答道：「各挑一匹馬跑幾圈，先到的贏。輸的人，不拘給個什麼都行。」

嘉和縣主問：「可分男女？」

衛七郎咧嘴笑了。「五哥促狹，不讓我們分。」

各家舉辦這種宴會時，會故意讓家裡未婚的孩子們玩玩，一來多認識些朋友，二來，若是發現性格不合適的，說親時也能故意避開。

衛七郎問嘉和縣主。「表姊和二娘子要不要玩？」

楊寶娘看看自己的裙子。「嘉和，咱們這樣怎麼騎馬呀？」

嘉和縣主嘿嘿笑了。「別怕，我帶了兩套騎裝。」又對衛七郎說：「幫我們安排吧。」

衛七郎領命下去，嘉和縣主拉著楊寶娘，找個地方換衣裳了。

小姑娘們換好衣裳過來，校場裡傳出一片叫好聲。

場地中央，兩個少年郎各騎一匹馬，你追我趕，差距極小，看客們都跟著緊張起來。

楊寶娘問嘉和縣主。「那兩人是誰？」

嘉和縣主奇怪地看向楊寶娘。「那是劉貴嬪的弟弟，妳不認識了？旁邊那個，聽說是晉國公趙府三公子趙傳煒，剛入京的。」

楊寶娘把話岔開。「他們鬧得風沙大，差點迷了我的眼睛。」

最後，在一片歡呼聲中，趙傳煒略勝一籌。

嘉和縣主嘖嘖出聲。「劉貴嬪蠢得很，沒想到娘家弟弟倒是不錯。」

楊寶娘飛快在腦海中搜尋著，劉貴嬪是景仁帝外出遊玩時帶回來的，入宮後先封了低等嬪妃，幾年工夫，不光生了兒子，還封了貴嬪，娘家人也跟著雞犬升天。剛才賽馬的少年是她嫡親的幼弟，據說是個很不錯的後生。

楊寶娘甩甩頭，這跟她沒關係。

很快地，嘉和縣主先上場，與兵部張侍郎家的孫女跑了一場，打個平手。

等楊寶娘上場時，對手是嚴皇后的娘家姪子。嚴家本是文人出身，如今後輩子孫們也開始文武兼修了。

嚴家少年望向楊寶娘。「二娘子，我讓妳先跑。」

楊寶娘打量他一眼。「嚴公子，聽說你是讀書郎，還是我讓你先吧。」

眾人哄笑起來，嚴公子脹紅了臉。「那還是一起跑吧。」

衛五郎是令官，一聲哨響，兩匹馬撒腿狂奔。

楊寶娘好久沒騎馬了，憑著本能，放空自己，讓軀體帶著思緒跑。

楊太傅雖是文人，卻請人教導兩個兒子和楊寶娘騎馬。以前她與嘉和縣主會去京郊跑馬，是京城出了名的事，不能露怯。

慢慢地，楊寶娘找到了感覺，但落後半丈遠。

忽然，楊寶娘感覺內心升騰起一股凌厲的氣勢，促使她揚手，一抽馬鞭，座下的馬兒吃痛狂奔。

跑了一圈後，差距縮小。

人群集中在校場東邊，馬兒經過東邊時，楊寶娘眼尖，看到人群中咕嚕嚕滾出一塊染了色的石頭。

馬兒受驚，就要往旁邊側身。

趙傳煒一揮馬鞭，千鈞一髮之際，把石頭捲走了。

楊寶娘強扭轠繩，馬兒繼續按原來的路線往前跑。

那股凌厲氣勢越來越盛，馬兒越跑越快，楊寶娘很激動。

寶娘，是妳嗎？妳醒了嗎？

沒有任何回答，那股氣勢帶著她一馬當先衝到終點，隨即消失得無影無蹤。

楊寶娘下馬，對嚴公子拱手。「承讓了。」

嚴公子也拱手。「二娘子好馬技。」說完，把身上的玉珮摘下來，放在旁邊的檯子上，算是輸給楊寶娘的賭金。

嘉和縣主跑過來。「寶娘，妳最後跑的那一程真厲害呀。我就說，妳怎麼會跑不過嚴家人，還以為是妳身子不適，幸虧跑兩圈就好了。」

楊寶娘用帕子擦了擦汗。「我沒事，不用擔心，是被那塊石頭嚇了一跳。」

嘉和縣主哼聲。「說是不小心掉出來的，誰知道她是不是故意的。」

楊寶娘納悶。「那石頭是誰的？那麼大顆，還染了色。」

沒等嘉和縣主說話，一個小娘子從旁邊衝過來。「寶娘姊姊，真對不起，那是我準備拿回去哄弟弟的，誰曉得沒拿穩，掉了出來。」

楊寶娘看看她，思索一下，想起來了，這是嚴家庶女嚴露娘，平時就愛裝模作樣。

楊寶娘曾經問楊太傅，承恩侯嚴侯爺是先帝心腹，一向自律，為何放任庶出孫女出來討人嫌？

楊太傅直言不諱。「嚴皇后生有二子，嚴家子弟做官的也不少。若是家裡孩子個個有出息，聖上要不放心了。妳現在看到的，只是這個不識大體的庶出孫女，以後還會有不成器的子孫。」

楊寶娘明白了，這是嚴侯爺放養的孫女，性子有些歪。她自認是皇后的姪女，憑什麼楊寶娘能壓她一頭。

楊寶娘眯著眼睛看她，面無表情地回了一句。「無妨，以後嚴娘子也小心些，這樣隨意掉東西，搞不好會出人命的。」

嚴露娘尷尬地笑了笑。

楊寶娘繞過她，直接往前走，到趙傳煒身邊，屈膝行禮。「多謝三公子出手相助。」

趙傳煒雙手背在後面，手裡還捏著馬鞭，聽見楊寶娘的聲音，鬆手側過身子，微微一笑。「二娘子不用客氣，舉手之勞。」

楊寶娘也笑了。「對三公子來說是舉手之勞，對我來說，不光是跑馬輸贏，說不定還關係到性命。」

趙傳煒又把雙手負到身後。「多年不見，二娘子長高了。」

楊寶娘有些奇怪，這話是什麼意思？

趙傳煒又笑得如春風般和煦。「都是小事，二娘子不用客氣，我先去前院了。」

他說完，對兩個姑娘拱拱手，又看楊寶娘一眼，帶著笑容離開。

楊寶娘呆在原地，丈二金剛摸不著頭腦。

嘉和縣主笑得賊眉鼠眼。「寶娘，趙三公子難不成認識妳？你們什麼時候見過的？」

楊寶娘搖頭。「我不記得了啊。」

嘉和縣主斜眼看她。「我成天跟妳在一起，這一個個的，怎麼眼裡就看不見我？」

楊寶娘趕緊拍馬屁。「縣主娘娘乃龍子鳳孫，豈是我敢比的。」

賽完馬，在衛家吃過酒席之後，楊家女眷一起回府。

到家後，楊寶娘悄悄向劉嬤嬤打聽趙傳煒的事，劉嬤嬤立刻哈哈大笑，

「二娘子忘了？二娘子六歲時，去了承恩公府，當面說人家個子矮。三公子和胞妹是雙胞胎，生下來時有些弱，小時候個子小了些，但聽說聰明得很。」

楊寶娘頓時有些尷尬，小朋友在一起，笑話人家個子矮什麼的，確實該被打屁股。想起今日校場上如青松翠竹般修長的少年郎，忍不住擦擦汗，他這是一雪前恥，揚眉吐氣了。

唉，果然還是個小孩子。

楊寶娘也忍不住笑。「幸虧嬤嬤記得，不然我還摸不清頭緒呢。」

劉嬤嬤瞇著眼睛回憶。「趙家三個兒郎，老大世子爺像二娘子這麼大的時候，就名滿京城，如今是朝中有名的青年才俊。老二在福建跟著國公爺殺倭寇、平匪亂，是一員猛將。老三因為自小身子弱，趙家花費了不少心思養大，聽說書讀得很不錯，沒想到還會跑馬。當年晉國公是京城有名的文武雙進士，幾個兒子也是一個比一個養得好。」

楊寶娘喝了口茶，懶懶地臥在旁邊的躺椅上。「嬤嬤，京城彈丸之地，匯聚這麼多豪門世家，每天真是有聽不完的故事。」

劉嬤嬤心中一動，輕聲勸慰楊寶娘。「二娘子只當聽聽故事罷了，外頭有老爺在呢。」

再多的，劉嬤嬤便不肯說了。

夜裡，楊太傅回來後，楊寶娘拿了許多功課去請教，又纏著他問朝堂上的事。

楊太傅最怕女兒糾纏，說了些大致情況，還告訴她不能沾染后妃家族，尤其是嚴皇后、張淑妃、謝賢妃和劉貴嬪，這是宮中有實權的四位妃嬪，皆生有皇子。

皇子們漸漸長大，新的一輪鬥爭又開始了。

楊太傅是帝王心腹，對幾位皇子，向來不偏不倚。后妃們的娘家多方拉攏，他卻像那茅坑裡的臭石頭，誰也不理。

隔天，楊太傅讓莫大管事送了一份厚禮去晉國公府，謝謝趙傳煒搭救楊寶娘。

晉國公府裡，世子夫人王氏收到禮物後，有些為難。夜裡等趙傳慶回來，便悄悄把這件事告訴他。

趙傳慶告訴王氏。「既是三弟做了好事，人家來酬謝，也是人之常情，不用放在心上，接下就是。」

王氏笑道：「官人不知，三弟才回來幾天，好多人家都來跟我打聽三弟的親事。」

趙傳慶喝口茶。「三弟的親事有阿爹阿娘做主，咱們只管照看好他吃喝和讀書的事。」

王氏問他。「三弟回來好些日子，也拜訪過各處親友，是不是該去讀書了？」

趙傳慶點頭。「明兒我送他去官學，娘子打點好他的行裝。」

王氏應下不提。

此時，趙傳煒正在院子裡舞劍，一身藍錦袍，手中的劍如遊龍般飛舞，旁邊的小廝書君看得拍手叫好。

因趙傳煒小時候身體不好，晉國公為了他，親自創了套劍法，然後手把手教給兒子。趙傳煒從小就是個自律刻苦的好孩子，讀書上極有天賦，知道自己身子骨不好，便勤練劍法，連吃飯也不用人督促。十幾年過去，他的先天不足漸漸改善，變成身手敏捷、文思泉湧的好少年。

除此之外，他還長得好看。趙家四個孩子中，他的外貌最出色，換上女裝跟同胞妹妹站在一起時，看起來更像小娘子。

他在福建長大，那邊氣候溫暖，適合他養身子。如今他大了，晉國公夫婦把他送回京城，讓他多接觸豪門子弟，發展自己的人脈。

舞劍結束，他把劍扔給書君，去找大哥大嫂了。

趙傳煒出生時，趙傳慶已經成親，看到這個弟弟，如同對自己兒子一樣，先問了功課，又問今天見到什麼人。

楊家來送禮的事，王氏也告訴趙傳煒。

趙傳煒點點頭。「大嫂看著辦吧，我不過是順手之舉。」

王氏笑看小叔子。「阿娘來信說，過些日子是你的十二歲生辰，讓我帶你去大相國寺燒炷香，向菩薩還願。」

趙傳煒放下碗。「大嫂整日忙碌，我自己去就行。」

王氏幫他盛湯。「那怎麼行，阿爹阿娘不在家，你大哥要上朝，豈能讓你一個人去。」

趙傳煒笑了。「我不是跟大嫂客氣，大相國寺的方丈說了，每年生辰燒香，需得我獨自出行。」

王氏這才作罷。

太傅府中，楊太傅忽然想起，過幾日，楊寶娘要過生辰了。

他先讓莫大管事幫女兒訂製頭面，等首飾送來之後，又叫來楊寶娘商議。「到時候妳去大相國寺燒炷香求平安，回來後請妹妹們聚一聚。」

他交代完，把裝首飾的盒子遞給女兒。「這是阿爹送妳的生辰禮物，妳滿十二歲了，可以戴這些東西。」

楊寶娘打開匣子，裡面是一套赤金鑲嵌寶石的全套頭面，一共十幾件，閃閃發光。匣子的蓋子上還有個夾層，打開一看，竟是一疊銀票，加起來值好幾百兩。

楊太傅摸摸女兒的頭。「這些錢妳拿去用，不夠了再向阿爹要。」

楊寶娘內心忽然湧過一絲感動，抬頭看向楊太傅，眼中濕潤。從古至今，士大夫們有幾個這樣關心女兒的，大多都是直接甩給妻子，不聞不問。

楊太傅笑了。「要過生辰，得高高興興的。去吧，早些歇著。」

楊寶娘嗯了聲，抱著匣子回棲月閣。

生日前兩天，楊寶娘邀兩個妹妹一起去大相國寺燒香，夜裡再去她院子裡聚會。

楊寶娘的生日是四月二十一，當天早上，天還沒亮，她就起床了。

洗漱完，楊寶娘對著鏡中看了看，把戴在脖子上的金鑰匙藏好。原身命裡缺金，楊太傅便豪氣地打把金鑰匙給她戴著，一直不離身，還囑咐她不要輕易讓人看見。

楊寶娘私底下看過，金鑰匙款式普通，被原身貼身戴了七年，邊角都磨圓了。

早晨楊太傅去當差之前，過來瞧瞧，見女兒裝扮得雍容華貴，點點頭。「吃了飯就去吧。大相國寺方丈說最多等一刻鐘，但不用急，燒頭香也看緣分。」又囑咐下人好生服侍，便出門了。

楊寶娘剛吃過早飯，兩個妹妹就來了。

因到換季時候，陳氏吩咐，替三個女孩做了新衣裳，桃紅柳綠各不相同。

楊寶娘好生打量兩個妹妹。「我過生日，倒讓妳們跟著我跑腿。」

楊淑娘笑嘻嘻。「可惜二姊姊一年就過一回生日，不然我們可以多出去玩幾回。我從沒去過大相國寺呢，更別說去那裡燒香。」

楊寶娘看看外面的天色，已有一絲光亮。「咱們走吧。」帶著妹妹們一起出去。

第七章 有緣人三郎進宮

馬車一路吱吱呀呀，一行人毫不起眼，到了大相國寺門口，楊寶娘帶著兩個妹妹下車。隨行的莫管事過來行禮。「三位娘子，轎子已經訂好了。」大相國寺地勢較高，門前有好幾百級臺階，高門女眷都是坐轎子上去。

楊寶娘看看兩個妹妹。「妳們要不要坐轎子？」

楊淑娘反問道：「二姊姊呢？」

楊寶娘笑了。「我想自己走上去。」

楊淑娘立刻拍手。「我也要走。」

楊默娘一向斯文，但也願意和姊姊妹妹同行。

三個小娘子一起慢慢往上爬，走一程歇一會兒。楊寶娘不覺得累，但兩個妹妹平時少活動，肯定有些吃力。

時辰還早得很，爬到一半，都沒碰見人。

中途，階梯上有個大平臺，中間是大大的松樹盆栽，下面擺石凳，姊妹三個坐下歇腳。

楊寶娘往下看，發現一群人從下面上來，帶頭那個，一眼認出是趙傳煒。

想到原身曾經笑話人家矮，楊寶娘頓時有些不自在。

她正想招呼兩個妹妹先走，見趙傳煒腳步敏捷地上階梯，立刻裝死，假裝不認識。

孰料，對方走著走著，忽然停住腳，逕自繞到她面前。

「楊二娘子也來燒香？」

噗，這雙眼睛會透視嗎？她明明戴著帷帽的。

楊寶娘想說兄臺認錯人了，可她不能丟楊家的臉。

楊寶娘起身，盈盈行禮。「三公子好。」兩個妹妹也跟著行禮。

趙傳煒立刻笑得燦若星辰，也抱了拳。「三位娘子好。可是走累了，要不要叫轎子？」

楊寶娘搖頭。「多謝三公子，我們就是想走一走，看看大相國寺門口的景色。」

趙傳煒點點頭。「二娘子好雅興，不如一起上去？」

楊寶娘猶豫。「我們走得慢，耽誤三公子的腳程了。」

趙傳煒搖頭。「燒頭香看緣分，趕得緊了，就不是緣分，是強求來的。」

楊寶娘不好再拒絕。「那恭敬不如從命了。」

趙傳煒放慢腳步，跟在一側。因有外人在，楊默娘和楊淑娘不怎麼說話了。

楊寶娘主動找話說。「三公子也來燒香？」

趙傳煒側頭看她一眼。「今日是我的生辰，每年都要出門燒香。大相國寺的方丈說，當天出門後遇到的第一個熟人，是我今年的有緣人。好巧，我遇到了二娘子。」

楊寶娘愣住，楊淑娘忍不住開口。「呀，真是巧，今兒也是二姊姊生辰，我們也是來燒香的。」

趙傳煒也呆住，半晌後，臉上綻放出最大的笑容，對著楊寶娘拱手。「在下祝二娘子芳齡永駐，一世無憂。」

楊寶娘也屈膝回禮。「願三公子大鵬展翅，前程似錦。」

書君提醒趙傳煒。「公子，時辰不早了，咱們早些去吧。」

一行人又往上走，趙傳煒繼續和楊寶娘攀談。「二娘子平日都讀什麼書？」

楊寶娘大致說了些，孰料，他居然和她討論起學問來。

楊寶娘是楊家招牌，自然不能露怯，談著談著，趙傳煒發現傳說中驕縱的楊二娘子居然滿腹詩書，懂史、懂律法，策論文章也能說出一二，看來京城閨閣之中書畫雙絕的稱呼，不是楊太傅花錢買的。

很快，一群人到了寺院門口。

大相國寺是皇家寺院，只接待達官貴人。

趙家和楊家僕人遞上帖子，小沙彌領他們進去。男女有別，楊寶娘帶著妹妹們和趙傳煒道別，去了常去的殿內。

兩家來得早，寺裡還沒有太多人。

到了正殿，知客僧見到兩家下人呈上來的帖子，有些為難。

楊家提前來打過招呼，卻不知趙家有沒有打招呼，趙家勢力也不小，知客僧不敢慢待，遂派人去通知方丈。

方丈見了帖子，神秘一笑，要小沙彌請兩家的燒香人過來。

楊寶娘聽說方丈有請，連忙帶著喜鵲過去，在方丈的禪房門口，再次遇到趙家主僕。

兩人打個招呼，一起進去。

方丈笑著看趙傳煒。「趙公子別來無恙，令尊可好？」

趙傳煒躬身行禮。「多謝大師關愛，家父安好。」

方丈依然笑咪咪。「真是湊巧，你們兩家想燒頭香的理由一樣。但頭香只有一炷，貧僧也為難呀。」

趙傳煒看向楊寶娘，楊寶娘已經脫下帷帽，也看著他。

楊寶娘想到楊太傅的話，主動開口。「既然三公子年年都要燒香，我少燒一炷無妨，讓三公子燒吧。」

趙傳煒對方丈說：「大師還記得您給我的批語嗎？我今兒出門，遇到的頭一個熟人就是楊家二娘子，還是讓二娘子燒吧。」

方丈唸了句阿彌陀佛，道：「兩位互相謙讓，既然如此，讓佛祖來決定吧。」拿起旁邊的竹籤筒，搖了搖，掉出一支籤。

看完籤文，方丈笑了。「兩位施主，佛祖的意思，今兒的頭香，需得兩位有緣人。」

楊寶娘有些為難。「大師，這香如何燒法？」

方丈道：「貧僧讓人擺兩只香爐。這裡燒的是長香，兩位施主一人三炷，正好。」

楊寶娘不在乎燒香的方式，欣然接受，趙傳煒也同意。

兩人一起回到大殿，僧人在佛前擺好香爐，各遞給兩人三炷香。

楊寶娘跪下，在僧人的指引下點香、行禮、叩拜，額頭觸及地面時，內心默默祈禱，求佛祖保佑她的家人平安康泰，保佑原身能有個好去處，保佑楊太傅一切順利。

旁邊的趙傳煒磕頭後，正想起來，從眼縫中發現楊寶娘正閉著眼睛，念念有詞，猶豫一下，沒有起身。

等楊寶娘祈禱完，側過臉瞥趙傳煒一眼，正好四目相對。

趙傳煒對她點點頭，楊寶娘心領神會，一道起來。

另一邊，寺廟後院裡，小沙彌問方丈。「師父，頭香可以一起燒嗎？」

方丈眯起眼。「都是豪門子弟，不一起燒，打起來了，你去勸架？」

小沙彌嘿嘿笑了。「還是師父有辦法。那什麼有緣人的，是真是假？」

方丈斜乜他一眼，然後神秘一笑。「既是有緣人，定然要多行善事，多做善事，自然有福報。你看，趙三公子的身子骨不是越來越好了。」

小沙彌繼續笑。「師父普度濟世，徒兒自愧不如。」

燒過了香，楊寶娘帶著妹妹們到楊家常去的禪房歇腳。

楊默娘偷偷看楊寶娘一眼，又垂下眼簾。

楊寶娘笑問道：「有什麼話就說，不要鬼鬼祟祟的。」

楊默娘低聲道：「二姊姊認識趙三公子嗎？」

楊寶娘點頭。「前幾日在衛家校場上，三公子替我解了圍。」

楊淑娘轉動眼珠。「二姊姊，他是不是那天騎馬經過一壺春的公子？」

楊寶娘再次點頭。

楊淑娘捂嘴笑了。「二姊姊，趙三公子長得真好看。」

楊默娘拍她一下。「這話也是妳能說的？」

姊妹三個歇了一陣子，便往回走。

楊家姊妹走後，趙傳煒還在禪房中，靜坐不語。

書君輕輕碰他一下。「公子，咱們該回去了。」

趙傳煒沒有說話，腦海中如同被炸了個響雷。

剛才給菩薩磕頭時，楊寶娘的金鑰匙從衣裳裡掉出，雖然她很快又藏起來，還是被他看見了。

趙傳煒心中陣陣疑惑，阿娘說他小時候身子弱，怕他夭折，特意在佛前幫他求了一把金鑰匙，連妹妹都沒有，為何楊寶娘卻有一模一樣的？

這金鑰匙和普通的樣式有些不同，把手那裡做了活扣，可以擰開。他貼身戴了十幾年，一眼就認出來。

趙傳煒暗暗吃驚，難道阿爹阿娘背著他，幫他訂了親事？

書君又叫喚一聲，趙傳煒反應過來。「走吧。」把疑惑按入心底，腳步輕快地帶著書君走了。

到家後，王氏立刻讓人請趙傳煒過去。

一進院子，兩個姪女趙燕娘和趙婉娘團團圍上前，小一些的趙婉娘屈膝行禮。「三叔，恭祝您福如東海、壽比南山。」

王氏笑嗔小女兒。「連妳三叔也打趣，看妳阿爹回來罰不罰妳。」

趙傳煒笑了。「大嫂，我雖年紀小，但也想壽比南山呀。」

王氏道：「我讓廚房替三弟做了桌酒席，等會兒擺到三弟院子裡。三弟帶著這些小猴子一起玩，在院子裡翻跟頭都行。」

趙傳煒向王氏鞠躬。「多謝大嫂。」

王氏笑咪咪。「三弟需要什麼，只管派人來要。」

趙傳煒和王氏說了幾句話，便帶著兩個姪女和一個姪子，回了自己的院子。

趙家老太爺還在世，大房兩口子也住在國公府，大老爺的幾個孫子孫女也過來玩。

趙傳煒年紀小，輩分高，是府裡的孩子王，他剛進院子，大房的兩個孫子便衝出來。

「三叔回來了！」

趙傳煒笑著往屋裡走。「昨天的功課都做好沒有？要是沒做好，今兒不許參加宴會。」

說話間的工夫，廚房裡上了席面，趙傳煒帶著一群姪子姪女在屋裡吃酒，不分大小，嘻嘻哈哈一起笑鬧。

眾人正高興著，趙傳煒的親三舅東籬先生上門，趙傳煒親自去迎接。

一進屋子，東籬先生就打趣。「好小子，自己在屋裡快活，也不曉得去解救我。」

趙傳煒替他倒了杯酒。「我才不去。外婆押著三舅說親，我去湊什麼熱鬧。」

東籬先生在外頭是名滿天下的大儒，跟家人在一起時，卻隨興得很，始終不願成親。

「你外婆年紀大了，我不好忤逆她，你得想法子幫我呀。我一個半大老頭，娶人家小娘子，也忒造孽了。」

趙傳煒哈哈笑。「三舅風華正茂，您一回京，多少小娘子爭搶著要來看您。」

東籬先生抬腿踢他一下。「我明兒告訴你阿爹，說你回京後不老實，勾搭小娘子。」

趙傳煒立刻瞪大眼睛。「我什麼時候勾搭小娘子了？」

東籬先生嘖嘖兩聲。「那天在一壺春，你對著人家笑什麼？定是看人家長得貌美。」

一屋子小輩頓時哈哈笑了，趙傳煒立刻幫東籬先生倒滿酒。「三舅來給我賀壽，還要擠對我。」

東籬先生笑咪咪喝酒。「你趕快想法子把我弄出京。我家裡的人，一個都使喚不動，今兒要不是你過生辰，你外婆還不肯放我出來呢。」甥舅兩人感情好，私底下說話也沒大沒小慣了。

承恩公夫人已經七十多歲，一輩子操心小兒子沒成親的事。母子倆一個抓、一個逃，每隔幾年，京城都要上演這齣好戲，京中的人早就習慣了。

東籬先生閒雲野鶴，每年有一半的工夫打理他開的東籬書院，另一半時日遊山玩水，日子好不快活，早斷了成親的念想。

趙傳煒喝口茶。「三舅，實在不行，您就成親吧，三舅媽過世那麼多年，總得給她留個上香的人。」東籬先生曾訂過親事，但還沒過門，人就歿了。

東籬先生也喝口酒。「我問你，養兒子是為了什麼？」

趙傳煒不假思索。「養老送終呀。」

東籬先生回答道：「養老送終，我有一群姪子呀。」

趙傳煒撓撓頭。「那……以後總得有人替三舅添墳上土、燒香燒紙。」

東籬先生鄙視他。「你說，人死了之後若有靈魂，會不會投胎？」

趙傳煒想了想。「聽說無大惡，是可以投胎的。」

東籬先生又喝口酒。「那不就對了。我又不是大惡人，死了沒多久就會投胎，都投胎了，還燒個屁的紙啊。至於埋在土裡的臭皮囊，百年之後都是一堆爛泥，更不用惦記。要是死後不能投胎，必定是個惡人，那更不用燒紙了。」

趙傳煒嘿嘿笑了。「三舅，您跟我說這些沒用，您去跟外婆說吧。」

東籬先生瞥向他。「你送我出京城，明年我帶你出去玩一個月，幹不幹？」

趙傳煒瞇起眼睛，半晌後放下酒杯。「成交！」

甥舅倆一個舉起酒杯，一個舉起茶盞，在空中碰了下，一起仰頭喝光了。

晉國公府裡熱鬧得很，太傅府裡，楊寶娘也正帶著妹妹們玩耍。

回到家後，陳氏送楊寶娘一疋料子。楊寶娘又帶妹妹們去正院見莫氏，荔枝替莫氏送她一對金鐲子，坐一會兒後，姊妹三個就告辭了。

楊寶娘走在前頭，到了垂花門，忽然鬼使神差般地回頭看一眼。

秦嬤嬤對著楊寶娘的背影，狠狠呸了一口，被楊寶娘抓個正著。

楊寶娘扭頭就走。今兒她過生辰，不和這老刁婆子計較，明兒讓阿爹把她兒子弄去種田種地，累死他！

中午，姊妹三個一起吃飯喝茶，又在楊寶娘的院子裡睡了一覺，起來後，去了花園。丫頭擺好東西，姑娘們進了亭子，先吃些時興瓜果，洗淨手後，看著滿園春色，楊寶娘又忍不住手癢。

兩個妹妹一起湊趣，楊默娘彈琴，楊淑娘吹簫，楊寶娘畫畫，興致高昂。

等墨乾了之後，楊淑娘伸頭一看。「呀，二姊姊，妳把我們都畫下來了。」

那畫正是取園中景色，分花拂柳中，隱隱見一角亭臺，亭中三位少女，一撫琴、一吹簫、一作畫。

楊淑娘看得高興極了。「二姊姊，這幅畫送給我吧。」

楊寶娘笑起來。「好，明兒我再拓兩幅一模一樣的，咱們一人一幅，就叫遊春圖。」

楊默娘也拍手叫好。

太陽偏西，姊妹三個出了亭子，又一起採花、划船，好不快活。

等兩位妹妹都回去後，楊寶娘又去了廚房，這回煮了碗銀耳蓮子湯。

楊太傅回來時，她正好端著湯到了前院。

楊太傅拉著女兒坐在身邊。「今兒玩得高不高興？」

楊寶娘點頭。「高興。我去燒了頭香，跟妹妹們一起吃午飯，在院子裡彈琴吹簫。阿爹今兒累不累？女兒煮了碗湯，您喝兩口潤潤嗓子。」

楊太傅接過碗，打量一下，高興地一口接一口吃了。

過完生日，楊寶娘又開始用心讀書。

她吸收許多原身的記憶，尤其是在急難之時，總能爆發出強烈的陌生情緒和力量。而且，她發現，調動思緒越來越容易了，好像有人幫忙一樣。

楊寶娘堅信，原身肯定還在。她騎馬的時候、回答楊太傅考校的時候，都有一股力量支撐著她。

楊寶娘喜歡這個小姑娘，倔強、真誠、優秀、勇敢。雖然她不如原身好，但會努力做到讓原身不失望。

於是，楊寶娘更加用功，每天上午學經史子集，下午學音律、廚藝和女紅。到了晚上，她向楊太傅請教學問，每隔幾日，還跟著家裡的拳腳師傅學鞭法和馬術。

當日她說要學武，本是鬧著玩，誰知楊太傅當真，親自買了條鞭子給她。

「妳是小娘子，其他兵器不好帶。這根鞭子是特製的，可以藏在身上，誰也看不見。」

那鞭子做得小巧，卻特別結實，又軟又細，藏在袖中不起眼，當成腰帶都沒人發現。

有了這根鞭子，楊寶娘曾經在大街上抽過調戲民女的浪蕩子，外出遊玩時打過出言不遜的莽漢。她越來越喜歡這條鞭子，學鞭法也更加用心。

前些日子，楊太傅發現女兒忽然像發了瘋般的學習，有些疑惑。等他空閒下來，便去問莫大管事，當日正院發生了什麼事？

莫大管事把野種兩個字放在嘴裡嚼了半天，不敢開口。他忠於楊太傅，秦嬤嬤口出惡語，他也很生氣。

楊太傅抬眼看著他。「說！」

莫大管事再不敢相瞞，一五一十地說了。

楊太傅聽到後，放下筆，什麼都沒說。第二天，秦嬤嬤的兒子在莊子裡種田時，不小心被牛踩傷，斷了腿。

楊太傅一個字沒說，莫大管事就斷了秦嬤嬤兒子的一條腿。

秦嬤嬤得到消息，拉住莫氏的袖子，哭了半個時辰。

莫氏閉上眼睛，手裡轉著佛珠，不說話。

秦嬤嬤不敢怪莫氏和莫二太太，心裡詛咒了楊寶娘一萬遍。

楊寶娘一直猶豫著，還沒去找楊太傅告狀，便聽聞秦嬤嬤的兒子被打發去種田，卻斷了腿，就把這件事放下了。

晉國公府裡，回京多日的趙傳煒得到宮裡傳召，李太后要他進宮。

得到旨意後，世子爺趙傳慶親自教導弟弟許多宮中禮儀。

當天，趙傳慶下朝，向上官告假，先回家去。再三檢查弟弟的衣著後，滿意地點點頭，帶著趙傳煒進宮。

到了宮門口，自有人迎接。說話的工夫，眾人到了壽康宮。

趙傳慶帶著弟弟進正殿，上首坐了個面含微笑的中年美婦，正是李太后，晉國公夫人的姊姊。

兄弟倆一起跪下。「見過太后娘娘，娘娘萬福金安。」

李太后親自起身，下來扶起兩個外甥。「到我這裡，就不要見外了。」

旁邊的太妃打趣。「娘娘家裡真是得天眷顧，兒郎們一個比一個長得好。」

兄弟倆又見過一群太妃，太妃們起身，只受了半禮，寒暄兩句，很有眼色地告辭了。

第八章 坊口遇無心之語

李太后拉著趙傳煒的手，上下打量他一番。

「幾年不見，你長得這樣高了。你阿爹阿娘好不好？你二哥還調不調皮？」

趙傳煒笑著回答。「多謝姨母關心，阿爹阿娘都好。如今二哥整日在軍營中，也沒工夫調皮了。」

李太后笑了，拉著他們兄弟坐到身邊。「中午別走了，在我這裡用膳。等會兒你們表兄也過來，你好幾年沒見到他了，認認臉。」

趙傳煒聽說要見景仁帝，連忙收斂笑容。「聖上日理萬機，不必為我這點小事而勞動。」

李太后輕聲安撫。「也不是為了你，他每隔幾日就到我這裡用膳，可巧今天趕上了。」

景仁帝少年登基，侍奉李太后極為孝順。後宮嬪妃們有樣學樣，在李太后面前乖得很。

李太后和兩個外甥說了許多家常話，她年輕時容貌極佳，如今氣質平和，如同一朵盛開到極致的牡丹花，端莊大氣。

起初趙傳煒還有些拘束，李太后溫和地道：「你小時候身子骨不好，我和你阿娘一樣擔憂，每年我分一半宮裡養身子的藥材寄去福建，給你養身，又找大師幫你批命，還找同名的孩子寄養在佛前。佛祖保佑，現在你的身子總算都好了。」

趙傳煒低聲和李太后說話。「阿娘常跟我說，姨母對我最好。姨母不用擔心，如今我都好了，昨兒去大相國寺，我一口氣走上去的，一滴汗都沒出。」

李太后這才笑了。「那就好。以後我多辦幾場筵席，幫你相看個四角俱全的媳婦。」

趙傳煒頓時臉紅。「姨母，我還小呢。」

李太后拍拍他的手。「不小了，都十二了。你阿爹也是你這個年紀訂親的，當時你外公只是個七品小管。你阿爹跟著你二舅讀書，天天偷偷買花給你阿娘戴。」說起以前的事，李太后神色越發溫和。「你阿爹阿娘一輩子跟神仙眷侶似的，天下誰不羨慕。」

趙家兄弟知道父母恩愛，都笑了起來。

三人絮絮叨叨許久，外頭通傳，景仁帝來了。

趙家兄弟連忙起身，站到一邊。

景仁帝進來後給李太后行禮。「兒臣見過母后。」

李太后讓他坐到身邊。「皇兒今天累不累？」她不過問朝政，只關心兒子的身體。

景仁帝笑著說：「兒子不累，就是瑣事忙碌，聽說兩位表弟進宮看望母后，也過來湊個熱鬧。」

他說完，看向趙家兄弟，兄弟兩人連忙跪下行大禮。

景仁帝並未起身。「起來吧。煒哥兒多年沒回京，這回就別走了。姨母跟姨夫可好？」

趙傳煒連忙躬身回答。「多謝聖上關愛，家父家母都好。」

景仁帝擺擺手。「今日只論家禮，不論國禮，坐下說話。」

趙傳煒又坐下了，兩手放在雙膝上，雖然抬著頭，卻不與景仁帝對視。

景仁帝見趙傳慶只盯著弟弟看，打趣道：「慶哥兒怎麼成了鋸嘴的葫蘆？年紀不大，跟朝中那些老大人們倒是越來越像了。」

趙傳慶怕趙傳煒失禮，連忙回神。「聖上不知，煒哥兒忽然回京，臣怕他水土不服，又擔心他思念父母，這些日子煞是操心，唯有到聖上和姨母這裡，才能訴訴苦。」

景仁帝笑了。「無妨，以前你進京時，比煒哥兒還小呢。他進學沒有？」

趙傳慶笑著答道：「過幾日就要送去了。」

景仁帝忽然來了興致，考了趙傳煒一些功課，見他答得有理有據、頭頭是道，又開始打趣道：「論起讀書，煒哥兒可比慶哥兒強多了！」

李太后打岔。「好了，他們好不容易來一趟，淨說些我聽不懂的功課，吃飯吧。」

景仁帝哈哈大笑。「都是兒臣的錯，兒臣伺候母后用膳，當作賠禮。」

四人坐在一起吃飯，李太后不停幫趙傳煒夾菜，又絮絮叨叨囑咐他許多起居上的事。

趙傳煒覺得，這個太后姨母真是好看又溫柔可親。

吃過午膳，趙傳慶帶著趙傳煒告辭。李太后送了一堆東西，景仁帝也把自己身上的玉珮摘下來，送給趙傳煒。

從宮裡回來後，趙傳慶就把趙傳煒送到官學去了。

晉國公是手握重兵的一方霸主，他的孩子們自然可以讀最好的學堂。趙傳煒的同窗裡，有皇子、宗親、勛貴和最優秀的清流子弟。

景仁帝的幾個皇子漸漸長大，后妃的家族開始爭權奪勢。十幾年前的歷史再次重演，不同的是，上次趙家是李太后與景仁帝的助力，但這次，趙家不想捲入。

用晉國公趙世簡的話來說，愛誰誰上，老子為了這個皇位折了愛女，這回就是把頭打破，老子也不攪和。

先帝時，龐皇后和平貴妃相爭，李賢妃後來崛起，就是如今的李太后。晉國公時任東南軍元帥，長女卻被平家的蠢婦害死，從此，趙家人對皇位避如蛇蠍。

趙傳煒的到來，讓許多人開始蠢蠢欲動。趙傳煒還沒說親，要是能把自家女兒嫁給他，有晉國公這條粗大腿，爭皇位的勝算可是大了不只一半。

晉國公後面還連著御林軍副統帥丁家及許多官員，這股力量，哪個後妃不眼饞，連嚴皇后也想透過親姊姊來拉攏晉國公。

李家與嚴家的封號相同，只差在一個是公府，一個是侯府。嚴皇后的親姊姊是晉國公夫人的娘家親嫂子，但晉國公夫人只和娘家承恩公府來往，對嚴家一直是淡淡的。

景仁帝聰慧，晉國公的好友益州知府謝大人的堂姪女入了宮，另一個好友兵部張侍郎家的女兒也是他的嬪妃，晉國公夫人的嫂子又和嚴家有關係，各方連著親，他只能誰也不幫。

趙傳煒回京之前，晉國公叮囑他。「張侍郎是為父的半師，張家子弟文才好，可相交；丁家是通家之好，與為父有過命之交，需敬重，可親近；謝家也是至交，可來往，莫牽扯謝侯府就行；舅父家要常去，替你阿娘盡孝。」

趙傳煒已經去各家拜訪過，禮數得宜。

張侍郎見到他，彷彿時間又回到三十年前，那時候他在兵部當主事，晉國公只是個九品小官，天天拿著文章來請教他。

張侍郎當場考了趙傳煒的功課，忍不住捋鬍鬚誇讚。「真有乃父之風！」

丁大人見到趙傳煒，直接摸他的頭。「好孩子，以後常來，這裡和自己家是一樣的。」

等他到官學後，和兩位大人及自家二舅的孫輩交好，又有親姪子趙雲陽作伴，回家後和姪兒、姪女們一起玩耍，日子充實得很。

唯一讓他放不下的，是藏在楊寶娘衣襟中的金鑰匙……

日子一晃到了端午節。

今兒過節，楊寶娘又想出去了。她無比喜歡外面那些街頭小巷、紅牆黛瓦，還有絡繹不絕的人流和商販。

楊寶娘問劉嬤嬤。「嬤嬤，今兒過節，我能出去走走嗎？」

劉嬤嬤看看她。「二娘子想去，便好生戴上帷帽。要不要帶上三娘子和四娘子？」

楊寶娘搖頭。「劉嬤嬤，您讓人去告訴奶奶一聲，就說嘉和找我。」

做好決定，楊寶娘帶著喜鵲、劉嬤嬤出了棲月閣，到了外院後，叫上兩個侍衛，跟她一起出府。

她沿著街道慢慢地走，這裡是內城，太傅府原是一家被奪爵的侯府，這條街叫裕泰街，楊府占了近一半。

出了裕泰街，人漸漸多起來，兩邊的房子一家挨著一家，感覺像在拍電影一樣，新鮮得很。她被街上的店鋪吸引，還買了些小玩意兒。

楊寶娘走著走著，到了裕仁坊，住在這裡的都是非富即貴的人家。

離坊口不遠的地方，有個中年漢子揹著掃把賣糖葫蘆。

楊寶娘欣喜地跑過去，小販連忙吆喝道：「小娘子，這山楂是今兒早上才做的，糖裹得足，上頭還撒了芝麻，又香又甜！」

楊寶娘挑挑揀揀，忽然聽見一道溫和的聲音。「二娘子買糖葫蘆？」

她一扭頭，發現趙傳煒帶著姪子們圍過來，行了個禮。「三公子好。」

趙傳煒還禮，趙家的姪子們也跟著抱拳。

楊寶娘有些尷尬，她只是想嚐嚐古代的糖葫蘆，卻被發現了。
趙傳煒將雙手負在身後，笑著對楊寶娘說：「二娘子只管挑，我請客。」
楊寶娘搖頭。「我就是看看，不耽誤三公子了。」說完就要走。
趙傳煒連忙叫住她。「二娘子稍候。」伸手從小販的掃把上嗖嗖扯了兩根糖葫蘆，遞到楊寶娘面前。「我請二娘子吃。甜得很。」
楊寶娘透過帷帽打量他，見他笑得真誠，雙眼中透著陽光般的溫暖，竟鬼使神差般伸出雙手，接下了糖葫蘆。
趙傳煒又把手負到後面。「二娘子要去哪裡？」
楊寶娘一手各拿著一串糖葫蘆，道：「我只是隨便逛逛。三公子特意來買糖葫蘆嗎？」
趙傳煒先回頭對姪兒們說：「你們挑愛吃的吧，我付帳。」
見孩子們嘻嘻哈哈地開始挑糖葫蘆，趙傳煒又轉身和楊寶娘說話。「今兒過節，這群小猴子們非要出來玩，我大哥就讓我帶著他們。二娘子要不要和我們一起走？」
楊寶娘猶豫一下，心想自己戴著帷帽，應該不會被發現，便點頭。「煩勞三公子了。」
趙傳煒臉上立時綻放最大的笑容。「不麻煩，有二娘子在，這群猴子們能老實些。」
楊寶娘忍了忍，還是沒忍住。「三公子，我戴著帷帽呢，你怎麼總是能認出我？」
趙傳煒偏頭看向她，半晌後回答道：「我也不知。」
他話音剛落，小猴子們全圍了過來。「三叔，我們挑好了。」

趙雲陽遞一根給他。「這是您的。」

趙傳煒咬了一口，對楊寶娘說：「二娘子，好吃得很，妳也嚐嚐吧。」

楊寶娘畢竟是現代靈魂，也不矯情，掀開帷帽吃糖葫蘆。

孩子們看呆了，這是誰家的姊姊？長得真好看！

趙傳煒感覺眼前亮了下，眨眨眼睛後，又垂下眼簾，繼續吃糖葫蘆。

楊寶娘吃了一口，味道一點都不比後世加各種添加劑的差，瞇起眼。「果然不錯。」

趙傳煒笑著對書君說：「付帳，看賞。」

書君掏了塊銀角子給小販，小販一迭連聲道謝，開心地離開。

趙傳煒先開口。「二娘子，咱們先去前面的點心鋪子好不好？」

楊寶娘點頭，趙傳煒走在前面，楊寶娘跟在他身後，一群小猴子們在後面圍著。

楊寶娘吃了半根糖葫蘆，轉頭看向劉嬤嬤。「嬤嬤，我吃飽了。」

劉嬤嬤接下剩的糖葫蘆，幫楊寶娘擦了擦嘴，放下她的帷帽。

她們出來玩，本就沒有目的地，劉嬤嬤並不反對去點心鋪子。晉國公府就在裕仁坊，這一帶，有趙家公子們在，誰也不會不長眼來衝撞。

到了點心店，掌櫃親自過來招呼，趙傳煒讓店家用屏風隔出小間，讓楊寶娘在屏風後歇腳，他在裡面陪著。

孩子們在店裡竄來竄去，楊寶娘也打發喜鵲去買點心。

劉嬤嬤一直陪在楊寶娘身邊，趙傳煒幫楊寶娘倒了杯茶。「二娘子近來可好，那日跑馬，沒有受傷吧？」當時情況實在有些危險。

楊寶娘大大方方地回答。「多謝三公子當日出手相助，我無大礙。」又想起原身幹的糗事，趕忙道歉。「以前我年幼無知，言語上冒犯三公子，還請三公子見諒。」說完，向趙傳煒屈膝行禮。

趙傳煒趕緊起身，想扶起她，但男女有別，只好虛扶一下。「二娘子不必放在心上。我與妹妹在家裡也時常鬥嘴，都是小事。」

楊寶娘起身，抬頭一看，見自己比人家矮了大半個頭，心裡嘲笑原身：熊孩子，笑話人家矮，活該被打臉了吧！

楊寶娘隔著帷帽笑了。「那三公子不計前嫌了？」

趙傳煒做個請的手勢。「說起來是我的不是，不該提這些舊事。」

楊寶娘從善如流地坐下。「不，我該謝過三公子，若非三公子提醒，我都忘了自己犯的錯啦。」

趙傳煒笑笑。「二娘子言重了。小孩子家家，童言無忌。」

楊寶娘問他。「三公子回京這麼久，如今進學了？」

趙傳煒點頭。「去了官學。二娘子的兩個弟弟，書讀得倒是不錯。」

楊寶娘聽了，又掀起帷帽，喝了口茶。「還是你們好，能去學堂讀書，有大儒授課。我只能在家學裡跟著女先生學。」

趙傳煒抬頭看看楊寶娘，又垂下眼簾。「聽聞二娘子書畫雙絕，可見有才華之人，在哪裡讀書都是一樣。好比我三舅，連進士都沒考，如今這天下也沒幾個進士比得上他。」

楊寶娘趕緊謙虛。「東籬先生大才，我可不敢比。」

她話落，喜鵲端了一盤點心進來。「二娘子，我挑了您愛吃的糕點，剛出爐的，您嚐嚐。」拿了兩個小碟子，替楊寶娘和趙傳煒各裝一些。

剛嚐兩口，趙家的姪兒們也來了。「三叔，都買好了，咱們走吧。」

劉嬤嬤見趙家的小猴子們偷看楊寶娘，又幫她放下帷帽。

趙傳煒看向楊寶娘。「二娘子，可要一起走？」

楊寶娘想了想，又點點頭。

趙傳煒讓書君付帳，連楊寶娘的一起給了。

楊寶娘有些不好意思。「讓三公子破費。」

趙傳煒一笑。「無妨，二娘子喜歡就好。」

一行人出來後，沿著大街隨意走。楊家兩個侍衛不遠不近地跟著，趙傳煒一看就發現，這兩個侍衛是練家子。

楊寶娘起了興，看到糖人買一個、看到路邊賣梔子花的要兩朵，看到賣紙竹傘的，也要選一把。

喜鵲和劉嬤嬤手腳慢，每次都被書君搶先付帳。趙傳煒怕楊寶娘不肯讓他買，不管她要買什麼，他也要一模一樣的，順道付錢。

這樣走了近半個時辰，又轉回裕泰街。

楊寶娘向趙傳煒告辭。「三公子，我到家了，多謝您今兒請我吃糖葫蘆和點心。」

趙傳煒笑著說：「二娘子不用客氣，倒是讓妳一路勞累，跟著我們走了半天。既然二娘子到家了，快些回去吧。」

楊寶娘屈膝行個禮，腳步輕盈地轉身走了。

趙傳煒站在原地目送，劉嬤嬤忽然回頭掃他一眼，眼含警告。

趙傳煒咧嘴一笑，劉嬤嬤語塞，轉頭用後腦勺對著他，不想再理會了。

送走楊寶娘，趙傳煒帶著姪兒們回晉國公府，剛進門，立刻有人來稟報。「三公子，三舅老爺來了。」

趙傳煒立時停下腳步，他答應三舅的事，還沒辦到呢。

他正想開溜，還沒轉身呢，東籬先生就出來了。

「好個賊小子，騙得我好慘！我左等右等，你也沒來，再等下去，明兒你外婆要押著我洞房了！」

趙傳煒忍不住哈哈大笑。「那才好呢，明年我就有表弟了。」

東籬先生氣呼呼地拉著趙傳煒往院子裡走。「今兒你不給個準話，我就告訴你阿爹，大過節的，你不好生在家陪爺爺，跑到人家小娘子面前獻殷勤，看你阿爹打不打斷你的腿！」

趙傳煒一驚，連忙示意他不要嚷嚷。「三舅，您可別亂說，壞了人家小娘子的名聲。」

東籬先生進屋後，一屁股坐在椅子上。「在家可悶死了。」

趙傳煒幫他倒茶。「三舅不是一直惦記外公外婆，如今能侍奉父母膝下，豈不快哉。」

東籬先生瞥他一眼。「要是不押著我相親，我也樂意。」

趙傳煒憋笑。「三舅不如說在外頭有意中人，推辭一番。」

東籬先生放下茶盞。「我要敢這麼說，你外婆立刻就把順寶吊起來打，拷問姑娘家住何方，明兒就去下聘。」

趙傳煒坐在旁邊。「三舅啊，我看您乾脆成親算了。年紀都這麼大了，一個人過日子，我看著都悽惶。」

東籬先生呸他一口。「你趕緊想辦法，偷也好、搶也罷，把我弄出京城就行！」

另一邊，楊太傅提早回來，帶回景仁帝的賞賜。

莫大管家讓人把東西分了，然後進書房向楊太傅稟報今兒家裡的事情。

楊太傅聽說女兒居然和趙家小子一起逛街，瞇起眼睛，半天沒說話。他心裡可是清清楚楚，趙家的男人，哄女人的手段那是天下無敵。

楊太傅的思緒又陷入縹緲之中，曾幾何時，他好像也經常買些小東西送給未婚妻。當時他覺得自己對未婚妻挺好的，可跟三姨妹夫一比，手段便差遠了。

在李家的小院子裡，三個準連襟湊在一起，總是面和心不和。他是大姊夫，覺得二姨子家的方二郎粗魯，方二郎也看不上他，嫌他酸腐。唯有三姨子家的簡哥兒，年紀最小，又活泛、又機靈，努力在他們之間周旋。

後來，時移世變，他弄丟了未婚妻。他的連襟們，一個做了晉國公，另一個封了武官，只差沒指著他的臉罵小人了……

夜裡，楊家人一起吃飯。

今兒過節，沒有那麼多規矩，旁邊開了一小桌，讓兩個姨娘坐。

吃完飯，一家人喝茶閒聊，楊默娘坐在楊寶娘身邊，姊妹倆小聲地說悄悄話。

陳姨娘開玩笑。「三娘子長得像豐姊姊，二娘子卻和三娘子長得怪像的。」

她話音一落，陳氏、楊太傅和莫氏齊齊看向她，豐姨娘的目光中帶著驚恐。「陳妹妹說的哪裡話，二娘子明明是像老爺。」

莫氏忽然無聲地笑了，楊太傅瞇起眼，陳氏連忙喝斥陳姨娘。「規矩都學到哪裡去了？

姑娘們的事，豈是妳能多嘴的？」

楊寶娘愣了一下，然後幫自己解圍。「陳姨娘也沒說錯，我和三妹妹是姊妹，自然長得像，四妹妹和我們不也有些像。」

有了這個小插曲，大家再說話時，變得小心謹慎起來。

一會兒後，莫氏帶楊玉昆走了，豐姨娘也領著一雙兒女告退。

楊太傅走前，看陳姨娘一眼，看得陳姨娘的腿都發軟，她好像又說錯話了。

等其他人走了，陳氏恨鐵不成鋼地說陳姨娘。「是不是要把妳的嘴巴縫起來，才知道老實些！」

陳姨娘叫屈。「姑媽，我只是開個玩笑。」

陳氏冷哼一聲。「這輩子等著守活寡吧。我救不了妳，妳實在太蠢了。」

第九章　說舊事強行婚配

回棲月閣的路上，楊寶娘沈默不語。這麼久了，她大概能猜到一些蛛絲馬跡。應該疼她的生母待她冷漠，而她長得竟像姨娘。

進了屋，楊寶娘揮手，讓下人出去，直接問楊太傅。「阿爹，我是豐姨娘生的嗎？」

楊太傅不意女兒忽然問這個，立刻回答道：「不是。」

楊寶娘又問：「阿爹，我是太太生的嗎？」

楊太傅搖頭，目光複雜。女兒大了，也該知道一些事了。

楊寶娘閉上眼睛。「那就是說，我是外室生的？」

楊太傅伸手摸摸她的頭髮。「妳記著，妳是阿爹的心頭寶，誰都比不過妳。」

楊寶娘有些失望。「阿爹，我不想不明不白地活著，萬一哪天有人戳破這件事，我豈不成了野種？」

野種兩字一出口，楊寶娘忽然感覺腦袋像炸裂般疼痛，忍不住大叫出聲，眼睛一閉，昏倒了。

楊太傅眼明手快，一把抱住女兒，只見她雙眼緊閉，嘴唇也抿得死緊，額頭上全是汗，渾身顫抖，急得出聲命人請太醫。

他心疼得不得了，打橫將她放上床，丫頭們立即端來熱水，他趕緊絞帕子幫女兒擦汗。

過了一會兒，楊寶娘忽然開始發燒，嘴裡說著胡話。「阿爹……太太，您真的一點都不疼我嗎？」

楊太傅頓時心如刀絞，紅了眼眶，把女兒抱進懷裡。「寶兒，阿爹的小乖乖，阿爹心疼妳，阿爹最喜歡妳。」

楊寶娘迷迷糊糊，說了幾句話之後，又陷入昏睡。

此時太醫到了，楊太傅立刻讓他上前看診。

太醫把完脈，摸摸鬍鬚道：「回太傅，二娘子這是受了驚嚇，好生將養，讓她信任的人多陪著，不相干的人離遠些，醒過來就好了。」

楊太傅點點頭。「有勞了。」讓候在一邊的莫大管事送太醫離開。

一整夜，楊太傅守在楊寶娘床邊，幫她擦汗、餵水，抱著她低聲說話，一遍遍安撫她。

到了後半夜，楊寶娘終於不再鬧騰，安安靜靜睡著了，楊太傅才趴在床邊打個盹。

天光大亮時，楊寶娘終於睜開眼睛。

楊太傅見女兒醒了，非常激動。「寶兒，妳醒了！」

楊寶娘見楊太傅變得鬍子拉碴，憶起昨晚的事。「阿爹，女兒又讓您受累了。」

楊太傅笑了。「只要寶兒能好轉，阿爹不累。」

楊寶娘忽然鼻子有些發酸。昨晚，野種兩個字一出口，原身封藏的記憶全倒出來，還有強烈的情緒，憤怒、不甘、痛苦、傷心交織在一起，激得她一下子昏了過去。

她輕輕點頭。「阿爹，女兒不怕。」

楊太傅把她摟進懷中。「全是阿爹的錯，阿爹為了榮華富貴，背信棄義，這是老天爺給阿爹的懲罰。妳阿娘是天下最好的女人，阿爹配不上她。好在有妳，阿爹這輩子才活得有些意思。」

楊寶娘腦袋裡暈乎乎。我的媽呀，難道原身是什麼白月光生的？這也太狗血了。

楊寶娘忍不住又問：「阿爹，我和豐姨娘長得像，難道我阿娘和豐姨娘有關係？」

楊太傅垂下眼簾。「沒關係。當日阿爹為了讓妳進府，才納了豐姨娘。孰料太太懷了妳弟弟，阿爹就把妳記到太太名下。」

楊寶娘頓時明白了。哦，納妾還要納個和白月光長得一樣的。

楊太傅很渣，背信棄義，但他確實疼愛女兒。這份疼愛，對原身來說太珍貴了。

楊太傅見她緊皺眉頭，又安慰道：「寶兒不用擔心，這幾日好生歇息，不要去家學了。今兒阿爹不上朝，在家裡陪著妳。」

楊寶娘猜測他晚上可能沒怎麼睡，連忙勸他。「阿爹，您回去歇一會兒吧，女兒有丫頭、婆子們照看，不會有事的。」

楊太傅也不勉強。「好，阿爹先回去，中午來跟妳一起吃飯。」

楊寶娘點頭，楊太傅起身，但坐得久了，忽然站起來，頭便暈了一下，連忙扶著床柱。

楊寶娘大驚。「阿爹！」

下人們立刻進來，楊太傅擺擺手。「無事。」對楊寶娘笑了笑，囑咐劉嬤嬤好生照看她，便出去了。

楊寶娘病了，府裡立刻風聲鶴唳起來。

豐姨娘開始閉門不出，楊太傅也不再去她的院子，連陳氏都沈默了。

楊默娘等人心裡隱隱有了些猜測，連楊玉昆都親自去問莫氏。「阿娘，二姊姊是您親生的嗎？」

莫氏看著兒子，半晌後閉上了眼睛。

楊玉昆忽然一屁股坐到凳子上。這裡面到底有什麼秘密？

莫氏拉起兒子，看著他搖搖頭，意思是讓他不要管。

楊玉昆不再問，父母私事，他插手也不好。好在他和楊寶娘感情不錯，就算不是莫氏親生的，總是自己的姊姊。

楊太傅又開始長居前院，妻妾們再也見不到他的面。

幾日後，楊寶娘的身子痊癒了。

兩個妹妹時常來看她，卻只是說笑一番，沒人多提一個字。她要麼在書房裡讀書寫字，要麼窩在繡房裡做針線活，也不出門。

這日，楊寶娘正在書房寫字，嘉和縣主來了。

楊寶娘一出房門，嘉和縣主就衝過來抱住她，仔細打量。「怎麼又生病了？可是上回受了驚沒好？都是我的錯，不該拉著妳去跑馬。」

楊寶娘笑著回答。「和妳有什麼關係，是我自己吃壞了肚子。妳能來看我，我高興著呢，快進來。」

嘉和縣主跟著楊寶娘進了書房，喜鵲帶人上茶點。

嘉和縣主看楊寶娘氣色還不錯，總算放了心，臨走時，掏出一只小匣子，看向楊寶娘。

「寶娘，二哥託我把這個帶給妳。我沒看裡頭是什麼，妳要是覺得能收就收，要是不能收，我帶回去還給他。」

楊寶娘想了想，推開小匣子，拒絕她。「嘉和，男女有別。我也大了，不能隨意收二公子的東西。」

嘉和縣主鬆了一口氣。「那就好，我回去可以交差了。寶娘，妳這樣做是對的，私相授受不好。雖然他是我二哥，我也只幫他這一回。」

嘉和縣主走後，楊寶娘帶著喜鵲和劉嬤嬤，悄悄去了花園。

與此同時，南平郡王府裡，朱翌軒收到匣子後，呆愣在原地。

「妹妹，裡頭是一棵百年山參，補身子用的。」

嘉和縣主看著他。「二哥，就算裡頭是根白蘿蔔，寶娘不要，我也不能勉強她。雖然寶娘不告訴我，但我多少聽說她家的事，如今她處境艱難，你若真為她好，就別給她添亂。」

朱翌軒忽然激動起來。「這陣子楊府傳出流言，說寶娘不是楊太太親生的，是不是楊太太為難她了？不行，我要去找皇伯父，讓他替我和寶娘賜婚。寶娘來了咱們家，再也沒人敢欺負她。」說完，轉身就要走。

嘉和縣主立刻大喊：「二哥，你別糊塗。寶娘心裡沒有你，你難道不知道嗎？」

朱翌軒也回身大吼道：「妳胡說！她還小，還沒開竅，等她開竅，定會滿意這樁婚事，我一定會對她好的！」

嘉和縣主面無表情。「二哥，那你等她開竅了，再去求皇伯父吧。」抬腳離開了。

朱翌軒也扔了手中的匣子，回自己院子去。

太傅府的流言，近日又多起來，莫大管事使出淩厲手段，罰一批，賣一批，所有人頓時噤了聲。

但暗地裡，仍舊有人攪動風雨。不是旁人，正是秦嬤嬤。

楊太傅不能忍受這種事，隔天把楊玉昆叫到了外書房。

楊玉昆行完禮坐下，問道：「不知阿爹叫兒子來，有何吩咐？」

楊太傅看向嫡長子。「你也十二了，不能老是住在內院。此處旁邊有個小院子，明兒你就搬出來吧。男子漢大丈夫，不能總和你阿娘住在一起。」

楊玉昆有些受寵若驚。「兒子謝過阿爹。」

第二天，楊玉昆高興地搬到了前院。

楊太傅打蛇打七寸，他知道，莫氏最在乎的是兒子，然後才是秦嬤嬤。兒子是她的命根子，秦嬤嬤則是她的堂姨母兼心腹。

莫氏看似沒交代秦嬤嬤做什麼，但沈默就是一種支持。

楊太傅弄走楊玉昆，想看看，莫氏要如何選擇。

果然，莫氏見兒子要搬到前院去了，心裡又急又氣。

可楊太傅的理由冠冕堂皇，他要親自教導嫡長子。莫氏敢鬧，滿京城的人都會罵她。

莫氏看著兒子歡天喜地的樣子，一個字都沒說，笑著幫他整理東西。能住在父親旁邊，表示他嫡長子的位置穩如泰山。

兒子歡歡喜喜搬去前院，莫氏坐在太師椅上緊抓著扶手，差點把指甲弄斷。

楊鎮，為了那個賤種，你連兒子都算計！

楊玉昆去前院後，楊太傅第一件事就是添兩個小廝給他，其中一個是莫大管事的兒子。隨後，楊太傅開始每天檢查他的功課，又讓楊寶娘跟著一起學。

楊玉昆想著二姊姊無生母疼愛，又是小娘子，阿爹多疼她一些也正常。

從此，姊弟倆每夜到楊太傅屋裡讀書寫字，連晚飯都在這邊吃。楊玉昆心裡是從未有過的滿足，終於可以每天得到父親的親自教導了。

莫氏徹底和兒子斷了聯繫，有時楊玉昆吃了晚飯，要來內院請安，楊太傅卻攔著他。

「男子漢大丈夫，不要沈溺於內院之事。我讓廚房把咱們剛剛吃的菜送一份給你阿娘，你不用擔心。」

楊玉昆聽了，只得作罷。

這日晚上，楊默娘坐在燈下，和豐姨娘一起做針線。

楊默娘抬眼看豐姨娘，輕聲問道：「姨娘，二姊姊是您生的嗎？」

豐姨娘笑了。「妳想到哪裡去了，二娘子怎麼會是我生的。」

楊默娘的眼神閃了閃。「那為什麼二姊姊和姨娘長得像？」

豐姨娘收起笑容。「三娘子，妳要記著，二娘子的事情，不是我們能問的。一個弄不好，妳會夾在老爺和太太之間，左右為難。」

豐姨娘不介意告訴女兒，莫氏只是個傀儡，覺得莫氏還不如她呢，至少老爺不討厭她。

楊默娘看看四周，忍不住又問：「難道，二姊姊是外室生的？」

豐姨娘立刻喝斥她。「三娘子住嘴！」

楊默娘嚇了一跳。

豐姨娘在陳氏身邊服侍多年，知道許多當年的事。用幾乎聽不見的聲音告訴楊默娘。「妳阿爹以前訂過親，但老太太貪圖莫家權勢，退了親，改訂了現在的太太。這件事，京中消息稍微靈通點的人家都知道。」

楊默娘的思緒飛快轉起來。「姨娘，那、那原來的太太去了哪裡？」

豐姨娘對著天空指了指。

楊默娘大驚。「死了？」

豐姨娘搖頭。「如今她是天下最尊貴的女人，所有人都要跪在她的腳下。」

楊默娘的心突突跳起來。「難道……難道二姊姊是……」不敢再說下去了。

豐姨娘又低頭做針線。「那年，我剛進府時，老太太對我說，你們少爺惦記前頭那個，妳和她長得像，不怕他不喜歡妳。」

楊默娘聽了，差點從凳子上跌坐在地，嚥了嚥口水。「姨娘，您說的是真的？」

豐姨娘冷哼一聲。「老太太打的好算盤，卻毀了兒子的親事，從此母子失和，又氣憤莫家弄個聾子來糊弄老爺。李娘子進宮得選後，老爺心痛，太太恨不得用眼刀子殺了我，老太太還把我往老爺身邊推。那幾年，我忍氣吞聲，活得跟隻鵪鶉似的。」

楊默娘連忙拉住豐姨娘。「姨娘，我和弟弟心裡有您。」

豐姨娘拍拍女兒的手。「三娘子，妳阿爹是個可憐人。雖然李娘子被退親，但她飛上枝頭做了鳳凰。這一切，都是老太太造的孽。妳記著，在老太太心中，榮華富貴比兒子還重要，孫子孫女，就更不值錢了。」

楊默娘聽得心驚肉跳。「難道姨娘一直是個替身嗎？」

豐姨娘笑了。「那又如何？老太太買我，就是準備用我討好老爺，順帶氣太太的。這些年，老爺對我和顏悅色，從沒大聲說話，我還有了兩個孩子。老爺是三元及第的狀元郎，如今官居太傅，我一個丫頭出身的姨娘，能被他寵愛這麼多年，就算是替身，也知足了。」

楊默娘聽著，不說話了。

這陣子，楊寶娘的日子寧靜安詳，只想躲在楊太傅羽翼下，用心學業，不想管楊家的暗潮洶湧。

但人在家中坐，禍從天上來。

這日，她覺得總是窩在屋裡，快要發霉了，便放下書本，打算去花園裡轉一轉。出了棲月閣，楊寶娘在一處極大的石頭附近停下腳步，看上頭的流水。這是楊家園子比較巧妙的景致之一，引了活水自上流下，像瀑布似的。

楊寶娘看得興起，還伸出手去接瀑布的水，忽然聽到附近傳來對話聲。

「都失寵了，架子還這麼大！廚房裡的東西都是有定數的，她一個姨娘，整日要東要西，一文賞錢都不給，難道要我們補貼？」

「噓，妳小聲些，人家還有兩個孩子呢。」

「哼，都是庶出的。」

「咱們不過是個下人，管那麼多幹什麼？」

「我就是氣不過，秦嬤嬤好歹是太太身邊的第一人，如今獨子居然被打發去種田。哼，這隔了肚皮，就是兩條心，沾了太太這麼多年的光，卻是個白眼狼，呸！」

「別說了，嬤嬤又看不上妳，還不如早些配個合適的。難道妳想去種田啊？」

楊寶娘聽懂了兩個丫頭的意思，猶豫片刻，收回手，從石頭後面走出來。

兩個丫頭看見她，嚇得立刻跪下磕頭。「見過二娘子。」

楊寶娘問：「是哪個想給秦嬤嬤做兒媳婦？」

說楊寶娘壞話的那個丫頭，害怕得直發抖。

楊寶娘笑了。「妳跟我來。」

丫頭戰戰兢兢地起身，喜鵲拉過她，狠狠去擰她胳膊。「什麼東西，也配編排主子！」

三人到了正院，楊寶娘逕自去正房，向莫氏行禮。「見過太太。」

莫氏知道楊寶娘最近和她兒子天天一起讀書吃飯，且楊寶娘深得楊太傅喜愛，裝出笑臉，指著旁邊的位置，讓楊寶娘坐。

楊寶娘微笑著和莫氏話家常。「太太近來身子好不好？我和弟弟每日讀書忙碌，來得也少了。昨兒晚飯那道菜，我們都覺得不錯，阿爹就讓人送來一份，不知太太喜不喜歡？」

莫氏點頭，楊寶娘又繼續念叨。「這些日子，弟弟讀書讀到很晚，說也要考個狀元回來，以後太太有福氣了。」

莫氏十幾天沒見到兒子了，聽得如癡如醉，竟開始覺得楊寶娘乖巧，知道照顧弟弟。

楊寶娘說了半天，話鋒突然一轉。「剛剛我在路上，聽見有個丫頭跟人說悄悄話，聽那意思，是想給秦嬤嬤當兒媳婦。這丫頭長得不錯，年紀也合適，我聽說秦嬤嬤的兒子受了傷，她這樣心誠，太太不如成全了她？」

莫氏一愣，秦嬤嬤抬起頭，那丫頭立刻撲通跪倒。「奴婢錯了，求二娘子開恩！」

楊寶娘笑出聲。「妳喜歡秦嬤嬤的兒子，又沒有錯。君子有成人之美，我這是仿古人之風呢。」

秦嬤嬤一看那丫頭，頓時氣得要死。這丫頭在廚房裡當差，好吃懶做，還有些水性風流，以前她兒子在外院當小管事，她經常找機會勾搭。如今兒子剛被攆到莊子上，她立刻轉頭去勾搭莫大管事的兒子。她就算讓兒子打光棍，也不要這樣的兒媳婦。

秦嬤嬤皮笑肉不笑。「多謝二娘子關心，老奴的兒子現在在莊子上種田，又斷了腿，如何配得上家裡的丫頭？」

楊寶娘根本不看她。「太太覺得怎麼樣？他受了傷，配個好媳婦，也能安生過日子。」

莫氏心裡忖度，這丫頭必定是得罪了楊寶娘，可能還拉上了秦嬤嬤。

不等莫氏說話，楊寶娘便起身。「太太，我要準備晚上的功課了。弟弟喜歡吃我做的春捲，得去廚房看看。過兩日就讓這丫頭去莊子，我會送一份賀禮。太太安坐，我先告退。」

楊寶娘挑釁地看秦嬤嬤一眼，轉身走了。

秦嬤嬤氣得身子直打顫，拉著莫氏的袖子哭。「太太您看，她如今連老奴都敢欺負了，誰給她的膽子！」

莫氏想到楊寶娘臨走前提及楊玉昆，內心猶豫。雖然秦嬤嬤在她心裡有些分量，但秦嬤嬤的兒子對她來說，就沒有那麼重要了。

去廚房的路上，喜鵲高興地和楊寶娘說話。「三娘子真聰明，這丫頭是府裡出名的牆頭草，把她配給秦嬤嬤的兒子，真是絕配。她心裡憤恨，到時不知怎麼折騰那個死瘸子呢。」

楊寶娘進廚房，做了一盤春捲，有十幾個，個頭小巧，裡頭加了韭菜、煎蛋，還帶了些肉末。這種家常的吃法，深得楊太傅的喜歡。

主僕倆把菜送到前院，楊玉昆一進門就笑。「三姊姊又做了什麼好吃的？老遠就聞到香味了。」

楊寶娘用筷子夾了一個春捲，塞進他嘴裡。「今兒我去看了太太，太太說她好得很，要你好生讀書。」

楊玉昆點頭。「明兒休沐，我也去看看阿娘。」

楊太傅回來，帶著兒女吃晚飯，又問他們的功課，便打發他們走了，待在書房中處理政務。楊寶娘修理秦嬤嬤的事，他早知道了，卻不多說，看著手裡的幾份手箚，陷入沈默。江南鹽場的局勢越發混亂，私鹽猖獗，鹽稅猛跌。景仁帝一連派了三個欽差過去，死了一個，傷了一個，最後一個無功而返。

景仁帝氣得摔了茶盞，讓眾人寫解決之道呈上來，但依然沒有好辦法。

今天，楊寶娘實在很高興。秦嬤嬤就像塊牛皮糖一樣，致力於跟她作對。潑她一臉茶水沒用，撤了她兒子的差事也沒用，斷她兒子的腿也沒用，還是孜孜不倦地想打壓她。

楊寶娘真佩服莫氏，能有個這樣忠心的奴僕。

劉嬤嬤知道了，也跟著笑。「那丫頭這回如願了，二娘子真是幹了件大好事。」

楊寶娘哈哈大笑。「嬤嬤，妳也促狹了。」

過兩日，莫大管事親自讓人帶走那丫頭，還去正院送賀禮給秦嬤嬤。

楊寶娘湊熱鬧，也送了份禮。

秦嬤嬤氣得咬牙切齒，莫氏無可奈何，只得給些賞賜，讓她放假去操辦兒子的婚事。

第十章 鬧莫府座次之爭

六月中，莫家二老太爺過壽，楊家除了陳氏和兩個姨娘，所有人都要去。

當日，楊寶娘穿了身中規中矩的衣裙，楊默娘打扮得比她還簡單。

楊默娘見到楊寶娘後，如往常一樣行禮。經過這陣子，姊妹倆之間雖然多了些客氣，卻並未生出隔閡。

豐姨娘一遍遍教導楊默娘，不要和楊寶娘爭，楊默娘便歇了心思。

兩個妹妹都關心楊寶娘的身體，楊寶娘摸摸楊淑娘頭上的小髮辮，道：「我都好了。過幾日，咱們去莊子上玩。」

楊淑娘雙眼發亮。「真的嗎？咱們可以出去玩？」

楊寶娘點頭。「咱們自己家的莊子，怎麼不能去。」

姊妹三個正在說話，莫氏收拾好了，便出發去莫家。

天氣炎熱，馬車駛得很平穩，楊寶娘坐在主位，感覺有些憋悶。

一陣風吹起車前的簾子，透過縫隙，她忽然發現，外頭有一隊人馬。

不是旁人，正是東籬先生舅甥倆。

趙傳煒也發現了楊家的馬車，簾子被吹起時，他轉頭，正好和楊寶娘四目相對。

楊寶娘見到熟人，微笑著輕輕點頭，趙傳煒立刻笑得臉上開了花。

等楊家車隊過去了，東籬先生便笑話他。「把你臉上的笑收一收。我得給你阿爹寫信，早些幫你娶媳婦，或安排兩個通房也行。」

趙傳煒抬起下巴看他。「三舅不想出京城了？」

東籬先生立刻狗腿起來。「好外甥，都是舅舅的錯。」

趙傳煒也為難，到底要怎麼把東籬先生偷出京城？便撓撓頭。「三舅，要不，過幾天您跟我到莊子住一陣子？」

東籬先生問：「你不去官學？」

趙傳煒笑得很鬼祟。「有三舅教我，先生們哪裡敢說不好？」

東籬先生斜眼瞥他。「滑頭！」

甥舅倆走遠了，楊寶娘也到了莫家，帶著兩個妹妹跟在莫氏身後，去了正院。

莫氏不會說話，只向二老太爺和二老太太行禮。楊寶娘最年長，領著妹妹們賀壽。

「恭祝外祖父福如東海，壽比南山。」

二老太爺摸摸鬍鬚，和藹地要她們起身，讓家裡的孫女帶著她們去玩耍，大舅父的小女兒莫七娘便帶著表妹們去她屋裡。

「妹妹們不常來，我在家連個說話的人都沒有。」

楊寶娘笑著回應。「我們可不敢來，耽誤表姊繡嫁妝。」

莫七娘紅了臉。「表妹真是的，我還想跟表妹學繡工呢。」

莫氏留在父親和嫡母這邊，跟著嫡母迎客。雖然她不出聲，但身分高，來的女眷們都會和她說兩句。

用午膳時，楊太傅才到，直接去前院。莫氏在後院，帶著女兒們和嫡姊坐一桌。

吃完筵席，楊太傅差事繁忙，便告辭了。

老秦姨娘等不及，派人叫了莫氏三次。

莫氏要去看老秦姨娘，楊寶娘有些猶豫，並不想去。

還沒等她拒絕，莫二太太拉起她的手。「外甥女來了，也去二舅媽那裡坐坐。」

這回，楊寶娘沒法拒絕了。她可以不理會偏房姨娘，卻不能不理舅媽。

楊寶娘笑了笑，輕輕甩開莫二太太的手。「那我去叨擾二舅媽了。」

楊默娘跟上，楊淑娘看了看，也隨著姊姊們過去。

到了二房的院子，莫二太太把三個女孩子帶進屋，讓人上茶、上點心。

楊寶娘很謹慎，喝茶時只沾了沾唇，點心一概不吃。

莫二太太很和藹地說：「妳幾個表姊都嫁出去了，我整日在家就眼饞妳阿娘有幾個女兒陪著。外甥女們沒事，到舅媽這裡來坐坐，別的沒有，一杯茶、一碗飯還是有的。」

楊寶娘虛與委蛇。「多謝舅媽關心，只是阿爹盯我們功課盯得緊，就忙了一些。平日出來得少，還請舅媽見諒。」

莫二太太並不生氣。「外甥女有才。舅媽不識得幾個字，就喜歡妳們這些知書達禮的小娘子。」

楊寶娘只笑笑沒說話。

忽然，外頭傳來一陣急促的聲音。「阿娘，聽說表妹來了。」來人正是草包莫九郎！

楊寶娘蹙了蹙眉頭，莫九郎見到她，眼神發亮，主動行禮。「妹妹們好。」

楊寶娘帶著兩個妹妹起身，面無表情道：「表兄好。」

莫二太太笑了。「前兒我得了疋好料子，正想給妳們姊妹幾個分一分呢。聽說默娘對這方面精通，不如跟我一起去瞧瞧？」

楊默娘頓時警覺起來，起身行禮。「舅媽所賜，必定是好東西。阿爹和學堂裡的先生常教導我們，長者賜不可辭，我豈敢到舅媽房裡挑揀。」

楊寶娘心裡膩歪，知道莫二太太是衝著她來的。「若是舅媽家事忙，我們就先回去，回頭再來看舅媽。」說完就要起身。

莫九郎急道：「我要向表妹請教學問呢，文章在書房裡，寫了一半，還請表妹去幫我看看。」伸手來拉楊寶娘的袖子。

楊寶娘連忙抽手，正色喝斥他。「表兄住手！說話就說話，別拉拉扯扯。學問的事，表兄還是問二舅吧，我又不是先生。」轉頭道：「多謝舅媽的茶水。三妹，四妹，咱們走。」

三個姑娘還沒走到門口，就聽到有人說話。

「二娘子好大的威風。」話音剛落，老秦姨娘和莫氏一起進來。

楊寶娘對莫氏行禮。「太太，表兄不規矩，說話間拉拉扯扯，我們姊妹可不敢和他再說下去了。」

楊寶娘看都不看老秦姨娘一眼，楊默娘和楊淑娘面面相覷。

莫氏見楊寶娘不向老秦姨娘見禮，眼神犀利地看向她。

楊寶娘笑臉相迎。「太太，咱們什麼時候回去呀？」

老秦姨娘冷哼一聲。「二娘子眼高於頂，能看到誰呢？」

楊寶娘瞥她一眼，假裝不認識。「妳是誰啊？」

莫二太太立刻插話。「外甥女不可無禮，這是妳外祖母。」

楊寶娘瞪大了眼睛，忽然拉著兩個妹妹就走。「我去問問外祖父，我什麼時候有兩個外祖母了？」

莫二太太連忙讓婆子去攔，楊寶娘抽出鞭子，劈臉一頓抽，抽得婆子們鬼哭狼嚎。

楊寶娘衝出院子之後，一路跑到二老太爺的院子裡，扯亂頭髮，進門就開始哭。

「外祖父救命！二舅媽那裡有個婆子，說是我外祖母，逼我向她行禮呢！」

二老太太一聽就明白了，對二老太爺翻了個白眼，然後拉住楊寶娘，一頓安慰。

「許是個瘋婆子，寶娘莫怕。」

二老太爺也趕緊安慰外孫女，又把莫氏叫來，劈頭蓋臉說了一通嫡庶之道後，便立刻打發她們回去。

出了莫家大門，莫氏的目光像淬了毒般瞪著楊寶娘。秦嬤嬤本想嘲諷兩句，想到楊寶娘的鞭子，又住了嘴。

夜裡，楊太傅一回來，楊寶娘當著楊玉昆的面，一邊哭、一邊告狀。

「阿爹，我去二舅媽院裡，二舅媽要將三妹妹帶走，表兄又要單獨把我拉進書房。我不肯，拉著妹妹們要走，太太卻帶個婆子進來，二舅媽讓我叫她外祖母，我不喊，那婆子還罵我。阿爹，女兒差點就回不來了。」

楊玉昆非常尷尬，楊太傅氣得鬍子直翹。

第二天，莫二老爺欺辱良民的惡行被抖出來，官差上門，直接將他抓進大牢！

莫家人頓時慌了，再沒人去關注楊寶娘大鬧莫府的事。

楊太傅上朝，有人跟他提起此事，他寒著臉，只說了一句話。「務必秉公處理。」

京兆尹思量半天，有些拿不定主意，派下屬去接近莫大管事。莫大管事便跟京兆衙門的小官吏們喝酒，痛斥莫二老爺敗壞太傅府的名聲。得了這句準話，京兆尹不再手軟，一查到底，這些年莫二老爺幹的沒王法的事，全被扯了出來。

莫大老爺找楊太傅，楊太傅避而不見，連二老太爺找他，都以政務忙碌婉拒。莫家四處打點，毫無效果，京兆衙門秉公處理，決定判莫二老爺流放。

一聽到判決結果，老秦姨娘偷溜出門，一路哭到了楊家。楊家門房很為難，雖然她是個姨娘，卻是太太的生母，誰也不敢攔著。老秦姨娘橫衝直撞進了後院。「四娘，四娘，妳真不管妳弟弟的死活嗎?!」哭著哭著，一屁股坐到地上。

楊家下人立刻去稟報陳氏和莫氏。

陳氏冷哼一聲。「活該！」她才懶得管老秦姨娘母子的死活，流放才好，省得以後敗壞兒子的名聲。

可莫氏不能不理，那是她生母，帶著秦嬤嬤去迎接老秦姨娘。

秦嬤嬤扶起老秦姨娘。「姊姊莫急，我們太太正在想辦法呢。」

老秦姨娘擦擦眼淚，望向莫氏。「妳做了太傅夫人，從京兆衙門撈個人，不是輕輕鬆鬆的事？」

秦嬤嬤看看四周。「姊姊，這裡說話不方便，咱們還是去正院吧。」

老秦姨娘跟著女兒和堂妹到了莫氏的正院，一進院子，忍不住嘖嘖稱讚。

「瞧瞧，妳過得多體面。以妳的身分，送張帖子去京兆衙門，妳弟弟不就能回家了？」

老秦姨娘所有的聰明都用在妻妾之爭以及用無恥伎倆算計人上，一來不了解女兒在楊家的真實處境，二來以為只要身分高了，便可以肆意踐踏律法。

莫氏讓老秦姨娘坐下，又命丫頭打熱水給她洗臉，把頭髮重新梳好。

老秦姨娘收拾好後，喝了口茶，道：「這些日子我派人帶了幾次信，妳怎麼不給個回音？妳那好夫婿，手裡權力那樣大，卻連嫡親的小舅子都不搭救。又不是殺人放火，不過是買賣時，價錢有些出入，哪裡就要流放了。若是妳弟弟出不來，我就吊死在楊家大門口。」

莫氏坐在一旁，面無表情。她怎麼不急，但自從那天回來之後，她就被禁足，二門的下人全攔著她。

「老爺吩咐了，近來太太身子不好，還是多歇息。」

她去找陳氏，陳氏狠狠地看著她。「妳那爛泥糊不上牆的弟弟給鎮兒惹了多少禍，還嫌不夠丟臉？妳想去莫家只管去，去了就不用回來，明兒我把休書送上，和妳那黑了心肝的姨娘過一輩子吧！」

陳氏痛恨老秦姨娘，平日看在楊黛娘和楊玉昆的面上，與莫氏和平相處，可一旦提及老秦姨娘母子，便恨不得他們去死才好。

莫氏被婆母痛罵一頓，偃旗息鼓，只盼著弟弟沒有惹大禍，損失些錢財便罷。孰料京兆尹這回跟瞎了眼一樣，絲毫不顧及莫二老爺是楊太傅的親小舅子，該怎麼判，就怎麼判。

莫氏急得要上吊，可她出不去，兒子也好多天沒進來了。

不是楊玉昆不想進來，楊太傅只問他一句。「你是想讓你二舅進大牢，還是我？」楊玉昆一聽，立時偃旗息鼓。莫二老爺幹的那些事，實在太沒王法，不給些教訓，楊太傅遲早也會被他連累得丟官罷職。

後來，楊玉昆聽聞只是判三年流放，且流放的地方不遠，外祖家再打點一番，受不了多少罪，便想等莫二老爺走了之後再進內院，他也怕莫氏纏著他去求楊太傅。

莫氏求告無門，今兒又被親娘辱罵，內心一片灰敗。

秦嬤嬤為莫氏叫屈。「姊姊呀，不是我們太太沒想辦法，為了外甥的事情，太太挨了老太太一頓罵，老爺和少爺都不進內院了。太太出不去，有天大的本事也使不出來呀。」

老秦姨娘眯起渾濁的老眼。「這事蹊蹺，好端端地，京兆尹為何忽然想治死妳弟弟？」

莫氏抬眼看向生母，搖搖頭。

老秦姨娘又問：「那小賤人回來後，有沒有向妳道歉？」

莫氏低下頭。

秦嬤嬤轉轉眼珠子。「姊姊，這會兒不是計較這些小事的時候，如今整個內院，只有老太太和二娘子能出去。老太太肯定不會管這件事，若讓二娘子去求老爺，說不定管用呢。」

老秦姨娘冷哼一聲。「妳去叫她來。」

秦嬤嬤立刻吩咐荔枝，荔枝便派了個二等丫鬟去棲月閣。

老秦姨娘一進後院，楊寶娘很快就得到消息，聽見莫氏叫她，立時笑了。

「走，我去會會這個外祖母！」

劉嬤嬤拉住她。「二娘子，不如等老爺回來再說。」

楊寶娘搖頭。「我還怕她不成！妳派人告訴外祖母，就說家裡來人冒充她。」說完，便帶著一群丫頭和婆子出了門。

到了正院，棲月閣的下人站成一排，守在院子裡。

楊寶娘向莫氏行禮問好，莫氏抬手讓她起來。

莫氏坐主位，老秦姨娘坐次位，楊寶娘看了看，走到老秦姨娘身邊，居高臨下看著她。

「妳起來。誰允許妳坐這裡的？」

老秦姨娘瞪大了眼睛，不可置信，楊寶娘居然要她讓座，立刻暴起，揮手就要抽楊寶娘的耳光。

「不敬老的小賤人，我撕爛妳的嘴巴！」

楊寶娘捉住她的胳膊，用力一扯，老秦姨娘摔倒在地。

「太太，前幾天外祖母告訴我，說這是個瘋婆子，誰放她進來的？」

秦嬤嬤拔高聲音。「二娘子不可無禮，她是您的外祖母！」

楊寶娘坐到椅子上。「我一個野種，哪有什麼外祖母。再說了，她要是我外祖母，妳是誰？姨外祖母？呸，別叫我笑掉大牙了。」

莫氏聽見楊寶娘自稱野種，頓時呆住。

老秦姨娘在地上打滾。「不得了，太傅府的二娘子要殺親外祖母！沒天理了啊！」

楊寶娘把手裡的茶盞砰的扔到她身上。「妳再哭一聲，信不信我用鞭子抽死妳？」

老秦姨娘一愣，這是怎麼回事？小娘子們不應該愛惜名聲嗎？小娘子們見到嫡母的生母，難道不應該敬著嗎？

楊寶娘又拿起另一只茶盞，幫自己倒了杯茶。「行了，別作戲了，妳一把年紀，滿臉皺紋，我又不是外祖父，覺得妳人比花嬌，連哭聲都繞梁三日。說吧，叫我來有什麼事情？好生跟我說，我與許陪你們玩玩，要是想騎到我頭上，就別作夢了。」

秦嬤嬤先把老秦姨娘扶起來，讓她坐在一邊的椅子上。

老秦姨娘面色不善地盯著楊寶娘。

楊寶娘正在喝茶，忽然抬頭看老秦姨娘。「把那眼神收一收，信不信我真敢抽妳。我打了妳，最多惹太太生氣，若阿爹知道，妳兒子就要倒楣了。」
老秦姨娘更恨了，氣得牙齒打顫；莫氏看懂楊寶娘說的話，把手裡的茶盞摔到茶几上。
楊寶娘端著茶盞，目光掃向莫氏。「太太，您為何要生氣呢？這麼多年，我掛在您名下，您沒給過我一絲愛憐，我卻時時刻刻討好您，連您的奴才都可以騎到我頭上。如今膿瘡挑破了，我借了您的名分，您罵我野種，咱們誰也不欠誰。若太太覺得我占了您的便宜，把我從名下除掉也行。」
莫氏的心往下沈，她和老秦姨娘一樣，使慣了陰謀伎倆，楊寶娘這樣直來直去的，反而讓她們不好對付。
老秦姨娘哼了聲。「既然二娘子也覺得這些年占了你們太太的便宜，正好，妳去求求妳阿爹，把妳二舅的事辦妥了，才算兩清。」
楊寶娘又低頭喝口茶，慢悠悠地說：「我為什麼要去求阿爹？二舅幹了那麼多枉法之事，那些無辜百姓就合該受欺負？我說了，我和太太兩清了。」
原身都被你們活活氣死了，還討人情？全滾吧！
老秦姨娘見楊寶娘拒絕，不再給她好臉色。「二娘子好大的口氣，說兩清就兩清？」
楊寶娘冷哼。「妳是個什麼東西，也配跟我說話。」知道老秦姨娘最在乎身分，就故意踩她的痛腳。
果然，老秦姨娘暴怒了。「我是什麼身分？我身分再低賤，也是家裡堂堂正正的人，不是外頭來路不明的。」

她話音剛落，劉嬤嬤忽然從外面衝進來。「堂堂正正？妳也有臉說這話？呸，要不要我把妳當年幹的事情全抖出來？妳害我們老爺害得還不夠慘？我跟妳說，我們二娘子誰都不欠，這是你們欠她的！」

老秦姨娘眼裡要噴火，莫氏見劉嬤嬤說起舊事，戳破她的臉皮，氣得渾身打顫。

秦嬤嬤立刻去安撫她，又罵劉嬤嬤。「妳要死了，把太太氣成這樣。」

劉嬤嬤看都不看她們主僕一眼。「我只認我們二娘子，管妳什麼太太、姨娘的。要是不服氣，妳把我賣了啊！」

楊寶娘頓時興奮起來，她就覺得劉嬤嬤身上疑點重重。這個貼身保母，在楊家彷彿客居一樣，從不過問楊家的事，對楊太傅的吩咐也是漫不經心，眼裡只認楊寶娘一個主子。

劉嬤嬤望向楊寶娘。「二娘子，咱們回去吧，萬事等老爺回來再說。」

楊寶娘看看這混亂場面，心道算了，和他們說什麼呢？等他們死了，再向原身道歉吧。

第十一章　撕破臉故園來信

楊寶娘正準備出去，外面急匆匆進來一堆人，帶頭的正是莫家二老太太。

二老太太走到老秦姨娘面前，劈手就抽了她一耳光。

「平日我太過縱容，妳越發不知道規矩兩個字怎麼寫了！誰讓妳來的？還敢在女婿家裡鬧，我看妳是好日子過夠了！」

莫氏見生母被打，打人的又是她嫡母，頓時急起來。她的身分能壓制住楊寶娘，但面對二老太太，立刻處於劣勢。

老秦姨娘捂住臉，用帕子擦眼淚，嗚嗚哭了起來。「姊姊怎地這般狠心？老二要被流放了，我沒辦法，才來求求女婿。難道姊姊打算看著孩子受罪嗎？」

一個老太太哭得梨花帶雨，還拿腔作勢，楊寶娘差點忍不住笑了出來。

二老太太立刻把口水吐到她臉上。「給我收收妳這矯情勁兒。老頭子不在，妳哭成一朵花，也沒人疼妳！」

她說完，又看向莫氏。「姑太太，妳們親生母女的事情，我也不想管，只是別丟了兩家的體面。她一路哭著過來，妳阿爹的臉面不要了？」

莫氏無法辯解，低下頭。

這時，陳氏也進門了。「親家母來了。」

二老太太立刻堆起笑臉。「家裡人不懂事，來給親家母添麻煩，真是對不住，我馬上帶她回去。」

陳氏笑咪咪。「不是什麼大事，好生教教規矩就是了。親家母去我院子坐坐吧，咱們老姊妹好久沒聚聚了。」

二老太太笑著婉拒。「今兒鬧哄哄的，實在沒臉去親家母那裡，回頭我下帖子，請親家母喝茶。」

陳氏笑呵呵地點頭。「那我就等著親家母了。」

老秦姨娘在旁邊聽，嘔得差點吐血。這兩個死老婆子！

二老太太寒暄兩句之後就要走，老秦姨娘不肯，但二老太太一瞪眼，她立刻老實了。她老了，再也沒有年輕時的本錢，二老太太的正房地位，壓得她毫無翻身之力。

雖然她有個權力滔天的女婿，可女婿恨她，所以二老太太從不把她當一回事。

陳氏也走了，走前看楊寶娘一眼，沒說話。

等人都離開了，秦嬤嬤又對著楊寶娘冷嘲熱諷。「二娘子真是冷心腸，舅老爺要被流放了，絲毫不肯憐憫，難道要太太向您下跪不成？」

原本楊寶娘還想留著這老婆子慢慢練刀法，如今覺得秦嬤嬤從頭到腳都讓她厭惡得想吐，掃她一眼，二話不說，對莫氏行個禮，也出去了。

二老太太帶著老秦姨娘回家後，把她帶到二老太爺面前。「吶，你的心肝肉。有一說一，我打了她一巴掌，你要是心疼，就來找我報仇吧。」說完，便轉身回房。

二老太爺被臊得滿臉通紅，罵了老秦姨娘一頓。

他也擔心小兒子，可小老婆這樣去鬧，不是辦法啊……

家裡鬧了這麼一齣好戲，楊太傅還沒到家就知道了，問莫大管事。「老太太和寶兒可有受到驚嚇？」

莫大管事低聲回答道：「老太太去跟親家老太太打了招呼，二娘子把老秦姨娘整治一頓，但也被她們姊妹擠對。」

楊太傅瞇起眼睛。「我曉得了。」

過了幾天，莫二老爺要被流放，莫氏急得往外院衝，秦嬤嬤去棲月閣哭鬧，逼迫楊寶娘向楊太傅求情。

楊太傅聽說後，讓人把秦嬤嬤拖出去，扒了褲子，在前院打了二十大板，然後讓莫大管事帶人拖著血淋淋的秦嬤嬤，扔到莫家。

老秦姨娘聽說後，哀號一聲，昏了過去。

秦嬤嬤被一路拖到莫家，路上行人指指點點，消息很快就傳開了。

楊太傅官居一品，家裡鬧出這麼大的動靜，立刻被言官盯上。第二天，御史臺告發楊太傅的摺子，在景仁帝的案頭堆了一疊。

景仁帝問他。「先生家裡出了何事？」

楊太傅跪下來。「臣有罪。妻弟欺辱良民，家中奴僕作亂，請聖上處罰。」

在景仁帝眼裡，這都是小事，扶起楊太傅。「既如此，先生寫摺子自辯，罰一個月俸銀就是。」

楊太傅謝恩，立刻回家寫摺子。

見到渾身是血的秦嬤嬤，莫家人埋怨楊太傅不救莫二老爺的怨氣，頓時沒了。

老秦姨娘的兒子被流放，堂妹被痛打一頓，恨得咬牙切齒。二老太爺見女婿二話不說打了人，心裡不安起來，無人的時候暗自嘆息。

鎮哥兒，你真的一點不念舊情嗎？

這些日子，他漸漸明白了，小兒子的事，怕是少不了女婿的手筆。當年他和小妾一起聯手坑害女婿，這口氣，女婿終於開始出了。

二老太爺一邊替小兒子打點路上的事、一邊約束老秦姨娘，讓她帶著秦嬤嬤到莊子上避一避。還有老二媳婦，若再敢無故欺辱外孫女，就回娘家去吧。

丈夫被流放，莫二太太心裡暗恨，要是能把那小賤人弄來做兒媳，看她還怎麼囂張！

楊寶娘不管外頭的風風雨雨，每天晚上去前院當乖女兒和好姊姊。時日久了，她居然慢慢喜歡上前院的溫馨安寧。

每天下午，她會去廚房做些家常吃食。做完後，送一些給陳氏、莫氏以及兩個妹妹，剩下的送到前院，晚上陪楊太傅吃。

楊太傅回來後，她和弟弟一起讀書、聽他教導，一起吃飯。前世在父親眼裡是個透明人的楊寶娘，第一次感受到被父親和兄弟寵愛的幸福感。

後院發生的事情，楊寶娘一字不漏，全告訴楊玉昆，包括她和老秦姨娘之間的爭執。

楊玉昆聽後，沈默半晌，嘆了口氣。「多謝二姊姊肯告訴我。只要二姊姊能與阿娘維持場面上的和氣，其他人隨二姊姊處置。」

他心裡很清楚，老秦姨娘婆媳跋扈，楊寶娘傲氣，不可能低頭，楊太傅也不允許。罷了，他只要護住莫氏的體面就行。

姊弟倆說開之後，繼續如往日一般相處。

這天，楊寶娘想做茄子炒豆角。

她把茄子和豆角切成長段，讓廚房的人幫忙切些肉片。接著鍋裡下油，先把茄子跟豆角炸一炸。

剛把油倒進鍋裡，門口忽然傳來楊淑娘的聲音。「二姊姊又在做什麼好吃的？」

楊寶娘扭頭一看，是兩個妹妹。「就是道普通的菜。妳們怎麼來了？」

楊淑娘噘嘴。「下學回來後，我嫌屋裡太悶，就去找三姊姊，一起來找二姊姊玩。」

兩個姨娘都失寵了，陳姨娘便打發楊淑娘去找姊姊們玩。

楊默娘誇讚楊寶娘。「姊姊手真巧。」

楊寶娘戴了圍裙，頭上繫條帕子，穿著普通棉布衣裳，不知道的人，還以為她是廚房裡的丫頭呢。

「不是我手巧，是我嘴饞。」

一句話說得兩個妹妹都笑了。

楊寶娘見兩個妹妹過來，索性帶著她們，一起多做了幾道菜。

做好飯菜之後，姊妹三個回去換衣裳，派人送些菜給後院的女眷，剩下的全端到前院。

楊太傅回府，見三個女兒都來了，有些驚訝。

楊寶娘笑著解釋道：「今兒這些菜是我們一起做的，阿爹快嚐嚐。」

楊太傅笑咪咪地誇讚她們。「多學些女紅廚藝，總是沒錯的。凡大家之族，昌盛不過三五代。咱們家還沒昌盛呢，若是染上享樂的壞毛病，一旦家族衰落，子弟就永無翻身之時。既然做妹妹的願意跟著姊姊學，以後每天各自做一道菜，一季給父母做一身衣裳鞋襪。」

幾個孩子起了身，恭敬地聽他教導。

楊太傅擺擺手。「都坐下，去把闌哥兒叫來。」話落，立刻有人去後院，把剛回家的楊玉闌請來。

楊太傅帶著五個孩子一起吃晚飯，吃完飯後，分別檢查他們的功課。楊默娘功課一般，音律極佳；楊淑娘還小呢，意思意思就行。

自此，只要楊太傅回家，必定帶著五個孩子一起吃晚飯、做功課。

豐姨娘每天主動打發女兒去廚房跟姊妹們做菜，陳姨娘知道自己得罪了楊太傅，更是積極地把女兒往前院推。

陳姨娘那句玩笑話，徹底挑破楊寶娘身世的膿瘡。所有人心知肚明，連府裡下人都清楚，二娘子不是太太親生的。

但老爺一如既往疼愛楊寶娘，為了她，把莫氏的貼身嬤嬤打成一堆爛肉，所有人立刻老實下來，三個姊妹也因此恢復往日的和睦。

天氣越來越熱，但楊寶娘是大家小姐，得穿裡中外三層衣裳，覺得自己早晚會起痱子。

每天下午去廚房做菜，雖然有一堆人幫忙，姊妹三個仍舊像是從水裡撈出來的一樣，渾身濕透。

陳姨娘心疼女兒。「家裡一堆下人，怎麼還要妳們親自動手？」

楊淑娘連忙勸她。「姨娘可別這麼說，姊姊們都能做，我怎麼不能做了？我去了，幹的都是輕鬆的活兒，熱是熱了些，但有茶水，還有綠豆湯，不怕。」

豐姨娘卻主動鼓勵女兒。「三娘子不知道，以前我初進府時，家裡住在楊柳胡同，只有我一個丫頭，得洗衣裳、掃院子、燒火，老太太和姑太太還掌灶呢。咱們家剛好起來，老爺想打磨妳們的性子，三娘子千萬別叫苦。」

楊默娘點頭。「姨娘放心，我女紅和廚藝不好，如今多學些，省得以後給家裡丟臉。」

豐姨娘又安慰女兒。「三娘子有三娘子的好，妳們姊妹各有特色，都好得很。」

楊默娘笑得瞇起眼睛。「姨娘，要是日子一直這樣，也挺好的。」

豐姨娘淺笑。「姨娘不作惡，你們姊弟乖巧聽話，老天爺不會虧待我們。」

這樣寧靜的日子過了一陣子，嘉和縣主再次上門，楊寶娘先帶著她去見陳氏和莫氏。

陳氏溫和地問了南平郡王妃的好，又讓人去廚房傳話，棲月閣要什麼，務必揀好的送。

莫氏口不能言，嘉和縣主見過禮之後，和楊寶娘去棲月閣。

楊寶娘覺得兩個人無趣，把兩個妹妹請過來，一起招待她，嘉和縣主也不反對。

一進院子，嘉和縣主便拉住楊寶娘的雙手。「妳好了沒？我可想妳了。」

楊寶娘笑著說：「我都好了。如今能吃能睡，要不是天氣太熱吃得少，可要長胖了。」

嘉和縣主捏捏楊寶娘的臉。「胖些才好呢。如今妳越來越斯文了，這麼久不出門，要是我，早就發霉了。」

楊寶娘把她拉進屋裡，兩個妹妹向嘉和縣主行禮。「見過縣主娘娘。」

嘉和縣主知道楊寶娘的兩個妹妹一向敬重姊姊，並不像別人家那樣嫡庶不和，道：「不用這麼客氣，妳們叫我姊姊也成。」

楊淑娘看向楊默娘，這是二姊姊頭一次叫她們來招待嘉和縣主，兩個姨娘忙不迭把女兒打扮得清清爽爽送過來，並叮囑她們一定要乖巧。

楊默娘從善如流。「多謝嘉和姊姊。」楊淑娘也跟著叫了姊姊。

嘉和縣主擺擺手，讓她們坐下，拉著楊寶娘說個不停。

「這些日子，京城裡天天有熱鬧事，嚴露娘開始說親了，嘖嘖，好大的臉，淨挑各家嫡子。前陣子東籬先生又被承恩公夫人拉去相親，一路考小娘子的學問，把人家問哭了。聽說劉貴嬪的弟弟與禮部吳侍郎家的女兒訂親，禮部雖是清水衙門，好歹也是個侍郎……」

嘉和縣主的小嘴嘰哩呱啦說個不停，楊寶娘姊妹聽得很起勁。因為莫氏之故，楊家姑娘少到外頭交際，楊寶娘還能跟嘉和縣主玩玩，但如楊默娘和楊淑娘，認識的人就更少了。

嘉和縣主說得口乾舌燥，楊寶娘遞上茶。喜鵲端西瓜進來，楊默娘接下，放到她面前。

嘉和縣主又問楊寶娘。「過些日子太后娘娘過壽，妳要不要進宮？」

楊寶娘想了想。「我聽阿爹的安排。」

嘉和縣主拿起一塊西瓜吃。「你們家太太身子不便，這麼多年都沒聽說她進宮，妳要是去的話，跟著我一起吧。妳阿爹身分高，妳去了宮裡，各宮娘娘們都得捧著妳。」

楊寶娘笑了。「胡說，娘娘們身分貴重，我見了只有下跪的分。」

嘉和縣主撇撇嘴。「妳好幾年沒進宮，不知其中底細。」低聲在楊寶娘耳邊說：「皇伯父不立太子，娘娘們爭得厲害。太傅不讓妳進宮，就是怕妳被人算計。妳可是塊肥肉，逮住了妳，等於逮住妳阿爹。」

楊寶娘納悶。「宮裡還能算計人？」

嘉和縣主哼了一聲。「為了自家兒子，什麼事幹不出來呢？」

楊寶娘招呼兩位妹妹一起吃西瓜，還幫楊淑娘掛條厚棉帕子，以免汁液沾到衣服上。

嘉和縣主嘖嘖稱讚。「寶娘照顧妹妹可真仔細，到了宮裡千萬別這樣，娘娘們見妳長得美，家世又好，還賢慧懂事，會搶得打起來。」

楊寶娘哈哈大笑。「娘娘們要是看見我拿鞭子打人的模樣，就算倒貼錢，也不要我。」

姊妹幾個都笑了起來。

今天楊默娘得了豐姨娘囑咐，只靜靜坐在一邊，幫著招呼客人，照顧妹妹。楊淑娘還小，倒沒有那麼多規矩。

嘉和縣主看了，又忍不住羨慕起來。「妳有兩個妹妹，可以一起玩，我家裡卻一個姊妹都沒有。」

幾個女孩在屋裡嘰嘰喳喳說話，用了午飯，嘉和縣主在楊寶娘這裡歇一會兒，帶走不少楊府的禮物，才回南平郡王府。

這日，楊太傅從衙門回來後，莫大管事在門口攔住他。

莫大管事表情凝重，目光有些激動。「老爺。」

楊太傅見狀，把他帶到書房，派人在外守著，不許任何人進來。若少爺和姑娘們來了，讓他們先回去。

進了書房，楊太傅坐下，只說了兩個字。「何事？」

莫大管事確定四下無人了，小聲道：「老爺，明盛園傳來口信。」

楊太傅立時睜大雙眼，死死盯著莫大管事，似乎要活吃了他。「確定是明盛園傳的？」

莫大管事回道：「我在外頭碰到了瓊枝姑姑。」

楊太傅這才相信，半晌後甕聲甕氣地問：「什麼口信？」

莫管事低下頭，小聲回答道：「明珠安否？」

楊太傅聽見這四個字，嗓音有些哽咽。「還有別的嗎？」

莫大管事的腰彎得更低。「沒有了。」

楊太傅的眼睛有些水潤，半晌後揮揮手。「我曉得了，你去吧。告訴孩子們，晚上不用過來。」

他說完，起身走到書桌前，鋪開紙，用左手拿筆，沾了墨汁，開始寫字。字跡有些凌亂，如同他的心境一般。

莫大管事抬頭，心中有些酸澀。每逢心情煩亂之時，楊太傅就會寫字。

他又低下頭，悄悄退了出去。

過去的事，莫大管事記得清清楚楚。

十三年前，李太后長居明盛園，楊太傅偶爾陪景仁帝過去探望，但都是在前院候著。可那一天，楊太傅獨自去了，而且留宿。

他等在外頭，心裡七上八下，緊張得渾身冒冷汗。明盛園可是皇家園林，裡頭住著才三十幾歲的李太后，無旨意留宿，是要被殺頭的。

半夜時分，楊太傅被收糞的馬車悄悄送了出來。

當時楊太傅的表情，他一輩子都記得，雖然馬車臭烘烘的，但連中狀元騎馬遊街時，楊太傅都沒有這麼高興過。

回到家之後，楊太傅拉著他的手，一遍遍地說：「墨竹，她留我了，她心裡還有我。」

莫大管事親身經歷過楊太傅退婚的事，知道數年來，楊太傅的心就跟死了似的，一邊替他高興、一邊膽戰心驚。

「老爺，若是聖上知道了……」
楊太傅的眼光陡然犀利。「墨竹，你會說出去嗎？」
莫大管事雙膝一軟，立刻跪下。「老爺，墨竹和您生死與共。」
楊太傅默然而立，許久後拉起他。
「我相信你不會說出去。她的兒子，我會用心輔佐，刀山火海，義不容辭。這是君臣之義，也是我的承諾。」
莫大管事不多提楊太傅留宿明盛園的事，只大著膽子問：「老爺，若是有了子嗣……」不敢說下去了。
第二天，楊太傅納了豐姨娘，開始去正院。
後來，莫氏和豐姨娘先後有孕。李太后在明盛園住了一年多，直等到新帝大婚才回宮。
楊太傅左等右等，直到楊玉昆和楊默娘先後出生，也沒等到明盛園傳來一個字。他從欣喜到失望，再到落寞，最後歸於平靜。
孰料，時隔五年後，他們主僕又接到信，讓他們當夜到外城的客棧。
當天，夜裡下起瓢潑大雨，他和老爺沒帶隨從，悄悄去了外城。
到了約定的簡陋客棧後，他們等待許久，等來了李太后身邊的瓊枝姑姑。
瓊枝姑姑把一個睡熟了的小女孩交給楊太傅，只說了四個字。「還君明珠。」
楊太傅呆愣許久，接過孩子後，仔細端詳，那容顏實在是太相像了。

於是，楊太傅如獲至寶，把孩子抱回家，取名寶娘，精心照顧，一有空閒便陪她玩。

有時候，莫大管事覺得上天捉弄人，最苦的，其實是楊太傅。當年他不管怎麼選擇，退不退親，都是錯的。

楊太傅要把楊寶娘記在莫氏名下，莫氏自然不肯，他便搜集許多莫二老爺犯下枉法之事的證據，頓時讓氣憤的莫氏偃旗息鼓。

至於陳氏，見了楊寶娘的相貌，什麼都沒說，只說楊太傅高興就好。

後來，楊太傅寵愛豐姨娘，但豐姨娘的長相太惹眼，老爺怕外人詬病，又納了陳姨娘。

此後七年，明盛園再沒傳來一個字。他是老爺心腹，心裡清楚，老爺用心疼愛楊寶娘，何嘗不是愛屋及烏。

書房中，楊太傅寫了好幾篇大字，漸漸平復了心情。

明珠安好？他的心忽然揪了起來。

妳只關心明珠嗎？

楊太傅看著窗臺上的盆栽，半晌後又笑了。君子落棋無悔，他雖不是君子，但已經答應的事情，又何必苦惱。

放心吧，明珠一直安好。

他叫來莫大管事。「外頭的流言該收一收了。」

莫大管事低頭應是。

秦嬤嬤在外頭胡說八道，楊太傅和莫大管事怎麼可能不知道。當年，楊太傅為讓楊寶娘有個合適的身分，把她記在莫氏名下。如今她知道身世，就不需要再遮掩。

早些時候，秦嬤嬤只是影影綽綽說楊寶娘不是莫氏親生，楊太傅還能忍受。等她說楊寶娘不孝不悌，徹底惹怒楊太傅，便狠狠教訓了她。

秦嬤嬤挨打鬧出的動靜極大，沒多久，連明盛園都驚動了，還送來四個字。

楊太傅嘲笑自己，為了得這四個字，他竟然放任秦婆子在外頭胡說八道。

方老二說得沒錯，他確實是個小人啊……

秦嬤嬤被莫家人趕去莊子，府裡再也沒人散布流言。

莫大管事讓人在外頭傳楊家姊妹和睦，每日做飯孝敬長輩，幾天工夫，就恢復了三個姑娘的名聲。

楊太傅混朝堂，整日和百官打交道，那些做官的人，心都黑透了，秦嬤嬤跟他們比起來，簡直不值一提。

之前他拖著，就是想看明盛園是不是徹底撒手不管。如今找準方向，三下五除二，把府裡收拾得乾乾淨淨。

楊寶娘的名聲得以保全，明盛園那邊，再也沒送來一個字。

第十二章 清流言莊園之行

莫氏沒有了秦嬤嬤，如失雙臂。

秦嬤嬤是她的堂姨母，也是她的乳母。從小陪伴她長大，一個眼神，秦嬤嬤便能明白她的意思；秦嬤嬤說話，她看一眼就明白了。說句實話，她和秦嬤嬤之間，甚至比老秦姨娘還要親。在老秦姨娘心中，莫二老爺才是最重要的，但在秦嬤嬤心中，莫氏比她的獨子重要。

秦嬤嬤走了，荔枝成了正院第一人。以前有秦嬤嬤在，荔枝白擔大丫頭的名頭，除了管管小丫頭們，太太的事情，她一概插不上手。在秦嬤嬤眼裡，荔枝和那些小丫頭沒什麼差別，就是月錢多一點罷了。

如今秦嬤嬤不在，一時半會兒也回不來，荔枝便走馬上任。頭兩天，莫氏因為憤怒和傷心，沒有太在意荔枝。等她平復心情之後，發現荔枝實在不堪用。

這不能怪荔枝，在平常人家裡，荔枝做個大丫頭綽綽有餘。她能寫會算、通禮儀，也摸透了楊家的人脈關係，輔佐主母管家絕對夠格。

可莫氏是個聾子，與人交際多有不便。她知道自己的短處，但自尊心極強，不願用手語。別人張嘴說話，她卻不能，覺得用兩隻手比劃有失顏面，便學了讀唇。

秦嬤嬤最知曉莫氏的心意，可荔枝哪裡明白她的意思，以前莫氏從不搭理荔枝，現在又不願意用手語，讓荔枝為難極了。

這樣相處了幾天，莫氏越發覺得，荔枝蠢笨不堪。

她想換丫頭，但整個太傅府，再也沒有人能看懂她眼神的意思了。

莫氏想到這裡，越發痛恨楊太傅。她的臂膀，他說砍就砍，不由有些後悔，當年不應該被楊鎮的美色吸引，答應老秦姨娘的奪婿計劃。

那時，楊太傅是她最好的選擇，出身貧寒，讀書極好，其父又是她祖父的救命恩人。老秦姨娘告訴她，李豆娘不過是李家從外面撿來的野丫頭，雖有兩分姿色，但不通文墨、舉止粗鄙，若是退了婚，楊鎮反而高興呢。

她也以為，即便身有殘缺，憑著美貌和家世，也能把那個七品小官家的養女比下去。

可她萬萬沒想到，楊太傅死心眼又要強，陳氏背著他退親，他一輩子耿耿於懷。

莫氏猜想，楊太傅到底是真喜歡李豆娘，還是因為退婚沒經過他同意，傷了他的臉面？但她問不出口，楊太傅也不和她說。

有時候，莫氏又試著說服自己，當年她是庶子的庶女，又耳聾，略微像樣的人家都不肯要她。如今她是太傅夫人，娘家哪個姊妹有她體面。她沒錯，人不為己，天誅地滅。

二十多年過去了，莫氏懶得再想誰對誰錯，只知道，楊太傅確確實實沒把她放進心裡。

初嫁時，她小意體貼，以為他能回頭，孰料他不過是做給莫家看的。等莫家敗落，他發達了，連表面工夫都開始敷衍。

莫氏狠狠啐了一口，要是有種，當年怎麼不讓老母來莫家退親？反正都退過一回親事，再退第二回又怎樣？

莫氏整天在後院詛咒楊太傅，楊太傅根本不理她。朝堂上的事情夠他忙了，加上教導孩子們，每天把自己弄得很疲憊，晚上倒頭就能睡。

入了伏之後，楊寶娘熱得連門都不想出，楊家終於開始用冰了。

這是楊太傅親自規定的，不入伏，除了陳氏院裡，府裡其餘人一概不許用冰。他手裡有幾座大莊園，還有不少鋪面，每年又能得景仁帝許多賞賜。太傅和吏部尚書兩重身分，楊家已經不缺錢了，但楊太傅教育孩子們，還是以簡樸為主。

京城裡許多豪門貴族，天氣稍微熱一些，各院就開始用冰塊，等到伏天，便整天泡在冰屋子裡，許多人年紀輕輕便患了風濕。但他們用慣了冰，寧可用棉被裹著腿腳和肚子，也要在屋裡擺冰盆。

楊家一直熬到初伏第一天，莫大管事親自帶人開冰庫，去各院送冰。

陳氏和楊太傅的分例相同，莫氏略次一等，幾個孩子們也是一樣的，兩個姨娘最少。豐姨娘有兩個孩子，娘兒三個合在一起，夠用了。陳姨娘只有一個孩子，但她整日泡在陳氏那裡，也能蹭一蹭。

楊寶娘單獨住一個院子，以她的分例，想一天到晚用冰也難。但楊太傅把自己的分例分了一半給她，他整日在衙門，實在用不上。

家學已經停課，楊太傅也不再讓她們每日下廚，楊寶娘除去請安或早晚到花園裡逛一逛，便閉門不出了。

家裡用冰的第一天，楊寶娘興奮得直搓手。

喜鵲高興地嘰嘰喳喳。「二娘子，總算有冰了，這天氣熱得人要冒火了。」

楊寶娘揶揄她。「妳頭上兩根黃毛，一把火就沒了。」

其餘幾個丫頭嘻嘻哈哈笑了，劉嬤嬤也忍俊不禁。

喜鵲噘嘴。「二娘子真是的，明明知道我頭髮少，還笑話我。」她的頭髮有些黃，還偏少。在這個崇尚烏黑長髮的年代，就很受傷。

楊寶娘安慰她。「莫急，妳還小呢，過幾年，頭髮說黑就黑了。回頭咱們每天弄點芝麻糊吃，聽說吃那個能長頭髮。」

喜鵲雙眼發亮。「二娘子沒騙我？」

楊寶娘眨眨眼睛。「騙妳的。好不好用，試試不就知道了？」

劉嬤嬤哈哈大笑。「二娘子快別逗她了。昨兒她阿娘還問我，喜鵲好不好？若是把她惹哭，莫大管事的媳婦要心疼了。」

喜鵲皺皺鼻子。「二娘子比我還小幾個月呢，整日老氣橫秋的。」

冰送來之後，便在棲月閣的正房中屋東邊擺一盆。

楊寶娘帶著劉嬤嬤、喜鵲和四個丫頭，一起圍著冰盆轉。

冰盆很大，裡頭有一塊巨大的冰，快有楊寶娘高了。大冰塊冒著白煙，看得幾個丫頭拍手叫好。

楊寶娘屋裡有六個丫頭，她是未成年小娘子，暫時沒有一等丫頭。

喜鵲和黃鶯是二等丫頭，因喜鵲是莫大管事的女兒，黃鶯是外頭買來的，便退出一射之地，從不與喜鵲爭長短，喜鵲漸漸成了屋裡第一人。喜鵲管著楊寶娘貼身的東西；黃鶯打理院子裡的雜事；劉嬤嬤是保母，平日不太管事，只靜靜陪著楊寶娘。另外，還有四個三等丫頭，與幾個年紀特別小的小丫頭，外加幹粗活的婆子。

這會兒，六個大些的丫頭團團圍著冰盆，楊寶娘靠過去，感覺一陣涼意襲來，頓時打了個哆嗦，立刻吩咐眾人。「且離遠些，莫要貪涼。」

劉嬤嬤點頭。「二娘子說得對，若是貪涼，離得近了，可是很傷身。妳們年紀小不知道，小娘子若是受了涼，長大嫁人後，養不出孩子來。」

劉嬤嬤說得直接，幾個丫頭紅了臉，嘻嘻哈哈往旁邊退。

大冰塊持續地冒白煙，整個屋子漸漸涼起來。楊寶娘讓丫頭們掀開臥房的簾子，涼氣飄進臥房，中午便能安生睡個午覺。

一屋子的人舒爽了，楊寶娘想起院子裡那幾個六、七歲的小丫頭，於心不忍，讓黃鶯把她們全叫進來，一起涼快涼快。

黃鶯領命出去，劉嬷嬷本來想阻攔，想想還是算了。楊寶娘願意施恩，也能讓棲月閣的下人們更團結些。

片刻後，幾個小丫頭怯怯地進來，平日她們在門口伺候，屋裡的事情，都是幾個姊姊們做的。

楊寶娘對她們招招手。「外頭熱，快進來。妳們今日的差事都做完沒有？」

小丫頭們看向黃鶯，黃鶯幫著回答道：「回二娘子，她們還小呢，就是掃院子跟跑腿。這些日子天氣熱了，她們一大早便起來把院子掃乾淨，這會兒無事，都在耳房裡候著呢。」

楊寶娘點頭。「沒耽誤差事就好。中午去拿飯時，多帶些綠豆湯回來，也分一些給院子裡的老嬷嬷們。」

黃鶯屈膝應了。

劉嬷嬷笑道：「二娘子體恤人心，這才是大家氣度。」

楊寶娘也笑。「老的老，小的小，哪個中暑都不好。」

楊寶娘見冰塊化出冰水，問喜鵲。「這冰水能不能吃？」

喜鵲想了想。「我聽阿爹說，這冰水怕是不太乾淨。但二娘子可以把東西放到裡面鎮一鎮，倒是不錯的。」

楊寶娘有些遺憾，夏天不能吃冰好可惜，便吩咐黃鶯。「等會兒妳去廚房，再要兩顆西瓜來，放在冰盆裡鎮個把時辰，到時候就好吃了。」

劉嬤嬤笑咪咪地提醒。「可不能多吃，當心吃壞肚子。」

黃鶯應下，帶著小丫頭去了廚房。

這幾天，楊寶娘躲在家裡，想度過悶熱的三伏天。

楊淑娘忽然來找她，拉著她的袖子問：「二姊姊，妳不是說要去莊子住一陣子，現在還去嗎？」

楊寶娘拿了一塊冰鎮過的西瓜給楊淑娘。「去呀，怎麼不去。只是阿爹近來差事繁忙，不好為了這些小事打擾他。我聽人說，外頭鬧旱災，百姓們賣兒賣女，都快活不下去了。咱們整日錦衣玉食，卻不能為災民們做什麼。阿爹是朝廷棟梁，如今正和諸位大人商議賑災，咱們怎能去煩擾阿爹。等這事結束了，咱們再去莊子也不遲。」

楊淑娘聽說外頭有人賣掉兒女，皺起了眉頭。「被賣了真可憐。」

楊寶娘看看旁邊的丫頭們，哪個不是被賣的呢，連忙岔開話。「這幾日，妳有沒有用心寫字呀？屋裡的冰夠不夠用？」

楊淑娘點頭。「我每日寫十篇大字，背兩頁書。我和姨娘的合在一起，一天勉強能有兩個冰盆，有時候還去奶奶那裡坐坐，那裡的冰盆好大呀。」

陳氏屋裡一天到晚都有冰，陳姨娘經常帶著女兒過去，陳氏也不在意，倒是希望孫輩們都去。但楊默娘除了請安外，不常過去，楊寶娘去得就更少了，唯有楊淑娘這個小孫女，只要不上學，就一天到晚陪著她。

姊妹倆絮絮叨叨說了許久的閒話，楊寶娘見外頭太陽那麼大，不讓楊淑娘走，留她在棲月閣吃午飯，又帶著她午睡，直等到太陽落山，才讓喜鵲親自送她回去。

到了中伏，天氣更熱了。不等楊寶娘開口，楊太傅便準備把幾個女兒送到城外的莊子避暑。陳氏年紀大了，沒那麼怕熱，莫氏不肯去，便作罷。

至於兩個兒子，楊太傅仍舊每日打發他們去上學，男孩子不能那麼嬌氣。

但幾個小娘子單獨住在莊子裡也不好，楊太傅便讓人把二房的姪子叫來。

楊太傅的祖父娶了兩房婆娘，大房是楊太傅的親祖母，二房是續弦，也生了個兒子。如今繼祖母和二叔都去世了，二嬸還在，兩個堂弟看著楊太傅的臉色度日。當年二嬸趁著楊太傅年紀小又死了爹，沒少欺負孤兒寡母，如今見到陳氏和楊太傅，老實得跟鵪鶉似的。

二房姪子大約二十歲，是楊太傅大堂弟的長子，名叫楊玉橋。

楊玉橋忐忑地進了楊太傅的書房。「見過大伯。」

楊太傅正在看案卷，頭也不抬。「這些日子橋哥兒忙不忙？」

楊玉橋趕緊道：「姪兒忙的都是小事，大伯有什麼吩咐，只管說。」

楊太傅嗯了聲。「你幾個妹妹要去莊子，我沒得空，昆哥兒和闌哥兒要讀書，你幫我送她們過去，再替我守一陣子，看好門就行。等過了伏天，再送她們回來。」

楊玉橋趕緊躬身到底。「姪兒遵命。大伯放心，我定會照看好幾個妹妹。」

楊太傅左手寫公文，右手揮了揮。「你去吧。」

他揮手時，楊玉橋不小心看到那隻少了四根手指的肉掌，心裡一驚，立刻低頭告退。

楊玉橋是二房難得的好孩子，不像祖父那樣不成材，也不像他阿爹性格懦弱。雖然楊太傅說不上多喜歡這個姪子，有事情也經常使喚他。但他兒子們還小，許多事情讓姪子出面也可以，楊玉橋漸漸成了楊家在外頭行走最多的青年子弟。

楊寶娘聽說要去莊子了，非常開心，歡歡喜喜地去找楊太傅辭行。

楊太傅見女兒高興的模樣，也忍不住開心起來。「去了之後，照看好妹妹們，缺什麼，只管問妳堂兄要。外頭的事情，妳不要管，我把墨竹的大兒子給妳，一應事宜有他打理。妳們好生玩幾天，等立了秋再回來。」

楊寶娘拉著他的袖子。「阿爹，女兒聽說近來朝堂裡事情多，天氣又熱，阿爹要保重身體，按時吃飯。」

楊太傅摸摸女兒的髮髻。「放心吧，阿爹會照看好自己。」

第二天，楊寶娘帶著兩個妹妹，高高興興地出發。豐姨娘和陳姨娘幫女兒準備豐厚行裝，楊寶娘的東西是自己帶著丫頭們整理的，劉嬤嬤只在一邊看著。

因帶的東西多，光行李就占一輛車，姊妹三個再坐一輛，加上丫頭、婆子、隨從和護衛，還有楊玉橋主僕，一行幾十人，浩浩蕩蕩往城郊去了。

楊家的莊子原是皇莊，這是楊太傅幫景仁帝幹了一件大事後，景仁帝賞賜的。皇莊連著幾百畝地，中間是一座四進的大宅院。

宅子雖然只有四進，但每一進都非常大，外頭還有林子跟菜地。林子裡有家養的牲畜，菜地裡各色瓜果長得十分茂盛。

小莫管事比楊玉橋大幾歲，兩人一路說著閒話。莫大管事約束自己的孩子們，不可在府中少爺和姑娘們面前拿大。但旁支的孩子們，見到府中大管事的孩子，仍不敢擺譜。

楊寶娘和兩個妹妹坐著車，晃晃悠悠從內城出發，到了外城，才到城郊。

莊子的下人們早在大門口候著，等姊妹三個下來，行大禮迎接。

楊寶娘先開口道：「都起來吧。阿爹說這莊子好，讓我們來住幾天。你們平日裡該幹什麼便幹什麼，若有事情，找堂兄和小莫管事。」

她說完，帶著妹妹們和楊玉橋打招呼。「大堂兄請進。」

楊玉橋連忙拱手。「堂妹們年紀小，先進去吧，我在後頭看著。」

楊寶娘也不客氣。「那有勞大堂兄了。」

姊妹三個一起進去，發現莊子真大，光前院就有好幾丈長。進了垂花門之後，山石嶙峋、花木扶疏，好一派盛夏之景。

楊寶娘來之前，看過莊子的地圖，挑好了地方住，此時問兩個妹妹。「妳們要怎麼住？是住在一起，還是分開？」

楊淑娘看向楊默娘，楊默娘對楊寶娘說：「我來之前，姨娘告訴我，莊子大得很，人又少，讓我跟著二姊姊住在一起，不知會不會煩擾到二姊姊？」

楊淑娘點頭如小雞啄米。「莊子大得很，姊姊們帶我一起吧。」

楊寶娘笑了。「我怕妳們嫌我嘮叨，不想跟我住呢。既然要跟我住在一起，走，我帶妳們去個好地方。」

楊寶娘循著記憶和管家婆子的解說，到了一處大院子。

這院子前面是大湖，後面有片竹林。湖畔總是有風，十分涼快。且這院子兩邊還帶了小跨院，真是大院套著小院。

楊淑娘見到門口的大湖，非常開心。「明兒咱們可以釣魚回來吃。」

楊寶娘點頭。「莫急，莊子裡好玩的多著呢，咱們一樣樣玩。」

進了正院，楊寶娘開始分配院子。

「三妹妹，妳帶人住東跨院，四妹妹住西跨院。這三個院子都有月亮門相通，有事喊一聲，我就能聽見。走這麼遠的路也累了，妳們先去洗漱，等會兒咱們嚐嚐農家飯菜。」

兩個妹妹應好，各自帶人走了。

楊寶娘坐下後，問管事婆子。「嬤嬤貴姓？」

婆子趕緊跪下，行了大禮。「老奴夫家姓岳，二娘子叫聲岳婆子就行。」

楊寶娘讓喜鵲扶她起來。「岳嬤嬤客氣了，我們剛來，還要辛苦岳嬤嬤。妹妹們還小，岳嬤嬤讓人用心看顧。這莊子裡又是湖、又是山的，草林裡的蛇都清理乾淨沒有？林子裡也別有什麼凶猛的牲口才好。」

岳嬤嬤趕緊回答。「不消二娘子吩咐，已經清理過好幾遍了，乾乾淨淨，保准幾位娘子玩得高興。」

楊寶娘笑起來。「我也累了，岳嬤嬤自去忙吧。」

岳嬤嬤很有眼色地告退，喜鵲給了打賞。

中午，姊妹三人吃了頓道地的農家飯，楊寶娘特地吩咐岳嬤嬤，楊玉橋和小莫管事的飯菜，也要準備得豐盛些。

岳嬤嬤連忙解釋。「我家老頭子帶著兩個兒子在前院服侍堂少爺呢，娘子只管放心。」

如此，三個姑娘便在莊子住下來了。

第十三章　說往事偷渡舅父

莊園裡的日子清靜逍遙，三姊妹今日在湖裡划船釣魚，明兒提著籃子去菜園摘菜，後天進林子逮大公雞。

莊子裡樹木多，風大，早晚涼快不已，姑娘們玩瘋了，連一向穩重的楊默娘也甩開了那些規矩，經常脫去鞋襪，和姊妹待在湖邊的大石頭上泡腳。

楊玉橋住在外院，從不進來打擾她們。

除了玩耍，楊寶娘還經常帶著妹妹們一起讀書，合力為家裡長輩們做了衣裳鞋襪，又親手摘了許多瓜果蔬菜，讓人送到楊府。

這日上午，姊妹三個又坐在湖邊的大石頭上。

這石頭擺得巧妙，後面一排高些，人可以坐在上面，前面一排矮些，剛好在水下幾寸，可以把腳放在上面玩水，而且背靠著幾棵大樹，曬不到太陽。若是玩水玩夠了，去一邊的亭子坐，吹風吃瓜，別提多涼快了。

岳嬤嬤怕石頭打滑，還架了網子，就算不小心滑了腳，也不會掉進湖裡。

她們正玩著水呢，忽然有丫頭來報。「二娘子，隔壁趙家送了帖子來。」

楊寶娘一頭霧水。「誰家？」

岳嬤嬤幫著解釋。「二娘子，這一帶都是皇莊，一到夏天，各家都有人來避暑。咱們旁邊，是晉國公府趙家的莊子。」

楊寶娘哦了一聲，又問：「堂兄看過帖子了嗎？」

丫頭回道：「堂少爺看過了，說讓二娘子自己定奪。」

楊寶娘接過帖子一看，是老熟人趙三公子下的帖子。他帶著舅父和姪兒姪女們來莊子，聽說楊家小娘子們已經到了好幾天，便下帖子，請她們去和姪女們一起玩。

趙傳煒下帖子時，東籬先生瞇了瞇眼睛，心道一個男孩子給人家小娘子下什麼帖子？要下，也該是他姪女下才對。但外甥一向自有主意，且事關楊家，他不想多嘴。

他清清楚楚記得，當年陳氏到家裡退親時，爺爺奶奶和阿爹阿娘非常氣憤，大姊姊傷心了許久，經常背著人哭，還說自己是個災星。

外甥忽然對楊家小娘子感興趣，東籬先生雖不干涉後輩們的私事，但仍給遠在福建的三姊姊晉國公夫人送信，信中隱晦提了一句。

孰料，三姊姊回信就一句話：緣分使然，隨他去吧。

楊寶娘看帖子並不避著兩個妹妹，楊淑娘雙眼亮晶晶的。「二姊姊，是那個長得好看的大哥哥嗎？」

楊寶娘敲敲她的頭。「豈可以外貌論人。」

楊默娘問她。「二姊姊，咱們去不去？那邊的小娘子，可能是晉國公世子爺的嫡女。」

楊寶娘揚了揚帖子。「去。都說晉國公家是鼎盛豪門，咱們去混頓好吃的。」

楊默娘悄聲道：「二姊姊，我聽說，以前咱們家和晉國公夫人的娘家是鄰居呢。」

楊寶娘看她一眼。「以前的事，和咱們無關。咱們整日在家裡窩著，也該出去交朋友了。妳看嘉和縣主，認識許多人，消息靈通，咱們三個卻像沒長耳朵似的，什麼都不知道。」

楊寶娘派人回覆趙家人，說明兒就去。

隔天早上，趙家莊子的管事親自來接，小莫管事送三位姑娘過去。

趙家嫡女親自接待楊家姊妹，兩家的小姑娘們第一次見面，卻遇到難題——該如何稱呼彼此呢？

趙家長女趙燕娘是晉國公的嫡長孫女，懂事大方，弟弟妹妹們以她馬首是瞻。她知道一些往事，若按照老輩的鄰居稱呼，她們要管楊寶娘叫姑母。但兩家並沒有實在的親戚關係，這就很尷尬了。

最後，趙傳煒告訴她們。「不必拘泥於稱呼，隨意些。」

趙燕娘比楊寶娘小了半歲，主動行禮。「楊二娘子好。」

楊寶娘也回禮。「趙大娘子好。」

趙家的那群小猴子們圍了過來。「這不是那天那位漂亮姊姊？」

楊寶娘原以為男女分開，誰知道竟待在一起玩。好在除了東籬先生，其餘男丁年紀都小。正因如此，晉國公世子趙傳慶才答應他們來避暑，但再三囑咐，不可荒廢學業。

東籬先生見到楊寶娘的容貌後，眼神忽然變得異常犀利。那天在一壺春，他沒仔細看，如今細細打量，心裡直打鼓，這不是楊家嫡女嗎？怎麼卻和……

楊寶娘被他嚇了一跳，趕緊行禮。「先生安好。」

半晌後，東籬先生的眼神才變得溫和起來。「好。妳父親好不好？小時候，他還教我寫過字呢。那時妳爺爺剛去世，妳父親經常帶著妳姑媽來我家，跟我二哥一起讀書。」

楊家三姊妹很吃驚，她們頭一回知道這些事情。

趙傳煒在一邊觀察，他是習武之人，東籬先生陡然間增加氣勢，便立刻感受到了，見他雙眼像刀子一樣盯著楊寶娘看，心裡越來越好奇。楊寶娘和他家有什麼關係？為什麼她有一把和他一樣的金鑰匙？

楊寶娘連忙回答道：「阿爹很好，多謝先生掛念。阿爹也說，先生大才，比他這個狀元郎值錢多了。」

東籬先生朗聲一笑。「難得，他也會開玩笑。」

有了這個小插曲，氣氛又活絡起來。

東籬先生擺擺手。「你們小孩子玩你們的，我就不奉陪了。」

楊家三個姑娘在趙家莊子玩了一天，趙家姊妹熱情招待。趙傳煒看著一群小猴子，順帶照顧大夥吃喝。

趙家莊子有許多楊家沒有的瓜果，楊寶娘瞧見嫁接出來的新品種時，內心如同響了個炸雷！

老天爺，難道有前輩在她之前過來？不然怎會想到嫁接呢！

她默不吭聲，依舊面不改色跟大家說笑，等天黑了，才帶著兩個妹妹回去。

夜裡，趙傳煒安排東籬先生住主院。這原是晉國公夫婦的院子，但晉國公夫婦從沒來過，趙傳煒讓舅舅住這裡，誰也不敢有二話。

趙傳煒親自把東籬先生送到正院後，揮揮手，命所有人下去，包括東籬先生的貼身隨從順寶。

東籬先生坐下，幫自己倒了杯茶。「說吧，有什麼想問的？」

趙傳煒坐在旁邊，斟酌片刻後，開口道：「三舅，咱們家和楊家有什麼淵源嗎？」

東籬先生瞥他一下。「你阿爹阿娘沒告訴你？」

趙傳煒搖頭。「阿爹只跟我說楊太傅有才華，對聖上極為忠心。」

東籬先生喝了口茶。「當初，大姊姊和楊太傅訂過親。」

趙傳煒瞪大眼睛。「三舅說的，是太后姨母？」

東籬先生點頭。「是。那時候，我也有六、七歲了，記得許多事情。楊家在咱們家隔壁，也算好鄰居。你大姨母，原是你外婆帶回來的養女，這個你肯定知道。」

趙傳煒回答道：「阿娘跟我說過。」

東籬先生繼續說下去。「本來，我們家和楊家訂親，也算門當戶對，一雙小兒女感情極好。我記得清清楚楚，你阿娘經常找藉口，讓大姊姊和楊太傅私下見面，你外婆便睜隻眼、閉隻眼。

「可是天有不測，那年京城動亂，楊大爺為了救莫正卿，被亂軍捅死，腸子流了一地，咱們家幫著楊家辦喪事，我爺爺連自己的棺材都讓給楊大爺。喪事辦完沒多久，莫家為了報恩，把楊太傅接過去讀書。

「哼，誰曉得一去了莫家，事情就多了起來，楊太傅的親娘陳氏竟上門退親。等楊太傅知道時，為時已晚，陳氏幫他訂下了莫家的女兒。

「你可能不相信，現在權傾天下的楊太傅，當時聽聞退親的事，在我家院子裡哭得跟個二愣子似的，說要回去退了莫家的親事，可大姊姊不答應。陳氏那雙富貴眼，她就算爭贏了，嫁去楊家，能有什麼好日子？後來，楊家人才發現新媳婦是個聾子，都是報應！」

趙傳煒飛快思索著，忽然問道：「三舅，今日您見到二娘子，為什麼惡狠狠盯著她？」

東籬先生嘆氣。「不是我想為難這個小娘子，你難道不覺得，她和你太后姨母長得太相像？大姊姊剛到我們家時，就是這麼大。李楊兩家訂過親，若有更多人看到她，大姊姊要被非議了。」

趙傳煒的心怦怦亂跳，雙目炯炯看向東籬先生。「三舅，有件事，外甥想請您保密。」

東籬先生審視他。「何事？」

趙傳煒掏出脖子上的金鑰匙。「三舅認得這個嗎？」

東籬先生點頭。「我知道，你小時候身子不好，這是你阿娘在佛前替你求的。」

趙傳煒目不轉睛地盯著他。「三舅，那日我去大相國寺，方丈讓我和楊二娘子一起上頭香，磕頭時，我清清楚楚看見，她有一把一模一樣的鑰匙！」

東籬先生手裡的茶盞差點飛了。「你說什麼？你沒看錯？小娘子們戴些小玩意兒，也正常的。」

趙傳煒點頭。「三舅，我戴了十幾年，怎麼會認錯？連把手那裡的活扣都一模一樣。」

東籬先生立刻起身，在屋子裡轉來轉去。「都怪我整日在外頭瞎混，連家裡的事都不知道。這不尋常，中間肯定有事。楊二娘子和你大姨母長得像，你們還有一樣的金鑰匙。難道……你們倆訂過親？」

趙傳煒搖頭。「阿爹阿娘從沒跟我說過訂親的事。」

東籬先生又琢磨起來。「也對，以你阿爹阿娘的性子，不可能私自幫你訂親。楊鎮這個老奸賊，到底幹了什麼事？」

趙傳煒勸他。「三舅少安勿躁。您不是要離京？出了京城，會不會去福建？若是去，就幫我問問阿爹阿娘。」

東籬先生停下腳步，看看門外親娘派來的兩個跟屁蟲。「你覺得我走得掉？」

趙傳煒神秘一笑。「三舅，山人自有妙計。」

東籬先生哦了聲。「你這賊小子，在打什麼壞主意？」

趙傳煒低聲說：「三舅，您打我一拳吧，對著臉打！」

東籬先生大驚。「你傻了不成？」

趙傳煒對他招招手，甥舅倆到了臥室的床邊，趙傳煒把床板掀開，裡頭竟有條密道。

「三舅，這是皇莊，怎麼可能沒有逃生之路？三舅帶著順寶從這裡出去吧。密道另一頭，我讓人備好馬匹、銀兩和行李候著。外婆要是問起來，就說三舅打我，跳窗跑了。」

東籬先生嘖嘖兩聲。「臭小子，有這樣好的法子，不早些告訴我，讓我白等這麼久。整日相親，都快煩死了。」

趙傳煒笑了。「我也是最近才知道，還是大哥告訴我的。三舅，我不多留您了，明年，您要帶我出去玩一個月。」

東籬先生也笑。「小滑頭，到時候你去找我，我帶你出去玩。」

片刻後，趙傳煒放下床板，叫順寶進來，用不高不低的聲音吩咐他。「莊子裡蚊子多，等會兒你多熏些艾草，夜裡警醒些。」

外頭的兩個人都聽到了，也不進來，去了旁邊的屋子歇息。老夫人讓他們跟著東籬先生，不許他跑了。但東籬先生討厭他們，所以不遠不近地看著就行，別去招人討厭。

順寶是承恩公府大管事的幼子，年少時跟著東籬先生遊歷天下，還同他遍讀詩書，身上的氣度，一般學子都比不上。

東籬先生早去了順寶的奴籍，但他就是不走。東籬先生不成親，他也不成親，兩個老光棍一年到頭四處瞎晃，是大景朝的一樁怪事。

順寶躬身道好，趙傳煒便衝東籬先生眨眨眼，又指指自己的臉。

東籬先生扭過頭。「你身手比我好，我要是打你，你外婆肯定不信。我直接跑吧，你就說我偷溜了。」

趙傳煒想了想，在屋裡找出一根繩子。「你們把我綁起來，然後走吧。」

東籬先生來了興致，把趙傳煒按在椅子上，意思意思綁了兩圈，又掏出自己的帕子，塞進他嘴裡，然後把屋裡弄得亂七八糟。接著爬上窗戶，在窗櫺上踩兩個腳印，跳下去在外頭胡亂踩了一通，再爬進來。

順寶看得目瞪口呆。「三爺，您這是？」

東籬先生看向趙傳煒，又把他的衣裳跟頭髮扯亂，看起來像是和人打鬥過。

做完這些，東籬先生笑了。「好外甥，委屈你了，我出京就去福建，問問你阿娘。」對趙傳煒眨眨眼。「說不定，真是你媳婦呢。」

趙傳煒一抬腳，把靴子甩過去。

東籬先生哈哈笑了，拿起桌上的油燈，掀開床板，看向順寶。「快跟我走！」

順寶雙眼發亮，立刻跟上。

主僕兩人下了密道，悄悄放下床板。

趙傳煒在屋子裡坐一會兒，算著他們走遠了，啪一聲，把另一隻靴子扔進院子。

下人們被驚動了，李家兩個僕人最先衝進來。

書君也嚇一跳。「公子，這是怎麼了？」扯掉趙傳煒嘴裡的手帕，手忙腳亂地解繩子。

趙傳煒一邊穿鞋、一邊大喊：「快，三舅跳窗跑了！快去追，應該還沒走遠！」

李家下人嚇傻了，立刻追出去。

東籬先生帶著順寶，沿著密道走了好久，從一片小樹林裡鑽出來。

兩個下人立刻上前行禮。「三舅爺，三公子命我們在這裡等您。」

東籬先生點點頭。「有勞你們。」

他說完，接過包袱和轠繩，翻身上馬，一揮馬鞭，帶著順寶直奔東南。

整個莊子裡的下人都出動了，找了半夜，始終不見東籬先生主僕的影子。

隔天，趙傳煒親自去承恩公府請罪。

承恩公夫人肖氏聽說小兒子又跑了，氣得大罵。「這個逆子！」

承恩公勸慰老妻。「老婆子啊，咱們一條腿都跨進棺材板了，還操心那麼多幹什麼？隨他去吧。」

肖氏連忙安撫趙傳煒。「好孩子，他打你了？這個混帳！」

趙傳煒撓撓頭。「我把三舅弄丟了，對不起外公外婆。」

肖氏把他拉到身邊。「沒有的事，他是長輩，本該照顧你，反倒自己跑了。好孩子，今兒別急著回去，外婆好久沒看到你了。」

趙傳煒咧嘴。「好，我中午跟外婆一起吃飯。」

肖氏笑著點頭。「真是個好孩子。你三舅白活了幾十歲，那歲數都長到狗身上去了。」

承恩公笑咪咪地看著老妻和最小的外孫。這個小鬼頭，倒是會賊喊捉賊。

老妻不知道，他還不清楚？大概就是外孫放走了三兒子。

但承恩公不在意，每日糊裡糊塗做個富家翁就好。外頭的事情全交給兒子，他只管好吃好喝，養花遛鳥，陪老妻和重孫們。

李家的男丁大多不在家，肖氏把重孫女們叫過來，一起見過表舅。

承恩公有兩個孫子，每個孫子都生了重孫，可家裡人丁實在說不上多，因為李家男丁不納妾，自然比不上京中那些妻妾成群的豪門世家。

趙傳煒在李家陪著老倆口吃完飯，才回莊子。

東籬先生不在，他就是老大了。

路上，趙傳煒一邊走、一邊想著楊寶娘的長相、楊寶娘的金鑰匙。路過楊家莊子時，還故意打馬經過楊家大門口。

好巧，大門吱呀開了，楊家姊妹魚貫而出，戴著草帽，手裡提了籃子。看這裝扮，不知道的，以為是哪家的農女呢。

趙傳煒主動下馬。「二娘子要去哪裡？」

楊寶娘福身。「三公子好，我們要去後面林子摘果子。三公子去哪裡呢？昨晚我聽見你們那邊鬧哄哄的，難道遭了賊不成？」

趙傳煒一笑。「驚擾幾位娘子，沒什麼要緊的。下人們吵嚷得厲害些，如今沒事了。」

楊寶娘聽了，不好多問，只道：「沒事就好，若是缺人手，三公子只管來說。」

趙傳煒拱手。「多謝二娘子。」

楊寶娘不知道說什麼了，看他一眼，垂下眼簾。

楊默娘低著頭不說話，楊淑娘兩隻大眼睛眨巴眨巴，忽然說出讓兩個姊姊驚詫的話。

「趙三哥，你要不要跟我們一起去摘果子？」

楊默娘橫她一眼，楊寶娘也覺得有些失禮。

孰料趙傳煒笑咪咪地應了。「好啊，我讓人去把姪女們叫過來，大家一起玩。」

楊寶娘見他這樣大方，立刻笑道：「昨兒你們請客，今兒我們回請。不過我家裡的東西比不上貴府精緻，三公子莫要嫌棄才好。」

趙傳煒便吩咐書君。「把燕娘她們叫過來，雲陽兄弟幾個也一起，穿簡單些，直接到後面林子去。」

書君領命去辦，趙傳煒又看向楊寶娘。「多謝幾位娘子盛情。太陽大，咱們不要站在這裡，不如先過去？」

楊寶娘點頭，讓岳嬤嬤又準備許多籃子，跟趙傳煒一起出發了。

第十四章 香梨情少年意動

路上，趙傳煒和楊寶娘閒話。

「這時節的果子可不少呢，我家裡的黃桃熟了，明兒給二娘子送些過來。」

楊寶娘好奇。「京城也有黃桃嗎？」

趙傳煒笑道：「是我阿娘讓人從外面引來的，當初花了好大工夫，將那些枝椏剪斷又湊在一起，最後終於結出又大又甜的果子。」

楊寶娘的心忽然突突跳起來。趙傳煒說的，難道是嫁接不成？

見楊寶娘雙目炯炯地看著他，趙傳煒有些不好意思，摸摸臉。「二娘子怎麼了？」

楊寶娘趕緊回神。「無事，就是沒見過三公子說的那樣好的黃桃，想著要不要厚臉皮向你要兩棵種樹，我也來種一片。」

趙傳煒又笑了。「這會兒不好種，等明年季節到了，我送幾棵給二娘子。」

幾人到了楊家的林子，入眼是一片梨樹。楊家種的是香梨，個頭不是特別大，但果肉爽脆而不粗糙，甜滋滋的。後面還有李子、枇杷等果樹。

楊寶娘抬手摘了顆香梨，拿到鼻子下聞了聞，香味直竄入心肺，讓人覺得歲月美好。

楊淑娘搆不著，氣得噘嘴。

楊寶娘笑了，把籃子遞給楊默娘，雙手抱起她。

楊淑娘頓時笑得咯咯直叫道：「二姊姊，妳可別不小心把我丟了。」

楊寶娘道：「放心吧，就算要丟，我也會提前告訴妳。」

楊淑娘又緊張、又興奮。「我就摘幾顆，二姊姊可要抱緊呀。」

趙傳煒見她們姊妹笑鬧，靜靜地站在旁邊看著。

楊寶娘雙手穩穩地抱著妹妹，眼含笑意，身上的素淨衣裙襯得她如同從深林中走出的仙子一般，嫻靜溫和。

趙傳煒感覺胸口的金鑰匙開始發燙，挪開了眼，伸手從頭頂上摘了顆梨子，放進楊淑娘的小筐子裡。

楊淑娘對他甜甜一笑。「多謝趙三哥。」

楊默娘提著兩個籃子，她的個子同楊寶娘一般高，搆得著，便到另一邊摘梨子去了。

沒多久，楊淑娘的小筐子裡有了七、八顆很好的梨子，楊寶娘就把她放下來。

「小豬一樣，重死了。」

楊淑娘跺腳。「二姊姊！」

正好，趙家的孩子們來了，帶頭的正是趙燕娘。

雙方互相見禮，楊家下人分籃子給趙家孩子們。

小猴子們散開來，楊家姊妹陪著趙家姑娘，趙傳煒跟在一邊。

趙燕娘的交際手腕算得上京中一流。「二娘子家的梨真香。昨兒才請您吃了西瓜，今兒就吃了您這麼好的梨呢。」

楊寶娘也不怯場。「大娘子要是覺得占便宜，明兒送我一些貴府的上等黃桃。剛聽三公子說半天，我們姊妹都饞得要淌口水了。」

趙婉娘止不住笑。「三叔真是的，家裡有什麼寶貝，都要拿出去送人。」

趙傳煒扯扯她頭上的小髮辮。「怕妳一個人吃太多，吃壞肚子。」

幾個小娘子們都笑了。這些京中貴女待在一起時，除非是特定場合，得顯露才藝，才會使出本事，不然私底下也是滿口家長裡短的話。

五個小娘子在林中轉來轉去，趙傳煒跟著，偶爾伸手替她們把垂下的樹枝撥到一邊，以免勾到頭髮。

楊寶娘是東道主，時不時讓人看著趙家那群小男孩，怕他們跑遠了。

兩家孩子在林子裡玩到快天黑才走，楊家三姊妹一再留飯，趙傳煒做主應下。兩家離得不遠，吃了飯走回去，也只是眨眼的工夫。

楊寶娘讓岳嬤嬤準備了兩桌普通飯菜，擺在正院後面的大花廳裡，前後用紗簾蒙上，熏得乾乾淨淨，沒有一隻蚊子。

幾個小娘子坐一桌，楊玉橋陪著趙家男丁坐，兩邊用屏風隔開。

楊寶娘來莊子有些日子了，搗鼓出的私房菜，也拿出來招待趙家姊妹。

趙婉娘和楊淑娘年紀差不多，能說到一起去，楊寶娘和楊默娘陪著趙燕娘。

楊玉橋看著眼前的貴公子，心裡直打鼓。李楊兩家的官司，他知道得清清楚楚。堂妹們和趙家人來往，不知楊太傅怎麼想？

吃過晚飯之後，趙家孩子告辭，楊寶娘送他們到二門口。

趙燕娘行禮。「多謝二娘子款待。」

楊寶娘回禮。「大娘子慢走，有空再來。」

趙傳煒看楊寶娘一眼，目光溫和地說：「外頭蚊子多，二娘子帶妹妹們回去吧。」

楊淑娘插嘴。「趙三哥，黃桃什麼時候送來啊？」

楊默娘趕緊拉妹妹一下，大家都笑了。

於是，雙方別過，各自歸家。

後幾天，兩家時常互送東西，卻是沒有走動。

楊寶娘玩遍了莊子，又想出去玩，便去找楊玉橋。

「堂兄，這附近有什麼好玩的地方？」

這些日子，楊玉橋跟著待在莊子裡避暑，日子過得悠悠哉哉，每隔幾天回去看看妻兒老小，對這樁差事滿意得很。

聽見楊寶娘問這個，他用扇子敲了敲頭。「堂妹，這莊子裡不好玩嗎？」

楊寶娘嘿嘿笑。「堂兄，莊子好玩，但我們玩夠了，想去附近看看。我們在京城的時候，也時常出門的。」

這倒不假，楊太傅不像外頭那些老古板，恨不得女兒們一輩子不見外人才好，而是一邊讓女兒們讀書學本事、一邊放她們進市井長見識。

他看慣了豪門貴族起起伏伏，誰知道哪一天會倒楣呢？要是把孩子們養成嬌花，萬一哪天家道中落，要麼是死，要麼只能不要臉皮，苟且偷生，這都不是他所希望的。

楊玉橋問小莫管事，小莫管事便笑。「堂少爺不必煩惱，讓娘子們到附近街上轉轉就是了。她們看慣了京城乾淨寬敞的街巷，小鎮上的街道黃土滿天飛，保管她們看了一次，就不想再看第二次。」

楊玉橋也笑了。「還是小莫管事有法子。」

隔天一大早，楊寶娘就帶著兩個妹妹上街去了。

楊寶娘特意換了普通馬車，和兩個妹妹穿著棉布衣裙，各帶一個丫頭，外頭跟了兩個侍衛和兩個隨從，小莫管事親自陪同。即便如此，到了鎮上，依然驚得百姓們離他們遠遠地。

到了鎮上後，三個姊妹下車。因為來得早，街上還沒多少人。

一下車，她們頓時大失所望，這條街真一般啊，兩邊房子稀稀落落，中間是土路，人走過都會帶起灰塵。這裡離京城才多遠，要是到了更遠、更偏僻的地方，天知道會有多破。

楊寶娘帶兩個妹妹沿著街道走，到了鎮上唯一一家茶樓裡。

三姊妹點了這裡最好的茶，店家還送上自己地裡種的瓜果。三人走熱了，也不嫌棄，拿著瓜果吃起來。楊寶娘讓小莫管事另外要些茶果，讓他們一起吃。大熱天的，別中暑才好。

楊寶娘一邊吃茶果、一邊透過窗戶看外面的街景。兩邊的房子都是木製的，路上不時有農人挑了自家種的東西來叫賣。

連楊默娘都止不住感嘆。「二姊姊，京郊的百姓穿著都這般質樸。」

後面的話她沒說，且她說得委婉，什麼質樸，說白了就是破舊。

楊寶娘把守在旁邊的小莫管事叫來。「今年這一帶的雨水如何？莊稼可有受災？」

小莫管事沒想到楊寶娘會問這個，小娘子們不是應該關心衣裳首飾嗎？

但楊寶娘問，他只能認真回答。「回二娘子，京郊這一帶還好，外頭就不好說了。」

楊寶娘點頭。「過幾日，府裡會送我們姊妹的分例來，你把我的月例銀子拿去，我再給你補一些，給莊子上的佃戶們買些肉吃。」

小莫管事躬身應是。

楊默娘插嘴。「二姊姊，算我一個。」

楊寶娘笑了。「好。」

楊淑娘大急。「帶上我，帶上我！」

楊寶娘摸摸她的頭。「妳還小呢。」
楊淑娘幫兩位姊姊倒茶。「我不管，姊姊們幹什麼，別撇下我就是了。」
楊寶娘笑著應下。「好，我們四妹妹小小年紀，倒有一副慈善心腸。」

三姊妹在茶樓裡喝茶，外頭的人忽然多了起來，傳來鬧哄哄的聲音。
小莫管事去打聽之後，過來回話。「是一個雜耍班子，趁著近日農閒，到附近走街串巷玩雜耍，討幾個賞錢。」
楊淑娘雙眼發亮。「二姊姊，咱們也去看看吧？」
楊寶娘有些猶豫，要是她一個人也就罷了，兩個妹妹一個小、一個斯文，人太多了，怕擠著她們。
楊默娘一向善解人意，道：「二姊姊不用擔心我，四妹妹既然想去，咱們陪她去吧，遠遠看兩眼就罷了。」
楊寶娘這才答應，小莫管事擦擦額頭的汗，招呼大家跟上。
到了表演雜耍的地方，楊家下人們護在兩邊，開出一條道來。只見前面有個小孩正在表演雜技，身手靈活，贏得一陣陣喝采。
楊寶娘見他身手這般好，看來是個肯吃苦又上進的好孩子。什麼都沒說，讓小莫管事打賞了幾十文錢。給多了，怕招人眼。

就在大家看熱鬧時，楊寶娘的眼角餘光忽然看見一幕奇怪的場景。

一個啼哭的小男孩被一個婦人強行抱著，匆匆走過。小男孩把手伸往另一個方向，嘴巴卻被婦人捂住，手腳拚命掙扎。

楊寶娘頓時警覺，難道是拐子？準備讓侍衛去查看，可侍衛是男的，怕引起騷亂，遂把楊淑娘的手塞進楊默娘手裡，叫上一個護衛，立刻尾隨而去。

婦人越走越快，很快到了一處偏僻的巷子裡。

小男孩一邊掙扎、一邊哭。「阿娘！阿娘！」

楊寶娘確定這婦人有鬼，大喝一聲。「站住！」

婦人走得更快了，楊寶娘飛奔上去，一把抓住她的頭髮。「放下孩子！」

婦人尖叫。「哪裡來的小賤人，多管閒事，趕緊鬆開，不然連妳一起賣了！」

她叫了一聲，兩個人從旁邊的院子裡出來，一個抱走孩子、一個來解救婦人。

楊家侍衛衝上前，楊寶娘立刻吩咐他們。「去把孩子搶回來！」

侍衛有些猶豫。「二娘子，老爺吩咐，我們不能離開您。」

楊寶娘抽出鞭子，抽退了來人。「快去！」

侍衛聽令而去，孰料剛進院子，門立刻被關上，傳出了打鬥聲。

旁邊的門裡湧出幾個人，將楊寶娘團團圍住。

楊寶娘的心往下沈，她中圈套了。但她不得不跳，那孩子十有八九真是被搶來的。她冷哼一聲。「這麼大的陣仗，真是讓我受寵若驚。」

對方的領頭先抱拳。「二娘子，得罪了。有人花錢讓我們請您去一趟。」

楊寶娘捏緊鞭子。「我若不肯呢？」

對方一笑。「那就得罪了。」

幾個壯漢衝上來，幾下工夫便制伏楊寶娘。好在這些人知規矩，沒有亂動手腳。

另一邊，楊默娘見楊寶娘遲遲不回來，有些著急，讓另一個侍衛去查看。

小莫管事覺得不對勁，立刻吩咐隨從。「帶兩位娘子回莊子，把侍衛們都叫來。」說完，帶著另外一位侍衛匆匆而去。

楊家隨從和丫頭們嚇傻了，喜鵲哭起來。

楊默娘拉著楊淑娘上車，喝斥喜鵲。「別哭，莫要添亂，快些回去叫人。」

馬車飛一般往莊子駛去，和趙家人迎面相遇。

趙傳煒正準備回家把祖父接過來小住，一眼認出楊家的馬車，發現隨從神情有異，趕緊攔住他們。

「發生了何事？」

楊家隨從著急地說：「趙三公子請讓一讓，我們有急事。」

楊淑娘忽然掀開簾子，喊道：「趙三哥，二姊姊不見了！」
趙傳煒大驚。「在哪裡不見的？」
楊淑娘哭了。「在鎮上。有人搶小孩，二姊姊跟上去，就不見了。」
趙傳煒的心頓時揪起來，強行鎮定後，吩咐書君。「快回去，叫幾個護衛過來！」又看向楊家隨從。「你們帶兩位小娘子回去，緊閉門戶，不要聲張。後面的事情交給我。」
楊家隨從為難。「趙三公子，管事讓我回去叫人。」
趙傳煒喝斥他。「你家那些人，能比得過我家的斥候？你們管事要是中用，就不會出事了，還不快去！」晉國公給兒子的貼身侍衛，其中不乏從軍中退下來的士兵或斥候，不是一般侍衛可比的。
楊默娘見狀，對隨從道：「聽趙三公子的。」
趙傳煒也不囉嗦，一揮鞭就走了，後面的幾個侍衛立刻跟上。

與此同時，楊寶娘被制伏後，有人蒙上她的眼睛，把她塞進車中，帶到一處院子。
雙方人小聲交接，買主還嘀咕道：「要價這麼高！」
領頭人冷哼一聲。「我們可是擔了風險的。」
等打劫的人走了，對方才摘下楊寶娘眼上的布條。
她睜開眼，就看見一個討厭的人，正是莫家的草包莫九郎。

莫九郎笑咪咪地看向她。「表妹這陣子可好？」

楊寶娘也笑。「表兄想請我喝茶，何必大費周章。」

莫九郎合起手裡的摺扇。「表妹是太傅家千金，我是流放犯的兒子，哪請得動表妹？」

楊寶娘不動聲色，坐在旁邊的椅子上，倒了兩杯茶。

「這陣子天氣熱，我和妹妹們來莊子避暑，便少去舅舅家。表兄有事，等我們回去說，不是一樣？」

莫九郎坐到她旁邊。「嘖嘖，奶奶說了，表妹一肚子心眼，讓我不要跟妳說話，直接把事情辦了就行。」

楊寶娘假裝聽不懂。「表兄，既然來了，不如到莊子坐坐，我請表兄吃我家的香梨。」

莫九郎靠過來，在楊寶娘身上聞了聞。「表妹身上真香。」

楊寶娘打量莫九郎，他好像十四歲了，聽說有好幾個通房丫頭，不由暗暗作嘔，往後挪了挪身子。

「表兄，你叫我來，有什麼吩咐？」

莫九郎見她什麼都不懂的模樣，忍不住起了逗弄的心思，也不著急，慢慢同她說笑。

楊寶娘耐著性子陪他說話，心裡著急，不知自家侍衛脫身沒有？

另一邊，打劫的人才離開沒多久，就被趙傳煒帶人捉住了。

領頭被打蒙了，這一帶，竟有人敢對他不利？但沒等他開口，又是一頓迎頭痛揍。
趙傳煒揮揮手，領隊的呂侍衛一腳踩在領頭臉上。「說！人去哪裡了？」
領頭瞧見一位身著錦袍的貴公子背對他站在旁邊，頭上的金冠看起來價值不菲，而這些侍衛一看就是正規軍出來的，不由吃驚，難道惹上了什麼不能惹的人家？剛才那小娘子，不像出身大戶呀！
他裝糊塗。「爺，您誤會了，什麼人呀？」
呂侍衛冷哼一聲，一腳踢到領頭的要害，疼得他立刻弓起身子。
「我看你是不想要命了，什麼活計都敢接！」
呂侍衛說完，鬆開腳，吩咐旁邊的人。「斷他一根手臂。」
這些人什麼沒見過，在他們眼裡，殘肢斷腿跟泥巴一樣普通，斷個手臂是小意思。
領頭立刻疼得大叫起來，什麼都招了。
趙傳煒二話不說，讓領頭的手下指路。
小跟班被嚇傻，哆哆嗦嗦帶他們去了那間院子。

第十五章 救嬌娘太傅護女

一到院子門口，趙傳煒就聽見楊寶娘的叫聲。

「莫草包，你這混帳，再敢靠近一步，我讓我阿爹剝了你的皮！」

莫九郎哈哈大笑。「表妹，等妳在我這裡過了一夜，姑父也不能拿我怎麼樣。妳看不上我不要緊，只要我做了妳男人，姑父還能不管我？」

然後，裡面又乒乒乓乓打起來，楊寶娘還尖叫兩聲，似乎是被制住了。

趙傳煒聽得額頭青筋直跳，一揮手，讓後面人離遠些，一腳踹開門，進去後，立刻把門關上。

楊寶娘髮髻凌亂，裙子被扯破。她沒了鞭子，剛才又和人打鬥過，有些力竭，這會兒只能和莫九郎打個平手。但莫九郎無恥，專挑姑娘家怕羞的地方伸手，她就有些應付不來。

莫九郎見有人進來，回頭看去，楊寶娘乘機劈手抽了他一耳光，又踢他一腳。

「滾！」

莫九郎吃痛，反抽楊寶娘一巴掌。「給臉不要臉！」

趙傳煒衝上前，和莫九郎打起來。他長年習武，莫九郎怎會是他的對手，莫家幾個隨從趕緊過來幫忙。

趙傳煒不戀戰，護在楊寶娘身前，對外大喊：「都進來！」

外頭的人蜂擁而上，莫家幾個家丁全被制住了。

見自己的人占了上風，趙傳煒乘機把楊寶娘拉到室內。

「二娘子，妳怎麼樣了？」

楊寶娘嫌惡地朝地上吐了口口水。「呸，王八羔子！」用帕子搓了搓臉和手背，想到剛才莫九郎往她臉上拱，還扯她的衣裳，頓時又羞又氣，掉下眼淚。

她想用帕子擦，想到帕子剛擦過手，手又被莫九郎拉過，立刻把帕子甩得遠遠地。

趙傳煒默默遞上自己的帕子，楊寶娘接過，在臉上胡亂抹了一通。

「多謝三公子救我。」

趙傳煒問她。「那人是誰？」

楊寶娘抽泣一聲。「是我外祖家的表兄，討人厭得很。」

趙傳煒看看楊寶娘被扯破的裙襬和散亂的頭髮，頓時怒從心起，脫下自己的外衫，披在她身上。

「二娘子且等一等。」

他走到外面，看向呂侍衛。「把人扔進茅坑！」

莫九郎大怒。「你是誰家的小崽子，竟敢多管閒事？你知不知道我是誰，我姑父是楊太傳！你敢動我一根手指頭，我讓我姑父砍了你全家的腦袋！」
趙傳煒更生氣了，對著他的臉，噼哩啪啦一頓抽。「混帳！」
等他打完，兩個侍衛抓起莫九郎離開。
趙傳煒吩咐其他侍衛。「去叫楊家管事來。」說完又進屋了。
楊寶娘坐在椅子上，又氣又羞，讓趙傳煒覺得莫九郎更加可恨。
他走上前，幫楊寶娘倒了杯茶。「二娘子莫急，妳家管事很快就來了。」
楊寶娘抬頭看他。「多謝三公子，我這個樣子，實在不好見人。」
趙傳煒連忙安慰她。「二娘子莫怕，沒事了。」
楊寶娘又哭了，雖然莫九郎沒占到多少便宜，她還是氣得發抖。
趙傳煒見狀，急得團團轉，走到楊寶娘身邊，俯下身，輕輕拍拍她的後背。
「二娘子，今日的事，沒人會知道。別怕，萬事有我呢，外頭的人，我會處理乾淨。」
楊寶娘嗯了一聲。「我不怕，就是生氣。」
趙傳煒又安撫她。「二娘子為救人而來，心地慈善。孩子已經送還給他的家人，妳不要擔心。」
兩人正說著，楊家人來了。
小莫管事一見二娘子這副模樣，腿都嚇軟了，撲通一聲跪倒。

喜鵲撲過來。「二娘子，您怎麼樣了？」一邊替楊寶娘整理衣衫、一邊哭得撕心裂肺。「是哪個混帳下的手？」

趙傳煒見喜鵲聲音太大，連忙阻止她。「別叫，莫招人過來。你們二娘子無事，是剛才打鬥時，衣裳不小心被樹枝刮到了。我已經捉住人，你們帶回去給太傅大人處置。」

他的氣勢十足，讓喜鵲止住了哭聲。

小莫管事聽說沒事，高懸的心立時放下。老天爺，要是楊寶娘被人糟蹋了，他阿爹也保不住他的命，趕緊向趙傳煒咚咚磕頭。

「多謝三公子相救。」

趙傳煒擺擺手。「二娘子受了驚嚇，你悄悄帶她回去，莫要聲張。放心，今日之事，趙家絕不會傳出一個字。」

他說完，望向楊寶娘。「二娘子，為免引人注意，我先走了，你們等會兒再走。回去後好生歇一歇，莫要多想。」

楊寶娘點點頭，趙傳煒又看她一眼，轉身離開。

一會兒後，小莫管事從茅坑裡拉出莫九郎，沖了兩桶涼水，讓楊玉橋看緊門戶，押著莫九郎回楊府。

楊太傅聽說了事情經過，把手裡的茶盞摔得老遠，一腳踢翻小莫管事。

「廢物！」

莫大管事用眼刀子刮兒子一眼，一句話都沒說。

楊太傅轉身去內院，莫大管事在外頭仔細盤問兒子，一聽就明白了，以有心算無心，這個蠢貨上了當。

他一氣，也踢兒子一腳。「外頭那樣亂，怎麼能讓娘子們隨意上街？」

楊太傅進了莫氏的院子，一揮手，所有人都退下。

他目光冰冷地看向莫氏。「你們家的人，除了使這些下作手段，再不會幹別的了，就像陰溝裡的臭老鼠一樣，令人噁心。」

莫氏覺得莫名其妙，但楊太傅罵得難聽，頓時大怒，拿起旁邊的花瓶摔到地上。

楊太傅冷哼一聲。「我本來想著，流放妳弟弟就算了，可你們居然打寶娘的主意，就別怪我不留情面。」說完便走了。

莫氏心裡不安，這是發生何事？那丫頭不是去莊子了？左思右想，忽然大驚，難道老秦姨娘又使了什麼招數？

楊太傅離開內院後，立刻帶人去莊子。

楊寶娘已經睡了兩個多時辰。莫九郎那色迷迷的樣子，她想起來就覺得噁心，恨不得把手上的皮剝了，睡夢裡還迷迷糊糊地痛罵他。

喜鵲守在床邊，擔憂不已，看看旁邊那件男子的外衫，趕緊起身，把它藏起來。

楊太傅進來了，愁眉深鎖，莫大管事小聲勸慰。「老爺，我問過我家那個狗東西，今日趙家三公子去得及時，二娘子只是受了驚嚇，未曾受辱。」

楊太傅沈默片刻，吩咐他。「擇日給三公子送份厚禮。私底下送，莫要驚擾旁人。」

莫大管事躬身應了。

楊太傅守在女兒房前，楊默娘聽到動靜，帶著楊淑娘過來，一起陪著他。

楊太傅見兩個小女兒擔驚受怕的樣子，反過來安撫她們。「莫怕，有阿爹在呢。」

天黑了，楊寶娘醒轉，聽說楊太傅來了，立刻起身。

楊太傅上下打量她。「寶兒有沒有受傷？」

楊寶娘知道古代女子名聲重要，趕緊解釋。「阿爹放心，女兒無事，就是被拉扯了幾下，權當被癩蛤蟆咬了一口。」

楊太傅摸摸她的頭髮。「跟阿爹回京去吧。」

楊寶娘點頭。「好。」

與此同時，趙傳煒一路擔心著，回到晉國公府。

進門前，趙傳煒看書君一眼。

書君明白他的意思。「公子放心，外頭一個字都不會傳。」

趙傳煒嗯了聲，轉身進去。

他先去向長嫂王氏請安，說了姪兒跟姪女的近況。王氏略問幾句，便讓他走了，他便直奔祖父趙老太爺的院子。

王氏身邊的王嬤嬤覺得奇怪。「世子夫人，三爺一向講規矩，今兒怎麼連外衫都沒換，就到您這裡來了？」

王氏沈吟片刻。「長嫂如母，他只比燕娘大幾個月，在我眼裡和孩子一樣，不用講那麼多規矩。」

王嬤嬤笑了。「可見三爺真把世子夫人當成親人呢。」

王氏點頭。「爺爺要去莊子小住，妳幫我再打點些東西吧。」便帶王嬤嬤去忙了。

另一邊，趙老太爺見到小孫子，笑咪咪地對他招手。「莊子好不好玩？」

趙傳煒也笑咪咪。「爺爺，您去了就曉得，真是令人樂不思蜀。」

趙老太爺嗔怪他。「知道爺爺不認得幾個字，還跟我掉書袋。」

趙傳煒哈哈笑了。「爺爺，這會兒正熱呢，等下午涼快了，孫兒再送您過去。」

趙家祖孫和樂，楊府的氣氛卻有些沈悶。

楊太傅親自把楊寶娘送回棲月閣，吩咐人好生伺候，又安慰她幾句，便回了前院。

莫九郎被帶到楊太傅面前，雖然沖了兩桶涼水，渾身還是臭烘烘的，一見楊太傅，立刻哭起來。

「姑父，您可要替我做主，不知從哪裡冒出個小王八羔子，把我扔進茅坑裡，報上您的名號也沒用，他根本不把姑父放在眼裡呀。」

楊太傅轉身，目光冰冷地看著他，半晌後吐出一個字。「打。」

莫九郎急了，他先提那個多管閒事的小子，就是想扯開事情，可楊太傅根本不上當。

楊家下人雖非軍中出身，但身手也不算差。這回楊寶娘被莫九郎逮住，一是小莫管事大意，覺得天下沒人敢捉楊家女兒；二是對方有心算無心，地頭蛇被莫九郎矇騙，給些銀子，膽子就大了，又見楊寶娘穿著普通，以為是小戶人家的女兒，更是肆無忌憚。

下人們按住莫九郎，板子噼哩啪啦打了下來。

莫九郎痛得鬼哭狼嚎，他被老秦姨娘婆媳寵愛著長大，何曾挨過打，實在疼極了，便開始亂叫。

「姑父，表妹已經是我的人了！我是您的女婿呀，您打死我，表妹要守寡不成！」

楊太傅氣得鬍子都翹起來。「給我狠狠地打！」

過了一會兒，莫九郎叫不出聲，昏死過去。

楊太傅命人把他扔進馬棚裡，仔細看著，別讓他死了。

莫家那邊，老秦姨娘婆媳見莫九郎遲遲不歸，開始擔憂起來。

莫二太太在屋裡打轉。「姨娘，這法子真的成嗎？姑老爺知道，會不會……」

老秦姨娘咬咬牙。「不會，只要九郎能得手，什麼都不用怕。哼，那丫頭金貴著呢。有了她，老二和九郎這輩子再不用發愁。」

老秦姨娘自己是妾，深知庶子的艱難，兒子的那些小老婆，一個孩子都不許生，她只在乎嫡出的孫子。孰料莫二太太不爭氣，嫁過來之後，左一個女兒、右一個女兒，十多年後，終於生了莫九郎，被當成鳳凰蛋養著。

老秦姨娘知道，其實莫氏第二胎只生了一個孩子，那肚子一瞧就曉得不是雙生子。她雖然沒見過楊寶娘的生母，但見楊太傅這樣寵愛她，大概猜出楊寶娘的身世，卻不敢跟兒媳婦多說。若是能把這丫頭拉過來，就是張保命的護身符了。

她看向皇城的方向，心中暗道，某人再尊貴又如何，還是輸給她家四娘，連女兒都要給她做孫媳婦了！

她想著，忽然有些得意。這都是命，有些人天生就是要被她們母女壓一頭。想到興奮處，甚至覺得二老太太和陳氏都是浮雲。

婆媳倆左等右等，仍不見莫九郎回來。老秦姨娘笑出滿臉皺紋，說要先回去休息。

「等了這麼多天，說不定今日得手，九郎一高興，遲些回來也正常。」

這回的主意，又是老秦姨娘出的。她想不出別的辦法，這種先斬後奏的法子，在她眼裡最管用。她主動爬上二老太爺的床，才做了妾。她女兒的婚事，也是她先使計奪來的。如今到了孫媳婦，她仍舊如法炮製。搶奪，已經成了老秦姨娘的圭臬。

只要破了楊寶娘的身子，她就是板上釘釘的莫家人了。

聽說楊寶娘去莊子，她就動了心。她知道楊家幾個丫頭喜歡出門玩，在京城不好下手，在京郊就不好說了。

她掏出私房錢，讓自己兄弟奔走，找了當地的地頭蛇，給豐厚的報酬，只說家裡訂了親的孫媳婦跑了，可能在附近，要抓回去，再讓莫九郎下手。

隔天，楊太傅依舊去上朝，命人把莫九郎關起來，每日只給一碗稀粥，又上了藥，不讓他死。

莫九郎見楊太傅還替自己治傷，心裡忍不住猜測，難道是認了他這個女婿？他冒犯楊寶娘，楊太傅生氣，打他一頓也正常。等過一陣子，楊太傅氣消，便是好翁婿了。

莫九郎頓時有了信心，每天喝粥，高興得很。

孰料過了幾天，等他的傷好得差不多，又被楊家人痛打一頓，打完後再醫治。

這樣反反覆覆七、八次，莫九郎被折磨得不成人樣。

莫家那邊徹底亂了，老秦姨娘去找二老太爺，不敢說莫九郎幹什麼去了，只說人丟了。

二老太爺要報官，她又不肯。莫家出動許多人去找，始終找不到人。

這些日子，楊寶娘一直安安靜靜待在家中。兩個妹妹整日來陪她，隻字不提當日的事，變著花樣哄她高興。

莫大管事到處採買新鮮料子跟首飾回來，流水一樣送到棲月閣。

楊寶娘已經平復，不再整日發呆，帶著兩個妹妹玩耍，除了偶爾給嘉和縣主送些小禮物外，很少再出門。莫大管事送來的東西，她來者不拒，和兩個妹妹一起分了。

陳姨娘納悶，問楊淑娘。「老爺怎麼天天給妳們買東西？家裡發大財了不成？」

楊淑娘年紀小，卻知輕重，曉得陳姨娘嘴巴不嚴，便不告訴她。「姨娘真是的，阿爹疼我們，姨娘還不樂意？」

陳姨娘笑了。「樂意樂意。妳們整日往棲月閣跑，累不累？」

楊淑娘搖頭。「二姊姊那裡寬敞，我們有地方玩。來咱們這裡，姨娘才要忙活呢。」

陳姨娘幫女兒把新得的衣裳、首飾收好。「二娘子真是個公正人，每回分東西，自己從來不多占。」

楊淑娘晃晃手裡的金鐲子。「二姊姊說了，這些都是身外之物。姊妹少，相處得好，以後才能互相幫襯。」

陳姨娘難得不糊塗了，道：「是這個道理。妳多聽姊姊們的話，雖然我和豐姨娘不合，妳也不要跟三娘子疏遠了。」

楊淑娘看向陳姨娘。「姨娘，阿爹不來您這裡，也不去豐姨娘那裡，您和豐姨娘還有什麼好爭的？爭來爭去，誰也贏不了。」

陳姨娘嘆氣。「我還能做什麼？爭一爭，興許有希望。不然，這輩子不跟死了一樣。」

楊淑娘不懂，只覺得陳姨娘今天說的話和平常不太一樣。

豐姨娘那裡也是如此，幫楊默娘把東西收好。「這些首飾戴不完，且先留著，過兩年拿去重新炸一炸，當嫁妝也行。」

楊默娘害羞。「姨娘！」

豐姨娘微笑。「別害羞，妳都十二了，最遲明年，就該幫妳訂親。太太不管事，這樣倒好，老爺肯定會親自擇婿，不管出身豪門還是貧寒，都是能幹上進的好孩子。妳阿爹憑自己的本事做了太傅，可見這世上靠誰都不如靠自己。只要女婿能幹，就算家裡貧寒些也無妨，妳別挑剔。」

楊默娘低下頭。「姨娘，阿爹好久沒來了。」

豐姨娘道：「三娘子別擔心，我好得很。滿京城去找，哪個做妾的有我福氣大？太太管不了我，老爺寵愛我，還有兩個好孩子。再不知足，老天爺都要罰我。」

楊默娘抬頭，嘆口氣。「姨娘高興就好。」

豐姨娘抖開一疋料子。「這疋布，等入秋了，給妳做件裙子正好。」

楊默娘不特別在意吃穿，但為了哄豐姨娘高興，也陪著她，說起衣衫料子了。

陳氏聽聞楊寶娘出事，先去問了兒子，楊太傅只透露幾句話。

她氣得跑到莫氏的院子裡，痛罵莫氏一頓。

這是她最金貴的孫女，莫家那些爛泥扶不上牆的東西，敢打這樣的歪主意，當她是死人不成！

最重要的是，陳氏想起當年老秦姨娘坑騙她的事。這個上不了檯面的老賤婦，就會使這些下作手段！

於是，趁著楊太傅不在家，陳氏派人去馬棚，又把莫九郎痛揍一頓。然後命人去莫二老爺流放的地方傳話，要是莫老二不聽話，只管打！

莫家父子，都只剩一口氣，苟延殘喘了。

趙家那邊，趙傳煒陪著趙老太爺去莊子。

趙老太爺整天帶著孫子跟重孫們滿山亂竄，趙傳煒一邊陪著他們、一邊擔心楊寶娘。

楊太傅親自過來把三個女兒全接走，連聲招呼都沒打，趙家姊妹覺得有些奇怪，卻沒多問，想來是家裡有急事吧。

有時趙傳煒會看著楊家莊子的方向發呆，楊家沒有傳出一丁點消息。前陣子，楊家跟個飾子似的，什麼消息都往外漏，這陣子不知怎的，一個字也打探不出來。

書君最懂他的心意，道：「三公子，聽說太傅府最近採買各色珠寶首飾和吃食、衣料，跟不要錢似的往自家送。」

趙傳煒詫異。「不是說楊太傅為官清廉？」

書君嘿嘿笑了。「聽說楊太傅是根木頭，不好色、不好酒、不好賭，什麼名貴書畫、瓷器玉器，他一概不愛。這麼潔身自好的人，幾年來聖上給了多少賞賜，他家裡幾個女兒能花用多少呢。」

趙傳煒嗯了聲。「多盯著些。」

書君點頭。「三公子，老太爺看您好幾回呢。」

趙傳煒心裡一驚，難道祖父看出了什麼？

趙老太爺人老成精，看著孫子那副癡呆樣，心裡有了譜。想起兒子年少時的憨樣，覺得有些好笑，便不去戳破。

當日的事，他問過家裡的侍衛，呂侍衛有些為難，不知該不該說，一個機靈侍衛勸他，三公子說是不許外傳，但老太爺又不是外人。

趙老太爺聽說之後，只笑了笑。一輩管一輩，孫子的事，只要不是危及性命，他是不會插手的。

第十六章　收人心秋後算帳

日子過得飛快，入了秋，趙傳煒陪著趙老太爺回了晉國公府。

一進家門，趙傳慶就叫他過去。

趙傳煒進門後，先行禮。「大哥。」

趙傳慶放下手中的信。「坐。爺爺身體如何？」

趙傳煒笑著回答。「好得很。爺爺跑馬，比雲陽幾個還強呢。」

趙傳慶點頭。「這些日子，你辛苦了，過幾天帶雲陽回官學讀書吧。荒廢這麼久，不能再怠惰了。」

趙傳煒摸摸頭。「我有帶著他們讀書的。」

趙傳慶笑了。「我曉得，雲陽幾個還小，缺幾日課沒什麼。你不一樣，阿爹來信，要你參加明年的縣試和府試。」

趙傳煒眼睛一亮。「阿爹來信了？」

趙傳慶從信封中抽出一張紙。「這是給你的。」

趙傳煒打量他。「大哥都看過了？」

趙傳慶斜著眼睛。「難道我不能看？」

趙傳煒嘿嘿笑了。「能看，能看。」

他說完，展開信紙，一目十行看起來。晉國公只交代他好生讀書，孝順爺爺，聽大哥的話，另外，功夫不能廢。晉國公夫人李氏則絮絮叨叨叮囑許多日常小事。

趙傳煒看完信，心裡有些激動，他長這麼大，第一次離開父母，說不想念是假的。但阿爹說了，二哥已經從軍，當了將領，大哥是世子爺，他只能走文舉，就要好生讀書。京城裡的先生最好，且臥虎藏龍，不光能讀書，還能歷練。

他一向懂事，父母為他謀劃深遠，雖然捨不得，仍獨自上了京。

趙傳慶拍拍他的肩膀，從袖子裡抽出一張銀票。「這些給你。出門交際，不要小氣。」

趙傳煒直擺手。「大哥，太多了。」

趙傳慶塞進他手裡。「沒出息，這點錢也叫多。好生籠絡你的侍衛跟隨從，別讓他們嘴巴跟個篩子似的，人家一問，就全說了。」

趙傳煒一驚。「他們說了什麼？」

趙傳慶神秘一笑。「英雄救美，嘖嘖。」

趙傳煒把銀票往懷中一塞。「我回去就把他們退給阿爹。」氣呼呼地走了。

回了自己的院子，趙傳煒讓書君把幾個侍衛叫過來，搬了張椅子，坐在廊下。

等侍衛們來齊之後，他只說了一句話。「你們收拾行李，明兒回福建去。」

幾個侍衛跟下餃子一樣，立時撲通撲通跪下，領隊呂侍衛問：「三公子何故攆我們？」

趙傳煒笑著回答。「你們是從戰場退下來的大英雄，跟著我這個身無寸功的毛頭小子，實在辱沒了。書君，一人給些銀子，明兒讓他們回去找我阿爹。」交代完，便轉身進屋。

侍衛們面面相覷，立刻看向書君。開玩笑，要是他們全被攆回去，晉國公知道，豈能饒了他們。

書君搖搖頭。「我也救不了你們。不聽公子說的話，公子哪敢用啊。」

呂侍衛大驚。「我們不敢陽奉陰違。」

書君提點他們。「那日三公子救人的事，怎麼傳得世子爺都知道了？三公子這年紀，最是要臉面的時候，被世子爺問到臉上，很好看嗎？」

呂侍衛明白了，他們是趙傳煒的侍衛，但趙老太爺一問就招了，這是大忌。

雖說趙老太爺沒有惡意，但這也是不忠的表現。

當日，晉國公說過：「你們幾個，以後跟著老三，要是覺得不合適，現在提出來。倘若不提，以後替我好生照顧他，除了他，你們再無二主，連我的話也可以不聽。如果讓我知道你們欺負他年少，便回老家種田去吧。」

晉國公說得委婉，什麼種田，那是一輩子完蛋了。不忠心的人，誰敢用？

呂侍衛越想越怕、越想越後悔。回京之後，安逸的日子讓他忘了規矩。趙傳煒還小，但也是正經主子，他們這樣做，他生氣了！

呂侍衛知道不能辯解，帶著侍衛們，在院子裡跪了整整一夜。

後來，趙傳慶來勸趙傳煒。「好了，把你的驢脾氣收一收，他們經了這一遭，定然不敢再犯。不信你明兒再偷偷幹點事，看看我能不能問出來。」說完，衝弟弟眨眨眼睛。

趙傳煒紅了臉。「那我看在大哥的面子上，饒他們這回。」

侍衛風波算是過去了，自此，呂侍衛幾個再不敢把趙傳煒當小孩子看，這是他們的正經主子，以後不管風裡雨裡，主子一句話，他們不能退縮，更別說趙傳煒其實相當厚待他們。

莫九郎失蹤了一個月。

莫家裡，老秦姨娘婆媳快急瘋了。孫子一個多月沒回來，跟去的隨從與地頭蛇也不見了。他們找遍京郊，那些人彷彿失蹤了一樣，全無蹤跡。

老秦姨娘有種不好的預感，事情可能敗露了。她在家裡輾轉反側，想去找女兒。可莫氏被楊太傅關在後院。她是聾子，從不參與京城婦人之間的交際，就算幾年不出門，也沒人關注她。

老秦姨娘派人送去楊家的信，如同石沈大海。

最後，她實在瞞不住了，對二老太爺說了實話。

二老太爺差點沒昏過去，左右開弓，抽了她幾巴掌。「妳這黑了心肝的蠢婆娘，妳害了我兒子還不夠，又要把我孫子害死不成！」

老秦姨娘哭道：「老爺，我也是為了九郎好啊。」

二老太爺對著她的臉吐了口口水。「呸，妳也不照照鏡子，九郎那模樣，能配得上寶娘？我跟妳說實話，就算九郎有出息，妳也別想。女婿讓妳多活這幾年，妳以為他怕了妳？我告訴妳，他一直記著呢！如今妳拿活生生的把柄遞給他，我的九郎性命不保啊！」

二老太爺說完，癱坐在椅子上。

老秦姨娘忽然害怕了，她從沒有這麼深刻地察覺到，她女婿是冷酷無情的當朝太傅，處理貪官污吏時，砍人頭就跟切菜瓜一樣乾淨俐落。雖然這女婿是她使手段得來的，但她女兒連孩子都生了好幾個，難道女婿還記仇不成？

老秦姨娘越想越害怕，又哭起來。「老爺，求您救救九郎吧，我就這一個孫子呀！」

二老太爺滿臉灰敗。「救不了，就算九郎不死，也會去掉半條命。妳要祈禱他沒有得手，這樣還能留他一命。要是九郎得手，不光保不住九郎，老二也保不住了。

「蠢婆娘，妳以為妳是誰啊，妳不過是我的小妾罷了。我不是什麼太傅的岳丈，只是莫家的庶子。連我見了女婿都客客氣氣，妳卻敢去算計他的掌上明珠。妳是不是以為他還是當初在咱們家附學的窮小子？妳知不知道，他在聖上面前的體面，滿朝文武沒幾個人比得上。要是九郎有什麼不測，妳就去陪他吧。」

老秦姨娘慘叫出聲。「老爺，求您救命！」

二老太爺沒理她，一揮袖子，回正房找二老太太了。

二老太太聽二老太爺說了事情經過，冷哼一聲。

「你的心肝肉惹的禍，叫我去收拾？別癡心妄想了。大不了女婿生氣，你和你的心肝肉一起給外孫女賠命就是。」

二老太爺有些落寞。「咱們是正經夫妻，難道妳一點都不在乎我的死活？」

二老太太笑了。「我在乎你，你又何曾在乎我呢？年輕的時候，要不是有婆母在家裡鎮著，你的心肝肉就要爬到我頭上。後來阿娘去了，女婿的官越做越大，你又差點把她扶正。幸虧女婿是個正經人，眼裡只認我這個嫡岳母，不然你們兩個還能讓我好過？」

二老太爺聽老妻說的話句句如刀子一樣，覺得難過，又有些後悔，年輕時不應該太過寵愛秦氏。

老秦姨娘在院子外頭跪了幾個時辰，二老太太絲毫不為所動。就算老秦姨娘吊死了，她也不會眨眼。

她年輕時多難啊，丈夫是庶子，她在婆母面前本就沒多少臉面，家裡的妾室比她還威風。二老太爺是庶子，總覺得天下的正妻們都刻薄狠毒，處處防著她，怕她害了他的心肝肉。

她忍了多少年，如今一把年紀，好不容易有太平日子過，哪管老秦姨娘的死活？大不了，讓二老太爺休掉她就是！

楊太傅關了莫九郎一個多月，覺得關夠了，決定放他回去。但回去之前，這麼多年的恩恩怨怨，該做個了斷。

從起初的害怕，到欣喜，到恐懼，最後絕望，莫九郎已然變得癡癡呆呆，整日翻來覆去地念叨同一句話。

「姑父，我再也不敢了。」

楊太傅讓莫大管事找人斷了莫九郎的命根子，養好他的傷，連同幾個隨從送回莫家。

老秦姨娘見到孫子，也不管他身上髒臭，抱著他痛哭一場。

她哭完之後，發現孫子有些癡呆，拍拍他的臉。「九郎，你怎麼啦？」

莫九郎癡癡呆呆地說：「姑父，我再也不敢了。」

老秦姨娘又喊他兩聲，他仍舊癡癡呆呆。

老秦姨娘驚懼。「九郎啊，你怎麼啦？你快看看我，我是奶奶啊！」

這會兒老秦姨娘也不管什麼妻妾之道了，喊出孫子私底下對她的稱呼。正經論起來，她算什麼祖母，不過是個妾室罷了。

莫九郎抬眼看她，眼裡忽然開始冒淚花。「奶奶，您去告訴姑父，我再也不敢了。」

二老太太打量他們一眼，轉身回房。

老秦姨娘以為莫九郎被嚇著了，吩咐人伺候他洗漱。

莫九郎的幾個通房一起動手幫他洗澡。老秦姨娘婆媳在外面候著。

忽然，屋子裡傳來一聲驚呼，緊接著，是一片慘叫聲。

婆媳倆顧不上男女有別了，立刻衝進去，有個丫頭跌坐在地上，另外幾個躲在一旁，瑟瑟發抖。

老秦姨娘拉起丫頭，大聲道：「鬼掐妳了？」

丫頭滿臉驚恐。「九郎，他……」說不下去了，也不敢說。

老秦姨娘見這丫頭不中用，去抓旁邊的人。「妳來說！」

被抓的丫頭依然發抖。「九郎……被人害了……」

老秦姨娘懵了。「妳說清楚些，他到底怎麼了？再不說，我賣了妳！」

丫頭急得掉淚。「老姨太太，二太太，九郎被人害了呀！」說完，捂著臉嗚嗚哭起來。

老秦姨娘的心往下沈，她老了，沒忌諱那麼多，趴到浴桶邊，拉起孫子，從上看到下。

然後，她哀號一聲，兩眼一閉，昏了過去。

莫九郎又坐回浴桶裡，嘴裡反覆念叨。「姑父，我再也不敢了。」

很快，這消息傳遍了莫家。

二老太爺差點一口氣沒上來，二房就這個獨子，這下子廢了，老二要絕後不成？

二老太太面無表情，什麼都沒說，立刻把家裡所有下人叫來，訓斥一頓，誰敢在外面傳出一個字，全家都發賣到窯裡去。

莫家沒派人上門問罪，楊寶娘早已平復心情。她不出門，是因為不知道能幹什麼，也不知道哪裡更好玩。反正家裡也不錯，這麼好的古代大宅院，以前花錢才能看兩眼，現在住在裡面，感覺挺棒的。

過些日子，趙家讓人送來兩筐黃桃，個個又甜又大，表面光滑，一看就是上品。桃子是書君親自送來的，原本趙傳煒想過來看看，但到了裕泰街，忽然停下腳步。

「你去吧，我在前頭茶樓等你。」

書君領命去了，趙傳煒帶著兩個侍衛上了茶樓，點杯茶坐在窗口，看著楊家的動靜。他內心亂糟糟的，他是為了讀書才回京，可最近總是因為楊寶娘而煩亂。他不知道自己是怎麼了，不過送個桃子，還要跟過來。

楊家大門前，莫大管事親自接待了書君，瞧見楊家送的桃子，心裡有些拿不定主意。書君客氣地說：「之前在莊子避暑時，貴府娘子送了我們娘子許多香梨，如今我們家裡的黃桃熟了，送些給貴府小娘子和小少爺們嚐嚐。」

莫大管事接下黃桃，套書君的話。「不知這是貴府哪位主子的吩咐？」

書君年紀小，卻不是傻子，答得模稜兩可。「我們三爺帶著娘子們親自摘的。」

莫大管事聽了，不再多問，派人稟報陳氏。

陳氏給了書君打賞，書君說兩句客氣話後，就告辭了。

趙傳煒看著書君進去，又看著他出來，隱隱有些期盼，心裡更是煩亂。
書君上了樓，揮揮手，侍衛們便退到一邊去。
他低聲回道：「公子，楊家大管事接待我，還問桃子是誰讓我送去的。」
趙傳煒喝口茶。「你怎麼回答？」
書君看他一眼。「我說，是三爺和娘子們親手摘的。」
趙傳煒手裡的茶盞半天沒動，心裡有些失望，但也知道，這樣的答覆是最好的。
見他放下茶盞，書君又道：「公子若是不放心，讓兩位娘子上門問問，也使得。」
趙傳煒轉著手裡的茶盞。「胡說，姪女們的交際，我豈能插手。」
書君低頭，說起別的事。「公子，這些日子我在府裡與老人們聊天，知道了許多公爺和夫人年輕時的事。」
趙傳煒重重放下茶盞。「混帳，阿爹阿娘的事情，也是你能打聽的？」
書君趕緊躬身，偷偷覷他一眼。「公子恕罪，我聽說的，都是眾人知曉的。」
半晌後，趙傳煒嗯了一聲。「那你說說。」
書君湊到他身邊，低聲道：「聽說公爺年少時，老太爺不通詩書，就把公爺送到李家，兩家孩子一起讀書。公爺嘴甜得很，承恩公夫人很喜歡公爺。」
趙傳煒斜眼瞥他。「你說這話是什麼意思？」

書君嘿嘿笑了。「聽說楊太傅三元及第，明年公子不是要參加縣試，若有機緣，也可以問問功課上的事情。」

趙傳煒踢他一腳。「滾，餿主意！」

書君捂著腿。「這種事哪能要臉面。公子整日茶飯不思，二娘子又不出來，公子再這樣下去，我就要告訴公爺和夫人了。」

趙傳煒又罵他。「放你娘的屁，我什麼時候茶飯不思了？我沒你吃得多啊？」

書君趕緊去捂他的嘴。「公子可不能說粗話，您長得這般體面，該出口成章才對。」

趙傳煒被他逗笑。「混帳，拿我取笑。」

書君笑咪咪。「公子，我想向您求個恩典。」

趙傳煒又嗯了聲。「說。」

書君厚著臉皮道：「我看上夫人身邊的豆蔻姊姊，明兒公子能不能放我一天假，我想買些東西，寄到福建給她。」

趙傳煒口裡的茶水差點噴出來。「你看上豆蔻？什麼時候的事？你別往自己臉上貼金了，豆蔻姊姊能看得上你？」

書君氣呼呼地說：「公子別小瞧人，自古烈女怕纏郎，這會兒豆蔻姊姊又沒有心上人，我多用些心，不怕她不中意我。公子，小娘子們都是這樣，你得多花心思，主動些。」

趙傳煒又踢他。「滾滾滾，明兒就滾回福建做你的纏郎。」

書君又嘿嘿笑。「那我就當公子答應了。」

主僕倆一起出了茶樓，趙傳煒知道書君的意思，可他長這麼大，第一次惦記小娘子，心裡有些羞澀，不好意思承認。

與此同時，楊寶娘接到黃桃後，高興地讓丫頭們拿去洗。因為不多，棲月閣只得了一小籃，不能每人吃一顆，只能切開分著嚐嚐。

這些日子，楊寶娘對院子裡的丫頭們越來越寬和。一群小女孩整天伺候她，她沒辦法為她們做什麼，只能在吃穿上厚待些。

但她有一樣堅持，棲月閣的事情絕不許傳出去。有丫頭多嘴，說漏了兩句，楊寶娘立刻把她送給莫大管事的娘子，不要了。

小丫頭哭得悽慘，楊寶娘卻硬起心腸。今天不要這丫頭，她還能去別的地方當差，總比以後被人利用，丟了性命強。

小丫頭被送走之後，整個棲月閣頓時水潑不進。

楊寶娘嚐了嚐黃桃，甜滋滋的，開心地瞇起眼睛，又想起那個笑容燦爛的少年。他的外衫被喜鵲藏在箱子最裡面，還勒令黃鶯不許翻看。

楊寶娘本想丟掉，可沒地方丟，家裡到處都是人，剪了又覺得不尊重他，乾脆繼續藏起來了。

第十七章 街頭遇上門拜訪

這天夜裡，陳氏讓人把兒子叫進自己的院子。

楊太傅請安後，幫陳氏倒了杯茶。「近來朝堂事多，兒子來得少。阿娘這幾日可好？」

陳氏笑著點頭。「我好得很，你差事繁忙，也要注意身體，莫要太勞累。」

楊太傅溫聲回答。「兒子多謝阿娘記掛。」

他說完，氣氛忽然冷了下來。

陳氏又主動開口。「寶娘年紀不小，該說親了。」

楊太傅握著茶盞的手頓了一下。「不知阿娘有什麼好人選？」

陳氏打量他。「你妹妹家的孩子如何？」

楊太傅想了想，搖搖頭。「阿娘，寶娘的親事，兒子想讓她自己選。」

陳氏有些不高興。「小孩子家的，能知道什麼叫好？」

楊太傅垂下眼，緩緩開口。「阿娘，小孩子可能不知道什麼叫好，卻不會說假話。」

陳氏被這話頂得胸口疼，半天後回了一句。「她是你的心頭寶，你說怎麼樣，就怎麼樣吧。我只問你一句，寶娘到底是不是……她生的？」

楊太傅倏地抬頭。「阿娘說的她是誰？」

陳氏用枴杖敲了敲地面。「你別跟我裝糊塗，你們兩個如今不得了，一個比一個權大，我老太婆哪裡敢多說一個字。你要說是，我就好生替你護著這個女兒；若不是，早些幫她說定人家，省得再遭人暗算。」

楊太傅沈默許久，道：「多謝阿娘，寶兒的事情，我想再等一等，明年再說。不管她是誰生的，兒子看顧不到的時候，請阿娘幫我照拂。她沒有生母疼愛，是個可憐孩子。」

陳氏嘆氣。「我知道了，都是我欠你們的。」

楊太傅低聲道：「事情都過去了，兒子沒有責怪阿娘。過幾日是太后娘娘壽宴，阿娘去不去？」

陳氏點頭。「自然要去。昆哥兒他阿娘去不了，我再不去，成什麼樣子。」

楊太傅放下茶盞。「那就辛苦阿娘了，到時候讓寶兒跟著阿娘一起去。時辰不早了，您早些歇著吧，兒子去看幾份文書。」

陳氏看著兒子孤零零離開的身影，內心忽然有些觸動。要是當年沒有退親，他們現在會過得很好嗎？兒子能做太傅嗎？她能有這麼好的日子過？

陳氏不知道自己該不該後悔，有時見到別人家的孩子夫妻和睦，便忍不住自問，她是不是真的做錯了？

不，她沒錯，都是莫家的錯！是莫家那個蛇蠍婦人來誘惑她，還弄個聾子打發兒子。別家的兒子，做了個小官，便有一大群女人。她的兒子三元及第，官居一品，家裡婆娘是個聾子，只有兩個老妾，這輩子活得像白開水一樣。
陳氏想想就心疼，更是痛恨老秦姨娘。
楊太傅斷了莫九郎子孫根的事，陳氏知道，痛快了好幾天，那賤人活該！

這日，楊太傅下衙，坐著轎子回家，掀開簾子，看到了兩個孩子。
兩個孩子穿著得體，看樣子剛從學堂裡回來，並未乘車，而是步行，後頭還跟了幾個侍衛。帶頭的孩子，容貌非常出色，雙眼燦若星辰，小小年紀就讓人挪不開眼。
楊太傅笑了，還是孩子好啊，無憂無慮的。
忽然，帶頭的孩子望向他，對他燦然一笑。
鬼使神差的，楊太傅也對著那孩子笑了。孩子立刻對他抱拳，遙遙鞠了個躬。
楊太傅思索，這是誰家孩子？看起來這般體面，還像是認識他一般。
他敲敲轎子的牆壁，問莫大管事。「那孩子是誰？」
莫大管事笑了。「老爺不認識？他是趙家三公子，我剛送過禮呢。」
楊太傅頓時收斂臉上的笑容，忽然覺得趙傳煒的笑容不是燦若星辰，而是有所圖謀了。
到了家之後，楊太傅直奔棲月閣。
楊寶娘臨窗而坐，正在看書，穿了身簡單衣裙，頭上鬆鬆挽個髮髻，戴兩朵花園裡採回來的鮮花，恬靜美好。

楊太傅看得挪不開眼，腦海中突然浮現剛才那個臭小子的笑容，便像趕蒼蠅一樣，把他的身影趕跑了。

楊寶娘聽見動靜，抬眼一看，笑了。「阿爹回來啦？」

楊太傅走進書房。「阿爹吵到妳讀書了。」

楊寶娘放下書本，替楊太傅倒茶。「阿爹差事繁忙，還能來看女兒，女兒高興著呢。」

楊太傅想到女兒大了，不好再摸她的頭。而且女兒大了，就要被一群臭小子惦記，心裡實在不舒服。

「過幾天是太后娘娘的壽辰，今年秋季賦稅收得順利，聖上準備為娘娘好好辦個壽宴。到時候，妳跟妳奶奶一起去，給娘娘磕個頭就好。」

楊寶娘悄悄去看正院的方向。「太太不去嗎？」

楊太傅垂下眼簾。「太太不方便，不用去了。」

莫氏做了一品誥命，可她從來不進宮。不管逢年過節，還是后妃辦筵席，都報了有疾。宮裡知道她的情況，也不勉強，賜下東西，圓了臉面就行。

莫氏自己也不想去。進宮不能帶奴婢，又不能抬頭看著貴人們說話，真成了聾子。最重要的是，進宮可能會遇見李太后，還得向她磕頭，莫氏光想便渾身難受，索性不去。

楊寶娘點頭。「阿爹放心，我去了宮裡，一定謹言慎行，不給您惹禍。」

楊太傅笑了。「寶兒不用害怕，也不用事事小心，阿爹雖然不是什麼王公貴族，但在聖上那裡還有兩分臉面，可以讓我兒在一干千金小姐前挺直腰桿。」

楊寶娘也笑了。「當阿爹的女兒，真是有福氣。」

楊太傅吃了這一記馬屁，哈哈大笑。「我兒說的話，阿爹就是愛聽。」

楊寶娘笑完了，又問：「阿爹，妹妹們不去嗎？」

楊太傅收斂笑容。「若各家帶上所有孩子，宮裡就裝不下了，只帶嫡支。」

楊寶娘點頭。「我知道了。」

楊太傅看她一眼，想了想，依然什麼都沒說。「那妳先歇著，我去前院了。」

楊寶娘起身相送。

後面幾天，楊太傅感覺自己跟中了邪似的，不光他中邪，這世道也中了邪。每回他到了同一個路口，掀開車簾時，都能看到那個滿臉笑容的孩子，遙遙對他拱手。

這樣過了七、八天，楊太傅讓人停下轎子，對趙傳煒招招手。

趙傳煒愣了一下，帶著趙雲陽走到楊太傅面前，躬身行禮。「見過太傅大人。」

楊太傅嗯了聲，仔細打量眼前的孩子，先笑了。「多謝你救了小女。」

趙傳煒再次拱手。「太傅客氣了，這是晚輩應該做的。」

楊太傅聽見他說什麼應該做的，心裡又開始嘀咕。非親非故，什麼叫他應該做的，看他就是沒安好心。

但楊太傅仍舊笑咪咪。「聽說你回京一陣子了，父親母親可好？」

趙傳煒笑著回答。「阿爹阿娘很好，多謝太傅。」

楊太傅又去看趙雲陽。時間真快啊，那個跟在他屁股後頭問功課的毛頭小子，孫子都這麼大了。

他摸摸鬍鬚。「你們怎麼不坐車回去？」

趙傳煒低頭。「回太傅，阿爹說了，家裡離官學不遠，讓我們多走走，不然一天到晚坐著，對身體不好。」

楊太傅繼續摸鬍鬚。「很好，吃得苦中苦，方為人上人，你父親靠著自己走到今天，你是他的兒子，不說比他強，總要有乃父之風。」

趙傳煒躬身。「多謝太傅教誨。」

楊太傅擺擺手。「莫要客氣，我與你父母相熟，你叫我一聲伯父也可以。」

趙傳煒從善如流。「楊伯父好。」趙雲陽也跟著改口，叫了一聲楊家爺爺。

楊太傅笑了，取下身上的玉珮和左手上的扳指，塞給兩個孩子。「你們回去吧，有空到我家裡玩。」

他說完，轉身進轎子，趙傳煒帶著姪兒行禮相送。

莫大管事心裡直打鼓，老爺這是什麼意思？難道看中了趙家孩子？但這樣在大街上公然和手握重權的武將家子弟說話，會不會被御史盯上？

但他不敢多說，自從小莫管事把差事辦砸，楊寶娘受到驚嚇後，莫大管事在楊太傅面前，好多天抬不起頭。

當日，他回去後就撤了兒子的管事之位，又罰他跪了兩個時辰。

「這點小事都辦不好，你還有什麼臉面做管事？好生反省，明兒開始，你去幫二娘子趕車，什麼時候能立個功勞，再談差事。」

不光小莫管事，楊玉橋也跟著挨訓。楊太傅本來想幫他謀個正經差事，又沒下文了。但也沒責怪他，仍舊讓他幫忙打理家中的瑣事。

楊太傅走後，書君悄悄對著趙傳煒豎起大拇指，趙傳煒輕輕踢他一腳。

這幾日的動靜，趙傳慶早就知道了，火速發了封密信回去，得到晉國公一句話——隨他去，莫管。便睜隻眼、閉著眼，對於趙傳煒拉著他兒子做掩護的事，也不吱聲了。

過了幾日，學堂和朝堂休沐，楊太傅和兩個兒子待在家裡。

趙傳煒直接上門，還帶著姪子趙雲陽。

楊太傅聽到莫大管事來報，愣了下，點點頭。「請他進來。」

今天趙傳煒穿得非常體面，金冠錦袍、玉帶飄飄，襯得出色容貌更加耀眼奪目。趙雲陽還沒長成，但他是趙傳慶的獨子，身分貴重，自有一番氣勢。

楊太傅瞇起眼睛，趙老二居然能生出這麼漂亮的孩子，福建那裡的水土真那麼養人？

趙傳煒走上前，抱拳行禮。「見過楊伯父。」

楊太傅點點頭。「好孩子，快坐下。」

楊家兄弟也上前見禮，然後分賓主坐下。

下人上茶，楊太傅問趙傳煒。「回京這麼久了，可有不習慣的地方？」

趙傳煒搖頭。「都好，多謝大爺關心。」

楊太傅看向自己的兒子，楊玉闌的相貌倒是可以，楊玉昆差一些，但身為太傅嫡子，氣勢自然也不差。

楊太傅又問趙傳煒。「功課如何？你在福建長大，官話聽得吃不吃力？」

趙傳煒微微俯身回答。「阿娘自小教我官話，暫時還跟得上。」

楊太傅嗯了聲，吩咐兒子。「昆哥兒，你帶他們去你那邊坐，好生招待。」

楊玉昆連忙起身。「趙三哥，請隨我來。」

趙家叔姪向楊太傅行禮告退，跟著楊玉昆兄弟走了。

到了楊玉昆的書房，趙傳煒和他討論起學問，彼此知道對方有造詣，但未深交。楊太傅囑咐過兒子們，別和豪強門戶多來往；晉國公也交代趙傳煒，權臣子弟，莫要深交。

因此，兩個少年之前只是點頭之交，今兒是頭一回討論學問。

兩人討論得越多，不由驚嘆對方底子深厚，果然家學淵源。

都說文無第一，但不論是白髮蒼蒼的大儒，還是尚未及冠的少年郎，能遇到勢均力敵的對手，都會覺得很高興。

兩個少年你來我往地討論學問，楊玉闌和趙雲陽聽著聽著就聽不懂了，乾脆吃起果子。楊玉闌心性單純，想著自己是主人家，便剝乾果給趙雲陽吃，趙雲陽和他說著閒話，哪家的墨錠好，哪家的狼毫正宗，越說越熱鬧。

楊太傅在書房裡寫字，下筆不停。

自從右手廢了之後，他開始練習用左手。起初呈上去的摺子，上面的字歪歪扭扭，景仁帝看了便滿心愧疚，楊太傅為了他，差點丟了命。

後來，楊太傅的字越寫越好。到了現在，任誰也看不出來，這是一個從三十多歲才開始練字的人寫的。

楊太傅越寫，心裡越亂，後天就是李太后的壽辰，他中規中矩呈上一份賀禮，讓母親帶著女兒去朝賀。

但，有心之人肯定會發現，楊寶娘和李太后越長越像，可他不能把女兒關在家裡一輩子。以前還能以莫氏身體不便為由，不讓楊寶娘進宮，但這次壽宴，李太后和嚴皇后授意，請各家女眷帶著未嫁的姑娘赴宴。

嚴皇后的意思是，宮裡該添些人了。李太后則想著，宗室裡有不少適婚的子弟，該幫他們挑一挑了。

楊太傅不喜歡挨打，決定把女兒推出去。

寫了幾篇字之後，他放下筆，問莫大管事。「幾個孩子如何了？」

莫大管事低聲回答。「兩個大的討論學問，兩個小的說閒話。」

楊太傅點頭。「讓人準備飯菜，中午留他們吃飯。我去後院了。」

楊太傅逕自到了棲月閣，楊寶娘正在挑明天要穿的衣衫。

見他過來，楊寶娘連忙起身迎接。「阿爹來了？我這裡亂糟糟的。」

楊太傅看看滿屋子擺開的衣裳，道：「我兒穿什麼都好看。」

楊寶娘拉拉他的袖子。「阿爹，在外頭可不能這樣說。」

楊太傅哈哈大笑。「阿爹說的是實話。來，阿爹陪妳一起挑。」

父女倆興致勃勃地挑衣裳，楊太傅幫女兒挑了大紅色的衣裙，配上華貴的首飾。

楊寶娘猶豫。「阿爹，這會不會太招搖了？」

楊太傅安慰她。「莫怕，有阿爹在呢。妳多少年沒進宮了，招搖些也無妨。有阿爹幫妳撐腰，誰都不用怕。」

楊寶娘歪頭看他。「當阿爹的女兒真好。」

父女兩個又一起笑了。

笑過之後，楊太傅忽然話鋒一轉。「趙家三公子來了，在前院和妳弟弟們說話呢。他救了妳一回，妳跟我過去，好生向他道謝。」

楊寶娘想到自己還藏著趙傳煒的衣裳，臉上露出一絲不自然。楊太傅明察秋毫，立刻將她的反應收入眼底。

瞬間，楊寶娘又大方起來，道：「阿爹說得對，是該向人家道謝。您等一等，我去拿個東西。」

她說完，回臥房拿出那件衣裳。「阿爹，那日女兒衣衫不整，三公子把外衫借給女兒，今日該物歸原主了。」

楊太傅看到那衣衫，頓時有些不爽。趙家小子看過女兒衣衫不整的樣子?!

他不露痕跡地說：「我兒做得很對，大大方方還給他。」便帶著楊寶娘去前院了。

聽說楊太傅來了，屋裡四個男孩子都起身。

正抱拳鞠躬的趙傳煒眼尖，一下看到跟在後頭的楊寶娘，臉上忍不住露出喜色。

楊太傅又感到一陣不爽。

楊寶娘笑咪咪地看向他們，行了個禮。「三公子好。」

趙傳煒也抱拳回禮。「二娘子近來可好？」

楊寶娘微微點頭。「多謝三公子掛念，我都好。那日多謝三公子出手相救，這是三公子的外衫，今日物歸原主。」

趙傳煒愣住，看楊太傅一眼，見他目光如炬，立刻低頭，伸手接下衣裳。「二娘子無事就好。」

楊寶娘又屈膝。「兩位公子安坐，我先回去了。」說完，對楊太傅行禮，退了出去。

趙傳煒雖然低著頭，眼角餘光卻一直尾隨楊寶娘到了門外。

楊太傅不動聲色，和幾個男孩子說話，帶他們一起用午膳。

吃完飯，趙傳煒就帶著姪兒走了。楊太傅的目光看似柔和，實則像帶了火一樣，看得趙傳煒後背冒汗。

出了楊家大門，書君對他豎起大拇指。

趙傳煒把衣裳扔給他。「你出的餿主意！」跨步先走了，但走兩步又回來，搶過衣裳，抱在懷裡。

書君笑得賊眉鼠眼。

第十八章　賀壽辰舊人相逢

李太后壽誕那日，天還沒亮，楊寶娘就被劉嬤嬤叫起來梳妝打扮，吃早飯。

劉嬤嬤教授了許多宮廷禮儀，原身底子好，楊寶娘略微一學就記住了。

早飯吃得很簡單，分量也不多，利尿的、通氣的、帶有異味的食物，一概不能吃，怕在娘娘們面前失禮。

楊寶娘問劉嬤嬤。「阿爹在聖上面前，是不是每天都要這樣？」

劉嬤嬤點頭。「是，都說老爺權力大，可老爺整日和聖上在一起，操的心更多。多少年如一日，老爺的早飯都是這樣的。冬天太冷，夏天口渴，都不容易。」

楊寶娘感嘆一聲。「最近涼快多了，明兒我再繼續做飯給阿爹吃。」

劉嬤嬤笑了。「二娘子孝順。今兒去了宮裡，二娘子莫要跟不認識的人多說話，跟著老太太。若想和貴女們一起玩，就去找嘉和縣主。」

時辰到了，楊寶娘去陳氏的院子。

陳氏已經換上一品誥命服，見孫女一身華服，瞇起了眼睛。

楊寶娘看看自己。「奶奶，這是阿爹幫我挑的，可有哪裡不妥？」

陳氏笑了笑。「沒有不妥，寶娘穿這身，好看得很。」

兩人隨即坐上府裡最氣派的馬車，一起去了皇宮。

一路上，祖孫倆遇到很多相熟的誥命，陳氏打招呼，楊寶娘便被各家誥命們拉過去一頓誇讚，卻只害羞微笑，並不怎麼說話。

眾人先去皇后宮裡，所有命婦們一起對嚴皇后行大禮。

嚴皇后坐在主位上，道：「諸位平身，今兒是母后大壽，隨我去向母后賀喜吧。」

嚴皇后走在最前面，清河長公主、渭河長公主以及南平郡王妃等一干宗室女眷隨後，張淑妃、謝賢妃和劉貴嬪在側，後面是如陳氏這樣的命婦。

嘉和縣主看見楊寶娘之後，便拉住了她。嘉和縣主時常進宮，知道如今宮裡不太平，怕楊寶娘吃虧，守在她旁邊。

楊寶娘對著嘉和縣主微微點頭，兩人都笑了，但前面的皇室女眷和命婦們未曾高聲說話，她們自然不能多說。

嘉和縣主來之前，朱翌軒再三請託。「妹妹，寶娘頭一回進宮，楊太傅勢大，必定有許多人家打聽寶娘的親事，還請妹妹替我看住她。」

嘉和縣主忍不住嘆氣。「二哥，寶娘的婚事，不是她自己能做主的。你的婚事，也不是你能說了算。」

當時，朱翌軒滿臉落寞。「妹妹說的是，但寶娘一日沒訂親，我總有希望不是。」

嘉和縣主勸他。「我和楊寶娘要好，是我們之間的事，和二哥無關，二哥還是聽父王的話吧。」

嘉和縣主想著，甩了甩頭，把腦海裡亂七八糟的思緒都甩走，和楊寶娘往壽康宮走。

一行人到了壽康宮，天色大亮。

李太后已經起身，在一群太妃的服侍下，換上朝服。四十多歲的李太后保養得宜，看起來依舊貌美，不知道的，怕是以為她只有三十歲。

李太后性子沈穩，聽見宮人來報，說內外命婦都來了，便起身去正殿。

嚴皇后帶著所有女眷候在正殿，等李太后入殿坐穩，便下跪行禮。「兒臣祝願母后壽比南山，福壽齊天。」

後面的女眷們齊齊跪下磕頭，重複嚴皇后的賀詞。

陳氏的位置比較靠前，從李太后一進正殿，便低下頭，眼角餘光瞥見那個天底下最尊貴的女人，鳳袍珠冠，明豔奪目，絲毫沒有因為年齡的增長而顯老。

她跪在人群中，內心百感交集。當初那個李家撿回來的養女，瑟瑟發抖跟個小可憐一樣，誰知道她會有這麼大的福氣，真是造化弄人。

鎮兒，你怪阿娘，阿娘卻從不後悔。哪怕天下人唾罵我，若時光倒流，阿娘也不會讓你們訂親。

你在前朝，看不到她鳳臨天下的樣子。阿娘卻看到了，這對一個女人來說，是多麼高的榮耀。

李太后微笑著抬手。「平身，賜座。」

所有人起身，嚴皇后和兩位長公主坐到李太后身邊。正殿小，能擺的椅子有限，身分高的誥命們能坐下，像楊寶娘這樣的小娘子，只能老老實實站在陳氏身後。

陳氏笑著跟身邊的老誥命們打招呼，眾人玩笑道：「楊家老姊姊，這麼好的孫女，怎麼平常不帶出來？」

陳氏笑著解釋。「諸位老姊妹，不是我小氣。我這孫女和孫子是雙生，出生時大相國寺的方丈批過命，在佛前養幾年，回家後要待在親人身邊，過了十二歲才能帶出門。」

這種神鬼之論，大家並不在意，虛虛實實，誰知道究竟如何呢？

李太后坐在主位，底下的情況，掃一眼就知道。

她先對著承恩公夫人招招手，承恩公夫人肖氏帶著一個小媳婦過去，屈膝行禮。

「娘娘萬福金安。」

李太后起身，拉著肖氏的手。「阿娘不用客氣，坐在我身邊。」

清河長公主趕緊讓位。「外婆坐我這裡。」

肖氏又向嚴皇后和兩位長公主屈膝。「臣婦僭越了。」

嚴皇后一笑。「外婆怎麼還是這般客氣。」

其實，這關係有些亂，嚴皇后的姊姊嫁給承恩公世子，正是景仁帝的舅舅。但嚴皇后自然要跟著景仁帝的稱呼，所以見了承恩公世子夫人，也是叫姊姊，並未叫舅媽。

眾人一起坐下，李太后打量肖氏身後的小媳婦一眼，小媳婦趕緊跪下磕頭。「臣婦文高氏，見過太后娘娘。」

李太后嗯了聲，讓人帶她到一邊去。

這文高氏不是旁人，正是李太后生父文家的弟媳婦。文老太爺年輕時胡鬧，因元配沒有兒子，吃喝嫖賭氣死她，娶個妓女進門。沒過幾年，後娘要賣了李太后換錢，被李家救下。等李太后發達了，文家又想來靠，還把兒子過繼到李太后生母劉氏名下，算作李太后的親弟弟。

李太后對文家人不冷不熱，若非看在同父異母的弟弟每年替生母燒香磕頭的分上，連見都不想見文家人。

文家的事，都是承恩公夫人在打理。文高氏進門這麼久，是第二次進宮，緊張得很。今天能過來的，都是人精。誰不知道李太后只是李家養女，故而也沒人為難文高氏。

楊寶娘一直微笑著聽諸位老誥命們聊天，還跟嘉和縣主隔空打了個招呼。

李太后在上面，一眼就看到楊寶娘，神情溫和。

不光李太后，嚴皇后和張淑妃等人都瞧見了楊寶娘。

當初嚴家和李家、趙家是一條船上的人，嚴皇后知道許多別的后妃不知道的事，打量楊寶娘，又悄悄去看李太后，眼神閃了閃。

李太后性子內斂，卻是不傻。景仁帝遲遲不立太子，后妃們都急了。嚴皇后最甚，她的嫡長子，已經十一歲了。

嚴侯爺知道，景仁帝受先帝景平帝指點，一直在努力平衡後宮，防止一家坐大，故而選擇在家養老。

先帝的龐皇后倒臺，就是因為娘家勢力過盛。嚴侯爺是先帝心腹，最懂帝王心，把嚴家能砍的枝椏全砍了，能養廢的子弟全養廢，就是為了向景仁帝表忠心。

景仁帝還不到三十歲，年富力強，正是雄心萬丈的時候，如何肯立太子。

嚴侯爺知道自己不能動，只能繼續等，但嚴皇后等不及了。張淑妃生的二皇子只比大皇子小一歲，謝賢妃家的三皇子和二皇子同年，劉貴嬪生的五皇子雖然還小，她卻頗得帝寵。

後面一堆猛虎，難怪嚴皇后著急。

李家和楊家的事，嚴皇后知道得比景仁帝還多。今兒她看到楊寶娘的臉，大吃一驚，想到了多種可能，最讓她吃驚的那一種，她光想就覺得興奮。

嚴皇后興奮半天，復又失望，她能知道，景仁帝遲早也會知道，到時候，他總不能處罰李太后，只能拿楊太傅撒氣，楊家說不定就廢了。

嚴皇后心裡飛快盤算，要如何利用這個把柄？最好的結果是，李太后能支持她，她幫忙掩蓋這件事，兩廂皆好。

李太后心裡清楚，自己不偏不倚，可后妃們不滿意，遲早會拉她下水。

楊太傅已經盡力，楊寶娘的事情，捂不住了。

李太后微微一笑，並未作聲，繼續和肖氏及兩個女兒說閒話。

兩位長公主是雙生花，出嫁多年，有幾個孩子，駙馬皆是京中勛貴世家子弟，夫妻恩愛，家庭和睦，讓李太后很滿意。

清河長公主是姊姊，性子沈穩，渭河長公主是妹妹，活潑些，姊妹倆一起逗李太后高興，又有嚴皇后等人敲邊鼓，李太后臉上的笑容就沒停過。

大家在正殿說了一會兒話，瓊枝姑姑來稟報。「娘娘，戲臺子搭好了。」

李太后點頭。「走，咱們去看戲。」

她起身，所有人都跟著起來，呼啦啦去了戲園子。

戲園子極大，能坐下更多人，這回，楊寶娘也有座位了。

陳氏拍拍她的手。「妳去找嘉和縣主玩吧，聽我們一群老婆子說話，怪沒意思的。」

旁邊的老誥命哈哈笑了。「老夫人早該讓小娘子走了，我們說話也更方便些。」

楊寶娘屈膝告退，陳氏玩笑道：「妳這老貨，想趁著小娘子們不在，說什麼不能說的話？當心太后娘娘罰妳吃酒！」

老誥命笑了。「那才好呢，我也沾一沾太后娘娘的喜氣和福氣。」

楊寶娘去找嘉和縣主，嘉和縣主拉著她的手，把她介紹給兩位公主。

景仁帝有五子二女，兩位公主年紀小，雖是庶出，楊寶娘仍舊不敢怠慢，認真行禮。大公主像模像樣地抬抬手。「楊二娘子不用多禮。」讓楊寶娘坐到旁邊。

嘉和縣主與公主們閒聊，楊寶娘安靜地聽著。

等眾人坐定之後，伶人開始唱戲，各色果品如流水般送到所有人桌上。

楊寶娘只管看戲、吃果子，她早上吃得少，口又渴，喝了滿滿一大杯茶。

戲臺最前方，李太后安靜地聽戲，所有人都閉上嘴巴。今兒唱的是福壽滿堂，這是景仁帝親自點的，雖然李太后聽了許多遍，仍舊高興地認真欣賞。

前朝，景仁帝和諸位大臣商議了許久的國事，等正事說完，便站起身。

「今兒是母后的壽辰，朕在保和殿也設了筵席，請諸位愛卿隨朕去給母后賀壽。」

眾位大人欣然點頭，五品以上的官員跟著景仁帝去保和殿，先等在這裡，景仁帝則親自去了戲園。

他一到，內外命婦起身行禮，景仁帝揮揮手，對著李太后抱拳。「兒臣恭祝母后福壽滿堂，泰山不老。」

李太后笑著讓兒子坐在自己身邊。「皇兒孝順，母后心裡很高興。」

景仁帝坐下，陪著李太后說了兩句話。「母后，百官們在保和殿，想給您賀壽呢。」

李太后吃驚。「我一個深宮婦人，如何敢耽誤滿朝文武的工夫，快讓他們散了吧。」

景仁帝笑了。「母后難得肯讓兒子幫您過壽，兒子自然不想馬虎，請母后跟兒臣一起去接受眾臣的朝賀。」

李太后猶豫，渭河長公主開口道：「母后，您快去吧，我們在這裡等您。」

其餘人跟著勸，李太后笑著答應了。「皇后一起去吧。」

嚴皇后看向景仁帝，景仁帝點點頭，一家三口去了保和殿。

三人一進殿，落坐後，滿朝文武分成兩列跪下，左邊是楊太傅領頭，右邊則是南平郡王，齊聲高賀。

李太后清亮的聲音響起。「諸位愛卿平身，多謝諸位愛卿為哀家祝壽。平日你們跟著皇兒，為天下黎民百姓辛勞，今日哀家便替先帝謝過，你們辛苦了。」

眾官員起身，南平郡王先開口。「今年風調雨順，五穀豐登，定是母后洪福齊天，澤披蒼生。」

李太后謙虛。「哀家是個深宮婦人，如何有這麼大的能耐。定是列祖列宗和先帝保佑，還有你們日夜操勞，大景朝百姓才能安居樂業。今日，哀家拿個大，請諸位吃一頓簡薄酒席，切莫推辭。」

幾個高位老臣說著客氣話，謝過了李太后。

方才楊太傅跪著時，掌心撐在地上，有些發抖。起身後，因為離得非常近，雖然垂著眼簾，也依稀能看見李太后身上的袍子。

明盛園一別，十三年了，妳好嗎？

寶兒進宮了，妳看見她了嗎？明珠安好，妳放心吧。

李太后和幾位重臣說了話，輪到楊太傅時，面含微笑道：「太傅多年精心輔佐皇兒，實乃國之棟梁，哀家在此謝過太傅。」

楊太傅臉上看不出任何異色，同其他大臣一樣，躬身行禮。「此乃臣的本分，當不得娘娘誇讚。」

李太后點點頭，又說了幾句話，便帶著嚴皇后回壽康宮去。

到了壽康宮的戲園，內外命婦起身迎接李太后。

嚴皇后小聲對李太后說：「時辰不早了，請母后賜宴。」

李太后笑著吩咐瓊枝姑姑擺宴，領著眾人去後殿。

後殿極大，分三處，李太后帶著宗室、勛貴和重臣家的家眷坐在中間的大廳，其餘低等官員家眷，分坐在左右兩側的廳堂。

宮女們領著各家女眷先後落坐。宮裡擺筵席，為了安全，不像外面那樣團團圍坐，而是各有一張小桌。

李太后坐在上首，旁邊是嚴皇后，略微低了一個臺階，婆媳倆皆是面向南而坐。其餘人分列兩邊，以左右分文武。

左邊是文官，楊太傅為首，但今兒來了許多老王妃，還有李太后的養母承恩公夫人，陳氏便坐了左側第一列第二位，前面正好是承恩公夫人肖氏。這對老鄰居見面，只點頭打個招呼，並不多說。

楊寶娘跟著陳氏一起坐。陳氏年紀大了，帶著孫女同坐一桌，也沒人說什麼，好多老誥命身邊都有小媳婦或小娘子服侍。

李太后坐下後，和宗室的兩個老王妃寒暄，眼角餘光往這邊瞥過來。

楊寶娘正好抬頭，見李太后對她微微一笑，便也輕輕笑了下，又趕緊低下頭。

嚴皇后看到這一幕，內心忍不住嘀咕，李太后真是好本事，和楊太傅說話時，絲毫看不出異色。如今見了楊家小娘子，還是波瀾不興。

嚴皇后不由開始懷疑自己的判斷，難道不是她想的那樣？可長得也太像了。

眾人坐下後，上了第一批菜品，宮女斟滿酒，所有人站起身，舉杯齊聲向李太后慶賀。

李太后喝了杯中酒，說了兩句客氣話，讓眾人坐下。

接下來就隨意了，大家可以走動、敬酒、說閒話。六部重臣家的女眷那裡，李太后還命人另外賞賜了特殊的菜色，陳氏這裡自然也少不了。

眾人得了賞賜，要去謝恩，按官階大小和年齡排序，先後端著酒杯，向李太后敬酒。楊太傅是吏部尚書，六部尚書以他為首，陳氏第一個去謝恩。

她顫巍巍起身，楊寶娘見她有些站不穩，趕緊扶一把。

陳氏起來後，一手端著酒杯、一手扶著孫女，往主位走去。

本來她有枴杖的，但向太后敬酒，拿著枴杖一來不體面，二來不符合規矩。百官和諸誥命靠近皇族時，不可攜帶武器，枴杖也算。不過，要是得了特准，也不為過。

老早以前，李太后便允許年紀大的誥命拄枴杖，但陳氏還是沒有用。

第十九章　花園會校場風雲

到了主位，李太后身邊圍著嚴皇后和兩位長公主，陳氏笑著帶楊寶娘跪下。

「臣婦謝過太后娘娘恩典，祝太后娘娘福壽齊天。」

李太后微笑，看向旁邊的清河長公主。「快把老夫人扶起來，不過是敬個酒，何須行此大禮。」

清河長公主摻起陳氏，陳氏笑著喝完杯中酒，道：「娘娘福氣大，臣婦行個大禮，說不定也能沾一沾娘娘的福氣。」

眾人笑起來，李太后看向楊寶娘。「這是老夫人家裡的次孫女？往常倒少見。」

陳氏說：「這孩子先前養在外頭，因大相國寺老方丈說不滿十二歲，不好出門，一直待在家裡。這回娘娘大壽，她小孩子家喜歡熱鬧，臣婦就帶著她一起來了。」

李太后聽了，對楊寶娘招招手，楊寶娘低頭行禮，走上前去。

李太后拉著她的手。「好孩子，莫怕，聽說妳跟嘉和要好，以後常隨她進宮玩耍。」

楊寶娘輕輕點頭。「多謝娘娘恩典。」

嚴皇后心中有鬼，便看什麼都有鬼。兩位長公主倒未多想，只覺得這小娘子長得不錯。

說了兩句話，陳氏帶著楊寶娘回座，其餘官眷們依次上前謝恩。

酒席吃到一半，上了歌舞，都是些年輕漂亮的舞孃，官眷們看得高興。有那愛開玩笑的誥命直白地說：「平日裡都是男人享樂，咱們女人家看個戲，還要費一番周折。今兒咱們托了太后娘娘的福氣，也能看歌舞了。」

大家都笑了。

楊寶娘跑去找嘉和縣主，雖然交際不多，但京中叫得上名字的貴女，她都認識。兩人跟許多小娘子打招呼，楊寶娘還特意和趙家姊妹說了幾句話，再一起看歌舞。

保和殿中，文武百官也正熱鬧地吃著筵席。

開席時，景仁帝率領百官，對著壽康宮的方向遙遙敬酒，便各自熱鬧去了。

文人的娛樂方式更多，吟詩作對、行令投壺，等到有三分醉意，又上了歌舞。男人們看歌舞，那就不一樣了，舞孃們的衣衫更單薄些，跳得也更起勁，要是被哪位大人看上了帶回去，也算從了良。

而且，每逢這樣的大日子，等歌舞結束，皇帝便會把舞女賜給百官。不過楊太傅是個特例，他從來不要美人，景仁帝就給他金銀。

但今兒不好說，李太后大壽，景仁帝要是賜下美人，說出去不好聽。

楊太傅剛和旁邊人敬完酒，正發著呆，嚴侯爺端著酒杯過來。

嚴侯爺年紀大，又是景仁帝的岳丈，楊太傅自然不會拿大，連忙起身。

嚴侯爺笑著跟他打招呼。「太傅為何心緒不寧？」

楊太傅也笑。「還是侯爺火眼金睛。都是我的錯，娘娘壽誕，應該高興才對，看到這歌舞，居然想到了朝政。」

嚴侯爺舉杯。「太傅乃國之棟梁，聞歌舞而思社稷，老夫佩服。」

楊太傅趕緊躬身。「在侯爺面前，晚輩哪裡敢稱棟梁。」一起舉杯，喝光了杯中酒。

楊太傅不再坐著，起身去景仁帝身邊，景仁帝拉著楊太傅坐下，一起欣賞歌舞，還開起玩笑。

「先生太古板，朕給的美人，先生一個都不要，朕好沒臉面。」

楊太傅笑著輕聲回答。「聖上仁厚，是臣不解風情。臣年紀大了，要這樣年輕的美人，可不糟蹋了人家。」

旁邊一位老臣打趣道：「楊大人真是的，把我們襯得跟色鬼一樣。」

眾人哈哈大笑起來。

用罷筵席，李太后一聲令下，開了御花園，讓各家女眷帶著小娘子們去玩耍。

御花園是皇家園林，真正論起來，其實小得很，只是名貴品種比較多，隨手摘一片葉子，可就值錢了。

天氣不冷不熱，小娘子們進了御花園後，像蝴蝶般飛來飛去。

楊寶娘跟著嘉和縣主，還有幾個小娘子，坐在亭下，聽園中的吹笛聲。玩了一會兒，前面忽然來了群少年郎。

眾人便明白了，這是李太后安排的相看。各家有待嫁孫女和女兒的命婦們眼睛瞬間亮了起來，盯著少年們看個不停。

少年們在幾位皇子的帶領下，向李太后等人行禮。

李太后笑咪咪地看他們。「今兒我做主，你們也留在這裡玩一會兒，但要守規矩。」

宮裡每隔一、兩年都會有這樣的宴會，不管平日多麼調皮的少年，到了這時，都斯文有禮，就怕自己被劃分到粗魯莽漢之列，娶不到媳婦事小，被人嘲笑一輩子可丟臉了。

各家的少年先去尋自己的姊妹，打招呼的過程中，就能遇見許多陌生的小娘子。

趙傳煒和趙雲陽去找趙燕娘和趙婉娘，途中，趙傳煒忽然感覺一陣風從左前方襲來，立刻拉著姪兒往後退，但還是來不及，一個小娘子沒站穩，撞在他身上。

小娘子先是一聲驚呼，隨即哭起來，趕緊道歉。「三公子，對不起，我沒當心。」

趙傳煒抬眼，見她長得不錯，哭得梨花帶雨，卻是不認識的，但人家說不小心，也不能怪罪，遂輕輕點頭，帶著趙雲陽，繞路離去。

嚴露娘愣住，擦擦眼淚，悄悄走開了。

這一幕被許多人瞧見，有人見怪不怪，有命婦暗地裡撇嘴，怎麼連庶女都混進來？

嚴皇后派人去關心，知道嚴露娘沒受傷，只是摔了一跤，此事便揭過不提。

趙燕娘姊妹見趙傳煒差點被嚴露娘纏上，趕緊跑過來。「三叔，您沒事吧？」

趙傳煒搖頭。「無事。」

趙婉娘哼了一聲。「三叔，以後您看到她，可要離遠些。」

趙燕娘瞥妹妹一眼。「別胡說。」

趙傳煒細品這話，頓時明白過來，對著小姪女笑了。「多謝婉娘提醒。」

另一邊，朱翌軒一進來，向李太后行過禮後，便直奔亭下。

嘉和縣主先開口。「二哥來了。」

朱翌軒笑著回答。「今兒妹妹玩得高不高興？寶娘妹妹也在？」

楊寶娘笑著行禮。「二公子好。」

朱翌軒聽到這聲二公子，心裡像吃了蜜一樣甜。他好幾個月沒看到楊寶娘了，日日想念，目光忍不住往她身上瞟，覺得有些失禮，連忙克制。可一會兒後，又忍不住去看。

楊寶娘被看得有些不好意思，正好，楊玉昆來了，大家便混在一起說閒話。

有了弟弟，楊寶娘沒有那麼尷尬，問道：「你們不是去學堂，怎麼也來了？等會兒要去哪裡？」

楊玉昆小聲回答。「我們陪著幾位殿下來的，等會兒可能要跟聖上一起去騎射。」

楊寶娘點頭。「那你們跟著阿爹，別亂跑。」

朱翌軒見楊寶娘溫聲對弟弟說話，覺得她真是賢慧。情竇初開的少年郎，看自己的心上人，真是哪裡都好。

一會兒後，趙家人也過來了，大家互相見禮。

趙傳煒抱拳時，瞥了楊寶娘一眼，眼神雖然內斂，仍被朱翌軒發現了。

他瞇起眼，趙家小子才進京幾天，怎麼就認識了楊寶娘，還這般親熱？

打過招呼之後，大家一起閒話。很快地，其他家孩子也來找趙傳煒，宗室子弟也來尋朱翌軒。

皇子們見這邊熱鬧，也湊過來。

楊寶娘低著頭，站在楊玉昆身後。楊玉昆比楊寶娘略微高些，卻遮不住她。

趙傳煒不動聲色地挪到楊玉昆身邊，幫著擋住楊寶娘。動作慢了一步的朱翌軒，有些沮喪，悶悶地站到旁邊。

身為楊太傅的掌珠，長得又漂亮，楊寶娘不想張揚都不行。

幾位皇子交際手段了得，尤其是大皇子和二皇子，兩人都要說親了。不管趙燕娘還是楊寶娘，都是塊大肥肉，若能娶回家，傍上晉國公或楊太傅，皇位便是板上釘釘了。

但趙家不參與皇位之爭，趙燕娘大大方方和皇子們說話，楊寶娘便安靜地站在後面。

她瞧見楊玉昆和趙傳煒的後背，兩個少年心有靈犀般靠在一起，忽然覺得心裡暖暖的。

這種被人呵護的滋味，她近來時常能感受到。

皇子們也不急，就是來露個臉。

時辰一到，景仁帝派人來把少年們全拉走，一起去校場上較量，小娘子們留在御花園裡看花花草草。

幾位皇子先走，剛轉身，趙傳煒和楊玉昆便略微站開，楊寶娘露出了臉。

孰料，走了好遠的皇長子忽然回頭，瞧見楊寶娘，吃了一驚，然後又笑了。

楊寶娘面無表情，假裝沒看到，皇長子也拉下臉，帶著弟弟們離開。

朱翌軒見人走了，過來和楊寶娘打招呼。

「寶娘妹妹，我去前面了。妳少進宮，有事就叫嘉和，別迷了路。」

楊寶娘硬著頭應聲。「多謝二公子。」

朱翌軒表現得太明顯，眾人隱隱約約感受到了。楊玉昆有些不高興，又站到楊寶娘前面，趙傳煒也瞇起眼睛看著他。

朱翌軒抬頭，與趙傳煒四目相對，火花四濺。

一個是封疆大吏的子弟，一個是實權王爺的嬌兒，誰怕誰呢？

朱翌軒先走了，趙傳煒回頭，對著楊寶娘一笑。「三娘子，我們去校場了。」又問楊玉昆。「楊兄弟去不去？」

楊玉昆點頭，囑咐楊寶娘。「二姊姊，我去前面了。妳跟著奶奶一起，別走遠。」

楊寶娘點頭。「我知道了。我跟嘉和還有趙家娘子待在一起，你放心吧。」

兩人連袂走了，剩下的小娘子們終於鬆了口氣。

遊園後，今天的盛會也要散了。

李太后賜茶給諸位誥命，大家喝過茶，先後告辭。像陳氏這些年紀大、身分高的命婦，李太后還派人用轎子送出來。

楊寶娘跟在陳氏的轎子旁邊走，聽她和另一位老誥命說閒話。

內侍們抬著轎子，拐了許多道彎，終於到了皇城大門。陳氏下轎，楊寶娘也向南平郡王妃母女及趙家姊妹告別，鑽進陳氏的車中。

祖孫倆極少單獨相處，陳氏看看眼前的孫女，緩緩問道：「今天寶娘吃飽沒有？」

楊寶娘搖頭。「沒有。劉嬤嬤說了，在宮裡隨意吃一些就行，不能吃多。」

陳氏笑了。「不用這般謹慎，妳阿爹好歹官居一品，妳大膽些無妨，娘娘也喜歡妳。」

楊寶娘輕輕點頭。「我知道了，多謝奶奶。奶奶累不累？」

陳氏靠在後面的墊子上。「娘娘體恤人，我倒不是很累。」

兩人不鹹不淡地說著話，很快就到家了。

楊寶娘送陳氏回房，吩咐下人們打熱水，伺候陳氏換衣裳歇下，才回了棲月閣。

楊寶娘一走，陳氏躺在床上，輾轉反側，仔細回想李太后的一言一行，卻是毫無異狀。從楊寶娘進府第一天開始，陳氏便不停地問楊太傅，楊寶娘的生母到底是誰？可楊太傅一個字都不透露。所有人都在猜測，但沒人有真憑實據。

陳氏回想李太后年少時的模樣，是與楊寶娘有些像，但也不能說是一個模子刻出來的。且今日李太后對楊寶娘沒有一絲過多的熱情。按照常理，七、八年沒見到親生女兒，不該激動嗎？還是她當了太后，更沈穩了？

陳氏有些不確定，但還是覺得，楊寶娘是李太后生的。

她內心又嘆了口氣。這輩子，她對不起李太后，但李太后也因禍得福。楊太傅一輩子和她離心離德，是報應，但她不後悔。

給妳磕頭賀壽，我心甘情願，希望妳能一直富貴安康。妳安好，我兒子才能安好。

迷迷糊糊間，陳氏睡著了。

楊寶娘回到棲月閣時，一屋子的丫頭都在等著了。

她一進去，立刻伸出雙手，黃鶯帶著小丫頭幫她換衣裳，喜鵲指揮其他丫頭鋪床、打熱水，又吩咐人快去廚房拿些吃的來。

楊寶娘換好衣裳，洗過臉，坐在圓桌旁邊，看著丫頭們上茶、上點心，舒了口氣。

「進宮真累。」

劉嬤嬤笑了。「宮裡貴人多，二娘子謹慎些也是常理。好在不是天天去，不用擔心。」

楊寶娘喝口茶，吃了兩塊點心。「嬤嬤，宮裡的吃食端上來都冷了。」

劉嬤嬤看看旁邊的丫頭們。「二娘子，雷霆雨露，皆是君恩。」

楊寶娘的目光閃了閃，忽然想起這是封建時代，不能隨便吐槽，立刻改了口。「宮裡的娘娘們長得真好看，說話又和氣。」

劉嬤嬤點點頭，繼續笑著陪楊寶娘閒話。

吃完東西，楊寶娘打了個哈欠，吩咐喜鵲。「我就睡兩刻鐘，兩刻鐘後，妳一定要叫醒我，不然走了睏，夜裡睡不著。」

喜鵲點頭，服侍她歇下了。

與此同時，皇宮裡的校場上，正是熱火朝天。

今天景仁帝高興，讓兒郎們輪番著比試射箭和騎馬。射箭是看中環數目，跑馬則看誰快，也看功夫，可以拿武器較量，但點到為止，不得故意傷人。

各家來的都是嫡出子弟，家裡花了心力栽培，不論文采還是武藝，多少拿得出手。

少年們四人一組，較量後剩下一人，再組隊相比。這樣輪番比試下來，最後剩下四人爭前三名。

這些都是十五歲上下的少年，論起功夫，大部分都是花拳繡腿。

趙傳煒想著，自家阿爹是一方統帥，當年京城有名的文武雙進士，不能丟他的臉。第一輪，他不費吹灰之力戰勝了。等到第二輪時，他略微費了些勁，才打贏其他三人。

第三輪只剩下四組，只要勝出，就可以爭奪前三名了。

每次組隊時，景仁帝都是按照勛貴、宗室、清流和武將分開組，不然要是把武將家的子弟和文臣家的孩子排到一起，便有失公平了。

第三輪的人，都是勛貴子弟。趙傳煒知道比賽最耗精力，不能蠻幹，只能比巧勁。射箭需要巧勁和力氣，他不一定能全勝，好在馬術不錯，且經過戰場上大將的教導，比較吃香。

這一輪，趙傳煒贏得有些艱難。射箭時，有一箭射偏了，最後靠馬術挽回，僥倖勝出。

等到第四輪時，場上只剩下四個少年。武將跟文臣家各一人，勛貴子弟是趙傳煒，宗室的代表不是旁人，正是朱翌軒。

景仁帝很高興。「得了前三名的人，朕可以滿足他一個要求。」

場下的少年們歡呼起來，朱翌軒高興得雙眼發亮。他要是能得第一，是不是就可以求景仁帝賜婚了？

景仁帝對南平郡王說：「你家這個孩子平日看著傻乎乎的，身手倒是不錯。」

南平郡王拱手。「不敢當聖上誇讚。二郎赤忱，但確實有些憨。」

景仁帝笑了。「赤忱才好呢。個個跟你們一樣精明，朕要累死了。」

南平郡王趕緊躬身。「臣不敢。」

景仁帝擺手。「朕跟你開玩笑的，家裡孩子這樣有本事，朕高興著呢。若是個個都靠著祖宗吃白飯，朝廷賦稅還不夠養皇親國戚。軒哥兒很好，是你教導有方。」

南平郡王再次謙虛，朱翌軒排行老二，其實是嫡長子。而南平郡王比景仁帝小幾個月，但他成婚早，且成婚前還生了庶子，所以皇長子比他的兩個兒子都小些。

聽見景仁帝這樣誇讚朱翌軒，南平郡王心裡想著，回去該替他請立世子了。

趙傳煒看著朱翌軒閃閃發光的眼睛，目光陡然犀利起來。

他在想什麼？

不管他想什麼，一定要把他打趴！

軍令官讓他們自行組隊，趙傳煒立刻對朱翌軒拱手。「二公子身手矯健，還請賜教。」

方才朱翌軒在御花園瞧見趙傳煒和楊寶娘說話，就有些不滿意了。

既然你送上門來，就別怪我無情。聽說你文武雙全，剛入京城便打出名氣，若是不跟我搶寶娘，我也願意和你做兄弟。

今日校場，只有敵手，等分出勝負，皇伯父賜了婚，我請你喝酒。

想明白之後，朱翌軒笑著還禮。「還請三公子賜教。」

四人組了兩隊，開始比劃。

射箭時，朱翌軒先射，趙傳煒以略微低一點的成績輸給他。

朱翌軒越發高興了。這樣最好，能贏了趙傳煒，也能保全對方的臉面。

等到跑馬的時候，趙傳煒把戰場上那些功夫全使出來，招招直指對方要害，馬兒跑的姿勢也非常靈巧。第一圈旗鼓相當；第二圈，他略微領先；第三圈，他一個虛晃，差點把對方的馬絆倒，最後勝出對方良多。兩場加起來，還是他贏了。

分出勝負，趙傳煒和另一組的勝出者爭奪前兩名，朱翌軒和另一組的失敗者爭第三名。

趙傳煒的目的已經達到，最後一輪比賽中，就沒有那麼大的鬥志了，得了第二名。

但讓他不放心的是，朱翌軒打敗了另外一人，拿了第三名。

第二十章　比武藝說破身世

前三名出來了，景仁帝很高興，讓人幫三個少年戴上花朵。

「雖然不是考進士，但你們也戴朵花，高興高興。」

三個少年磕頭謝恩。

景仁帝讓他們起來。「說吧，你們有什麼願望？」

奪得第一的少年想了想，對景仁帝拱手。「願太后娘娘福壽安康，願聖上萬壽無疆，願大景朝蒸蒸日上、國富民強。」

景仁帝一愣，隨即哈哈大笑，連說了三聲好。「不愧是跟著先祖打天下的英雄後輩。來人，賞！」

所有人跟著誇讚，少年始終低著頭，臉上帶著微笑，彷彿說出的是肺腑之言。

趙傳煒心裡樂了。好，這小子開頭開得好啊！

輪到他時，景仁帝問：「煒哥兒，你想要什麼？」

趙傳煒想了想，道：「我想到大相國寺禮佛十天，為我朝祈福，還請聖上准許。」

景仁帝微微一笑。「你自幼身子骨不好，如今好不容易養好些，今日奪得第二，朕心裡高興得很。你想去大相國寺祈福，朕答應你，但不要天天陪著僧人們吃素，若是因此虧了身子，母后也會憂心。」

趙傳煒摸摸頭。「那寺裡怎麼吃葷呢，豈不是對佛祖不敬？」

南平郡王在旁邊幫著解圍。「聖上，十天有些久，不如改成五天吧，也能說得過去。」

景仁帝點頭。「好，煒哥兒就當朕的特使，去大相國寺祈福五天。」

趙傳煒連忙跪下謝恩。

朱翌軒見狀，內心天人交戰，這兩個傢伙太狡猾了，說好了提要求的，卻拍起馬屁，那他怎麼辦？這麼好的機會，若是浪費了，不知道要費多少功夫，才能說動他父王答應親事。還沒等他做好決定，景仁帝便看向他。「軒哥兒，你想要什麼？」

朱翌軒心一橫，準備說出來，孰料南平郡王目光如刀一般盯著他，滿含警告，趙傳煒也眯起了眼睛。

朱翌軒張張嘴，看懂了南平郡王的眼神。別人都說得冠冕堂皇，若他真提出要求，豈不是不識大體？

他有些喪氣地垂下眼，半晌後，笑著開口。「皇伯父，我想和趙公子一起去大相國寺祈福。佛祖見我們心誠，總會多賜些恩澤給天下蒼生。」

景仁帝點頭。「好，你們一起去。不過煒哥兒的名次在你前頭，他做正使，你做副使，你可願意？」

朱翌軒忙不迭應下。「姪兒願意，求皇伯父成全。」

景仁帝笑了。「都是好孩子。來人，賞！」

御前大內侍親自把賞賜送到三位少年手中，都是提前準備好的東西。皇帝說可以提要求，誰還能真不長眼去提呢？有這些賞賜就夠了。比試不過是為了熱鬧，替李太后賀壽罷了。

三位少年接過賞賜，一起謝恩。

景仁帝揮揮手。「今兒熱鬧夠了，你們先回家吧，也不用去學堂了。」

他說完，又吩咐禮部尚書。「明天愛卿打發幾個人送這兩個孩子去大相國寺。今年雖鬧了旱災，但收成還可以，蒙上蒼厚愛，朕特命兩位特使，替朕在佛前唸經祈福，望來年風調雨順，百姓安居樂業，母后身體康健。」

所有人一起跪下，高聲道：「吾皇聖明。」

景仁帝笑著讓眾人起身，各自散了，只讓楊太傅陪他回去議事，熱鬧的賀壽總算結束了。

趙傳煒看向朱翌軒，咧了咧嘴。「能與三公子一起祈福，是在下的榮幸。」

朱翌軒心情不好，勉強笑了笑。「三公子是正使，還望多指導在下。」

二人你看著我，我看著你，都從對方眼裡瞧見敵意，但對手這麼優秀，又多了些欣賞，復又相視一笑。

路還長著呢，我早晚會讓皇伯父答應的。

你別作夢了！

後宮裡，李太后已經歇過一覺起來，瓊枝姑姑陪她說話。「娘娘，今兒二位長公主送來的壽禮，都是親手做的衣衫，娘娘有福氣。」

李太后笑了。「這兩個丫頭就是不聽勸，有那份心意便行，哀家又不缺衣裳穿。」

瓊枝姑姑湊趣著說：「公主們孝順娘娘。」

李太后的聲音忽然小下去。「瓊枝，她都長這麼大了。」

瓊枝姑姑也低了聲。「娘娘不可自亂陣腳。」

李太后看向她。「我們長得像嗎？」

瓊枝姑姑說了實話。「像。」

李太后偏過頭。「妳看，連妳都覺得像。宮裡人精多著呢，哪能沒人起疑？捂是捂不住的，不如哀家自己揭開這瘡疤。她們能打什麼主意呢，無非是到皇兒那裡吹枕頭風，或來要脅哀家站隊。」

瓊枝姑姑問：「娘娘打算如何應對？」

李太后道：「先發制人。」

瓊枝姑姑有些擔心。「就怕外頭先亂起來。」

李太后笑了。「不怕，他可比我聰明多了。他把孩子養得真好，我都有些後悔了。」

瓊枝姑姑勸道：「娘娘，落棋無悔，二娘子只是個小娘子，不礙著什麼，回頭幫她找個好婆家就是了。娘娘這個安排很好。」

李太后輕笑。「妳說得對，落棋無悔。去外頭放風聲吧，就說太后和楊太傅有私。」

瓊枝姑姑瞪大了眼睛。「娘娘真要這麼做？」

李太后喝了口茶。「不然呢？難道哀家要給兒媳婦們當打手不成？」

瓊枝姑姑點頭。「奴婢知道了。」

楊太傅回到家後，先去見陳氏。陳氏招招手，讓他坐在自己身邊，揮手要所有人退下。

「今天你見到她了嗎？」

楊太傅點頭。

陳氏又問：「她是不是很好看？」

楊太傅抬頭，面無表情地望向老母親。「阿娘想說什麼？」

陳氏笑了。「鎮兒，你在前朝，是不是覺得帝王很威風？我們在後宮，也向她磕頭，所謂母儀天下，富貴極致，不過如此。你說，阿娘當年做的，到底是對還是錯呢？」

楊太傅垂下眼簾。「阿娘，都過去了。」

陳氏嘆口氣。「今日她拉著寶娘的手，說了半天話，我不知道有沒有人看出什麼。我不想再問寶娘是誰的孩子了，反正，你做好準備吧，要變天了。寶娘是個好孩子，你別瞞著她，以防她被人算計。」

楊太傅點點頭。「兒子謝過阿娘。阿娘辛苦了，早些歇著吧。」

母子倆又說幾句話，楊太傅便去棲月閣了。

午覺起來後，楊寶娘就泡在書房，一個人靜靜看書。

楊太傅悄悄走到門口，站在那裡看了許久。

楊寶娘似有所感，抬起頭。「阿爹回來了。」

楊太傅走到女兒身邊，楊寶娘幫他搬凳子，親自倒茶。

「今天阿爹累不累？」

楊太傅搖頭。「就是吃喝玩樂，阿爹不累。」

楊寶娘忽然對楊太傅笑。「阿爹，宮裡的歌舞真好看，咱們家有沒有呢？」

楊太傅也笑了。「妳一個小娘子，怎麼喜歡看歌舞？」

楊寶娘瞇起眼睛。「好看呀。」

楊太傅拉起她的手。「妳若是喜歡，讓莫大管事買幾個人，回來唱給妳聽。」

楊寶娘拍馬屁。「阿爹真好。」

楊太傅保持微笑。「今日寶兒在宮中如何？」

楊寶娘想了想，道：「宮裡很大，娘娘們很和善，就是飯食不好吃，端上來都冷了。」

楊太傅點頭。「宮裡就是這樣，看著熱鬧，其實冷冰冰的。」

楊寶娘聽到這話，有些詫異，連忙看看外面。「這話，阿爹可不要說出去。」

楊太傅的眼睛沒離開過楊寶娘，女兒越來越大，馬上就可以說親了。這回進了宮，不知道李太后有什麼盤算。李太后處於重重深宮，又是個婦人，行動不方便，他這邊也該做些安排了。

他的聲音越來越輕。「寶兒，妳想知道自己的生母是誰嗎？」

楊寶娘還在思索，聽到這話，內心突然湧起一股強烈的情緒，憤怒、焦灼、傷痛，激得她差點又昏過去。

她的額頭開始冒汗，楊太傅見狀，一把抱過她。

「寶兒，妳怎麼了？」

楊寶娘強行壓下內心那股陌生情緒，微微搖頭。「阿爹，女兒無事，女兒想知道。」

楊太傅用袖子幫楊寶娘擦擦額頭的汗。「阿爹說了，妳別害怕。阿爹本來不想告訴妳的，可妳漸漸大了，早晚要知道。妳的生母不是旁人，就是今天妳去磕頭賀壽的那一位。」

楊寶娘以為自己聽錯了。「阿爹，是誰？」

楊太傅垂下眼簾。「當今的太后娘娘。」

楊寶娘瞪大了眼，似乎要把眼珠子瞪出來，瞠目結舌，說不出話。「阿爹，她……她怎麼會是……」

楊太傅抬眼。「阿爹對不起妳，讓妳自小沒有生母，都是阿爹的錯，別埋怨妳阿娘。」

楊寶娘漸漸平復心情，仔細在腦海中搜索，這個勁爆的消息，為什麼沒有引起原身的任何反應？

過了許久，除了有些累，楊寶娘沒有別的感覺了。

楊太傅摸摸女兒的額頭。「寶兒，妳怪阿爹嗎？」

楊寶娘勉強笑了笑。「阿爹對女兒好。」

楊太傅搖頭。「是阿爹不好。妳還小，本不該跟妳說這些，但阿爹想讓妳知道。

「妳阿娘年幼時，和阿爹訂親，後來我去莫家讀書，妳奶奶受莫家人蠱惑，去李家退了親事，訂了現在的太太。

「等我知道的時候，為時已晚，難過至極，卻不知道該怎麼辦，就算把自己關起來三天三夜，不吃不喝，也沒想到什麼好辦法。

「妳阿娘說，就算她堅持嫁來，以後也不會有好日子過，我們的婚事就此作罷。

「後來，妳阿娘進宮，阿爹中了狀元，做了官，還救聖上一命。等先帝去了，才有了妳。」

楊太傅的聲音有些哽咽，楊寶娘掙脫他的懷抱。「阿爹，您為什麼不早些說呢？」

如果他早些說，原身就不會一直討好莫氏，不會期待莫氏的垂憐，更不會被野種兩個字活活氣死。

楊太傅低下頭。「從前妳還小，阿爹怕妳說出去。如今妳大了，懂事了，也該知道真相了。都是阿爹不好，不能給妳一個光明正大的身分，妳阿娘也不能明著對妳好，若是外人知道了，她會受連累。」

楊寶娘仔細想了想。「阿爹，知道這事的人多嗎？」

楊太傅摸摸她的臉。「妳和妳阿娘長得太像，今兒妳進宮，怕是很多人會起疑心了。妳放心，阿爹會幫妳找個好婆家，誰也不敢欺負妳。」

楊寶娘心裡有些沈重。「聖上要是知道了，會處罰阿爹嗎？」

楊太傅心裡也沒底。「阿爹不想讓妳一輩子見不得光，躲在家裡。如今妳露了臉，就算聖上不知道，也會有人讓他知道。我兒放心，阿爹心裡有準備。多年來，阿爹對聖上忠心耿耿，總不會不念半分舊情。」

楊寶娘看向楊太傅，心裡不知是什麼滋味，半晌後，點了點頭。「我知道了，多謝阿爹告訴女兒。」

孰料，楊太傅忽然話鋒一轉。「阿爹問妳，妳是不是喜歡趙家小子？」

楊寶娘突然被問到，頓時有些臉紅。「阿爹，女兒還小呢。」

但楊太傅卻不是開玩笑的。

「阿爹跟妳說，如今能和聖上抗衡的人不多了，趙家算一個。阿爹隱約知道，晉國公手裡有些私鑄武器，連朝廷都沒有。當年京城內亂，先帝折損三個皇子，龐家又放胡人南下糟蹋百姓，晉國公力挽狂瀾，救下大景朝江山，眾人都以為他要篡位了，結果卻偏安東南。

「這麼多年了，雖然晉國公一直支持聖上，但阿爹知道，他手裡有保命的東西。妳若能嫁入趙家，就算身分被揭開，聖上也不能把妳怎麼樣，最多罷阿爹的官罷了。」

楊寶娘聽了，心又往下沈。「阿爹，會這麼嚴重嗎？」

楊太傅搖頭。「阿爹也不知道，但如今皇子們長大了，朝中開始混亂，阿爹身居要職，皇子們個個覬覦我兒，怎可嫁入皇宮？且不說那裡是吃人的地方，也亂了倫理。阿爹看得出來，趙家小子對我兒極為傾慕，阿爹很高興，能給妳找個好夫婿。」

楊寶娘想到那個少年，在香梨樹下對她淺笑、她被莫九郎唐突時柔聲安慰她、皇子虎視眈眈時，他主動站在她前面遮擋，頓時有些不好意思。

「阿爹，女兒不想嫁人。人家什麼都沒說，咱們說這些做什麼？」

楊太傅笑了。「好，不嫁不嫁。」但他會讓他們主動來提親的。

「時辰不早，今天寶兒就在後院吃飯吧，吃完之後，自己讀書寫字。」

他說完，就起身了，楊寶娘把他送到棲月閣門口，才停住腳步。

回房吃飯時，楊寶娘總是走神，把一筷子菜夾到碗裡，又從碗裡夾到盤子裡，等一會兒後，又從盤子夾到碗裡。

劉嬤嬤有些擔憂，難道楊太傅跟她說了什麼不成？

於是，她幫楊寶娘盛了碗湯。「二娘子，夜裡冷，喝口湯。」

楊寶娘回神。「多謝嬤嬤。」

喜鵲也發現楊寶娘有些不對勁，但什麼都沒說，悄悄讓其他人離她遠些，只留她和劉嬤嬤陪著楊寶娘。

楊寶娘發現自己走神，連忙向劉嬤嬤解釋道：「嬤嬤，宮裡吃飯的規矩好重啊。」

劉嬤嬤輕笑。「是。我聽說，貴人們吃飯，就算再喜歡一樣菜，最多只能夾三次。」

楊寶娘打趣道：「那端起盤子把菜掃到自己碗裡，這樣夾一次就夠了。」

劉嬤嬤和喜鵲聽了，哈哈大笑，喜鵲笑得喘不過氣。「二娘子，要是那樣，不消一刻鐘，立刻成了滿宮的笑柄。」

楊寶娘狠狠往碗裡夾菜。「連吃飯都吃不好，再富貴，又有什麼意思？還是家裡好，我想怎麼吃，就怎麼吃！」

晚上，楊寶娘吃得比平常多些，胃裡飽飽的，會覺得特別幸福。

她在屋裡走了許久，便開始收拾衣櫃。喜鵲也不攔著她，吃了飯動一動，總比乾坐著強。

楊寶娘一邊整理自己的衣裳、一邊想事情。

那個豔光四射、溫柔和藹的漂亮阿姨，原來是原身的生母啊。

寶娘，妳聽到了嗎，妳不是野種，妳阿娘漂亮又溫柔，算起來是妳阿爹的元配，現在是全天下最尊貴的女人。雖然她不能認妳，但天下做母親的，沒有一個不心疼自己的孩子。

等了半天，沒有半點回應。楊寶娘嘆口氣，楊太傅說她不能在家躲著，可她出去，別人都看得出她跟李太后的相似，風雨即將來臨。

妳放心，我會聽阿爹的話，好生過日子的。

接著，她又想起楊太傅說的話，心裡有些糾結。

上輩子單身二十六年的她，從沒想過自己會結婚。現在她不滿十三歲，楊太傅就要幫她說親了，對方還是個連毛都沒長齊的小男孩。

而且，男方屁都沒放一個，楊太傅說得好像明天趙家就會來提親一樣。

楊寶娘有些哭笑不得，她大致了解了，這裡的小女孩們，都是這個年紀訂親，十四、五歲嫁人，很快就會生孩子。

楊寶娘低頭看看自己，她洗澡的時候發現，身子開始長了，等個兩、三年，能長到什麼程度呢？最多從飛機場變成旺仔小饅頭吧。那麼稚嫩的身體，就要為人妻了？

楊寶娘煩躁地抓抓頭，今天的經歷告訴她，確實有很多人在覬覦她，但大部分是因為她爹是太傅。

趙家是合適的人選嗎？楊寶娘覺得，她好像不討厭那個小帥哥，但做夫妻的話……

楊寶娘捂住臉，年紀也太小了，這是扮家家酒嗎？

半晌後，楊寶娘拿開自己的手，放下衣裳，回到廳堂，讓人把劉嬤嬤叫來。

第二十一章 論親事謠言四起

劉嬤嬤進來後，楊寶娘揮手，讓其他人都出去。

楊寶娘目光炯炯地看向劉嬤嬤。「嬤嬤，是阿娘讓妳來照顧我的嗎？」

劉嬤嬤眼神忽然變得犀利，沈默片刻之後，點點頭。「是，主子讓我來照看二娘子。」

劉嬤嬤並不是李太后身邊的人，而是瓊枝姑姑的人。當年，瓊枝姑姑讓她去寺裡照顧楊寶娘，告訴她，小主子在，她就在。

當時，劉嬤嬤的孩子已經五歲了，毅然受命，請瓊枝姑姑幫忙照看她的孩子。

瓊枝姑姑許諾道：「放心吧，妳的兒子會好好地，妳男人也會等妳回來。等小主子大了，你們一家再團聚。」

劉嬤嬤去寺裡時，楊寶娘只有一歲多，劉嬤嬤貼身照顧了小主子十一年。瓊枝姑姑只跟她說了個大概，她記住自己的使命，保護楊寶娘，別的事情不要多管。

她的身契還在瓊枝姑姑手裡，所以她在楊家跟客居差不多。

楊寶娘見劉嬤嬤承認了，點點頭。「嬤嬤，昨兒我進宮，阿娘什麼話都沒跟我說。」

劉嬤嬤安慰楊寶娘。「二娘子，主子有很多不容易。」

楊寶娘看劉嬤嬤一眼。「阿爹說，會有人拿我的身世作文章。嬤嬤把知道的事全告訴我吧，讓我有個準備。」
劉嬤嬤問楊寶娘。「二娘子想知道什麼？」
楊寶娘想了想，道：「嬤嬤，妳能聯絡到我阿娘嗎？」
劉嬤嬤搖頭。
楊寶娘又問：「那妳會一直在我身邊嗎？」
劉嬤嬤笑了。「主子沒開口，我就一直陪著二娘子。」
楊寶娘看她。「嬤嬤可有兒女？」
劉嬤嬤沈默了半天，才說：「我有個兒子，比二娘子大了三歲多。」
楊寶娘心裡生出歉意。「嬤嬤，對不起，為了我，讓你們骨肉分離。」
劉嬤嬤聽了，連忙接話。「二娘子不必自責，因為伺候二娘子，我兒子脫了奴籍，聽說現在日子好過得很。瓊枝姑姑說，以後會替我兒子謀個大內侍衛的差事，這都是託了二娘子的福。」
楊寶娘思索一下，道：「要不，嬤嬤回家去？我也大了，能自己照顧自己。」
劉嬤嬤搖頭。「主子沒發話，我不能走。再者，我在二娘子身邊十幾年，也捨不得。」
楊寶娘笑了。「嬤嬤什麼時候想走，跟我說一聲就行。」
劉嬤嬤笑問楊寶娘。「二娘子還有什麼想問的？」
楊寶娘忽然有些扭捏，小聲地說：「嬤嬤，阿爹說要幫我找婆家，可我還不想嫁人。」

劉嬤嬤瞇著眼笑。「二娘子，老爺是為了您好。二娘子放心，老爺找的，定是天下間出色的男兒。」

楊寶娘撫弄衣袖。「嬤嬤，妳跟我說說趙家吧，阿爹說要把我嫁到趙家去。」

劉嬤嬤有些驚訝，隨即又恢復鎮定，說起趙家的事。

「二娘子，我知道得也不多，只聽說晉國公夫婦一輩子琴瑟和諧，家裡一個妾都沒有。趙傳慶也是，只守著正房太太過。趙家人丁少，卻非常團結。晉國公兄弟一直沒分家，都住在一起。我還聽說，因為趙家是寒門出身，規矩不是特別重。還有，國公夫人和主子是姊妹，二娘子去了趙家，也算是親上加親。」

楊寶娘聽說趙家沒有妾室，眼睛頓時亮了起來。「真的沒有妾？我看京城裡各家各戶都是妻妾成群。阿爹說他喜歡阿娘，但家裡也有太太和兩個姨娘呢。」

劉嬤嬤嘆口氣。「二娘子，老爺這樣的身分，總要娶妻的。太太這樣挺好，一年不出門，外頭都沒人問，更管不到二娘子頭上。至於兩個姨娘，二娘子看在三娘子和四娘子的分上，權當家裡多兩雙筷子吧。」

楊寶娘並不是想追究楊太傅娶妻納妾的事，也沒有立場去追究。

她忽然問劉嬤嬤。「我聽說，阿娘不是李家親生的？」

劉嬤嬤點頭。「這在京中不是秘密，但主子只認李家。至於文家，主子只惦記生母的墳塋，其餘人只當普通親戚。」

楊寶娘放下了心，不是李家親生的，就沒有血緣關係。又暗自好笑，她在這裡盤算這麼多，還不知道人家怎麼想的呢。

劉嬤嬤想起趙傳煒，心裡也止不住點頭，楊太傅倒是好眼光。只是，一個是當朝太傅，一個是邊疆重臣，兩家想結親，怕是不容易，景仁帝也不會輕易答應。

劉嬤嬤心裡清楚，以楊寶娘這樣的身分，得嫁個家世好的，不然等事情鬧出來，普通人家哪裡護得住她。

楊寶娘問過這些後，就讓劉嬤嬤下去，自己洗洗睡了。

是夜，她迷迷糊糊夢見自己要出嫁了，花轎剛進門，忽然來了聖旨，說要抄家。士兵們拿著大刀衝進院子，一頓亂砍。

楊寶娘被嚇醒，擦了擦汗，平復一下心境。在這個王權大於天的時代，即使她是權臣的女兒，也得整日活得小心翼翼。

這頭楊寶娘被嚇醒了，那頭，也有人為了她作了噩夢。

趙傳煒夢見楊寶娘嫁人了，新郎官就是朱翌軒，立時驚醒。那個討人厭的小子，十分挑釁地說要請他喝酒，氣得他衝上去，跟朱翌軒打了一架。

趙傳煒擦了擦額頭的汗，半晌後，又有些不好意思，怎麼會作這樣的夢，真是的。但他回想夢中情景，想到楊寶娘要嫁給別人，心裡很不是滋味。

他這是怎麼了，難道真像書君說的一樣，看上人家小娘子？

趙傳煒摸摸臉，這樣到底對不對呢？阿爹阿娘知道了，會不會罵他？我是回京讀書，卻整日想這些事情。

可情之一字，一旦陷入，別說他一個少年郎，就算是大羅神仙，也在劫難逃。

趙傳煒迷迷糊糊睡回去，沒一會兒就被書君叫醒。

「公子，起來了，今兒要去祈福呢。」

聽到祈福兩個字，趙傳煒又驚醒了。對，今天他要去大相國寺，還要帶著南平郡王府那個討人厭的小子。

他飛快起身，換衣洗漱，吃早飯。昨天回來時，趙傳慶已經叮囑過他，既是做特使，一定要守規矩，這是皇差。

今日趙傳煒穿著素色衣裳，頭髮只用一根帶子綁著。從早飯開始，就要茹素了。

吃過飯之後，他就在家裡等著。

沒過多久，禮部的員外郎和兩個主事，以及當副使的朱翌軒一起來了。

趙傳慶上朝去了，便由趙老太爺接待禮部官員。

孫子第一次辦皇差，趙老太爺非常慎重，親自塞了茶水錢給三個官員。「三位大人辛苦了，孩子年紀還小，請三位大人多指點。」

員外郎抱拳。「老太爺放心，這都是有先例的，公子只管照著規矩來，就錯不了。」
於是，趙傳煒辭別趙老太爺，帶著書君出門了。

一行人一路無言，到了大相國寺。
方丈早候著了，雙方見過禮之後，便帶兩位祈福特使去了正殿。東西都預備好了，就等著他們來。
趙傳煒和朱翌軒一起跪在佛前，朱翌軒的位置略微靠後些。這種時候，誰也不敢錯了一丁點。
他們不懂念經，只雙手合十，誠心祈福就行。
跪了一個時辰後，今天的功課就算做完。剩下的工夫可以自己安排，但不能離開寺裡。
兩位少年一起去禪房，方丈撥了兩個小沙彌伺候他們。
小沙彌送來茶水，又退出去。
趙傳煒喝了一口茶。「二公子，我剛回京城，要是哪裡做得不對，還請您指教。」
朱翌軒客氣地回話。「三公子是正使，該是您指教我才對。」
趙傳煒想起昨夜的夢，心裡安慰自己，不過是個夢，不要想多了。
兩個少年就這樣在大相國寺住下來，每日跟著師父們虔心祈禱，做功課前焚香沐浴，還跟著僧人們到城外施粥。

冬天來了，城郊總有些百姓家境困難，吃不上飯，大相國寺是皇家寺廟，施粥是每年都要做的功課。

施粥時，他們再也不是貴公子，把自己當普通雜役，幫著抬粥、盛粥，維護秩序。

兩位少年知道對方是勁敵，不論做功課還是外出，都幹得非常起勁，傳到景仁帝耳朵裡，覺得兩個孩子很不錯，提前預備好賞賜，就等他們回來。

祈福結束後，趙傳煒和朱翌軒一起去謝恩。

景仁帝叮囑趙傳煒。「我聽你大哥說，你要考科舉，回去好生讀書，缺什麼東西，只管來說。」

他說完，又看向姪子。「你快回家吧，明兒有驚喜等著你呢。」

兩人謝恩，領過賞便出來了。出宮後，各自歸家。

經過這五天的相處，趙傳煒發現朱翌軒並不像那些只會吃喝玩樂的宗室子弟，是個有真才實幹的人，那幾天經常一起討論學問，偶爾還會過兩招。

拋開楊寶娘的事不說，單論他們兩個，有這幾日的相處，也積累了一些情分。

趙傳煒到家之後，王氏拉著他絮叨許久。

「吃了這麼多天的素，人都瘦了。你肚子裡油水少，也不敢幫你補得太過。我讓廚房熬了些清淡的肉粥，三弟先回去洗漱，歇兩日再去讀書吧。」

趙傳煒又去見了趙老太爺，趙老太爺親自陪著他吃飯，別的都沒問。

夜裡趙傳慶回來了，拉著趙傳煒去書房。

「明天你就去學堂吧，過了年便要縣試，時間不多了。若是名次太差，也不好看。」

趙傳煒問他。「大哥，三舅來信了嗎？」

趙傳慶疑惑。「怎麼突然問起三舅了？」

趙傳煒想了想，還是沒說。「只是問問，沒有就算了。」

趙傳慶從九歲開始，便離開父母，獨自在京城打滾，早練成一雙火眼金睛，弟弟的一句話，就讓他嗅到不一樣的味道，這中間一定有事。

但如今趙傳煒身邊的人忠心得很，別說他這個大哥，連趙老太爺都別想打聽出一句話。

趙傳慶也不問，讓人仔細查了趙傳煒前些日子的行蹤，除了去楊家有些奇怪，別的地方倒還正常。

他心裡止不住猜測，難道是年紀到了，惦記人家的小娘子？不過，弟弟的親事，他不好插手，父母態度不明，他只能再去信問問。

但趙家人的信一直被朝廷監控，有重要的事情時，只能送密信了。

另一邊，朱翌軒在回家的路上，心裡也暗自揣測，是什麼驚喜？難道父王替他求親了？

不對，不會這麼容易。

他一進家門就知道了，原來南平郡王替他求了世子之位。

朱翌軒高興地直打轉，身分提高，是不是求親的籌碼就更多了？

楊家那邊，自從楊太傅和楊寶娘說開之後，每日都會來棲月閣坐一坐。因前陣子事情多，便沒工夫幫孩子們檢查功課了。

楊寶娘依然每天讀書寫字，或跟妹妹們玩。楊默娘和楊淑娘仍舊每日去學堂，但姊妹三個隔幾日會聚一聚，有時楊寶娘還帶她們出門逛逛。如今楊家防得嚴，三個姑娘出門，前呼後擁，真正是大家小姐的排場。

楊寶娘也請嘉和縣主到家裡玩，或者一起上街。她不敢再去南平郡王府，朱翌軒的熱情，讓她覺得有些窒息。

她覺得朱翌軒大概有些偏執，那樣直愣愣的目光，令她渾身難受。但嘉和縣主是她的好姊妹，只能把嘉和縣主叫出來玩。

於是，楊寶娘又經常出門了，但無論出去多少趟，不光沒遇到生母那邊的人，也沒遇到趙傳煒。

她有些喪氣，好不容易決定順從楊太傅的安排，答應嫁人，可訂親好像不太容易。有時忍不住問自己，真要嫁人嗎？

她一遍遍回想自己和趙傳煒的點點滴滴。一壺春的臨窗一瞥、衛家校場的揮鞭相助、香梨樹下他溫情的眼神，還有那天遇險時，他的柔聲細語。

楊寶娘第一次和一個男孩子有了這麼多的糾葛，在前世那個開放的年代，她的生活像白開水一樣，沒想到到了封建禮教之地，卻有了這番際遇。難道，是老天給她的安排嗎？

楊寶娘覺得自己好像也病了，想到趙傳煒時，心裡總有些患得患失。朱翌軒的眼神讓她覺得無所適從，趙傳煒的目光卻會讓她羞怯。雖然沒談過戀愛，也能分辨出一絲不同。

楊寶娘覺得不能怪自己，這具身體年幼，大概到了情竇初開的時候。

哎呀，都是原身的錯，她只是無法控制自己罷了。

楊寶娘不知道的是，不是趙傳煒不想登楊家門，是他哥哥不讓他來了。

趙傳慶要他好生讀書。「你身上什麼功名都沒有，就算喜歡人家小娘子，太傅大人能答應親事？阿爹說了，咱們家的男人，身上沒有功名，只配打光棍。」

趙傳煒悶悶地去了學堂，還直接住在那裡。

趙傳慶自有考量，一來，趙家和楊家不宜多來往；二來，這些日子京裡有人在放風聲，說得不堪入耳，還牽扯到李太后。他沒見過楊寶娘，不知道是不是真的長得很像，但這種要命的流言，他不能讓弟弟牽扯進去。

趙傳慶還沒來得及送信去福建，便立刻把趙傳煒塞進學堂，勒令他平日不得回家，好生打磨性子，徹底切斷他和楊家的往來。

別看趙傳煒平日在侍衛們面前人模人樣的，趙傳慶掌管晉國公府在京城裡的所有產業和人脈，一旦下起狠手，他只有乖乖聽話的分。

趙傳煒知道趙傳慶也很為難，默默聽從安排，住進了學堂。官學裡樣樣都好，他每隔幾日回家一趟，探望家人，又從裕泰街街口路過，假裝順道去楊家看看。

每次來楊家，趙傳煒都會帶許多新鮮吃食，他們吃不完，楊玉昆就會派人送去後院。楊寶娘得了禮物，都會回送。有時是外頭買的，有時候是帶著兩個妹妹一起做的。

趙傳煒嚐到楊寶娘做的食物，心裡又甜蜜、又苦澀。自那日送還衣裳之後，兩人再也沒見過面。楊家一道二門，成了天塹。

那件外衫，他放在床頭邊，每次回家，都會扒出來看一看、聞一聞，似乎上頭還帶著佳人的香氣。

不知道楊寶娘怎麼樣了，聽說她最近不出門了，是不是還在害怕？天氣越來越冷，以後會更少出來了吧？不知什麼時候能再見她一面。

他獨自品嘗著這種酸澀的滋味，只能拚命讀書，每天熬到深夜，倒頭就睡。

楊太傅眼見趙傳煒越陷越深，每次來了，都像隻哈巴狗一樣盯著二門看，從討厭，到心裡慢慢接受，最後又覺得他有些可憐，遂不多說，只讓兒子經常帶他們過來玩。

楊玉昆很高興，以前阿爹要他別跟這些人多來往，現在卻鼓勵他多交朋友了。

第二十二章 表心意冬至團圓

這天是冬至，趙傳煒回家過節，藉口要去丁家，路上卻偷偷拐彎，去了楊家。

他沒見到楊寶娘，但楊寶娘知道他來了。

楊太傅和趙傳煒說了幾句話，便打發他回去。

楊寶娘聽說後，頓時有些焦躁，在屋裡來來回回地踱步。過了這麼多天，她隱隱覺得，趙傳煒對她有意，但她想知道，他到底是怎麼想的。

可她不能去問。

楊寶娘想了想，打發喜鵲悄悄出門。

喜鵲出門，追上趙傳煒。「三公子，三公子！」

趙傳煒回頭，一眼認出她，立刻笑得臉上開了花。「二娘子有什麼吩咐？」

喜鵲看看旁邊的書君，書君很識相地走開了。

喜鵲小聲道：「我們二娘子說，讀書辛苦，三公子要保重身子。」

趙傳煒聽到這話，先是愣了一下，然後眼底迸發出奪目的光彩。

他傻笑了半天，才對喜鵲說：「妳回去告訴寶娘，讓她也保重身子，別讓我擔憂。」

喜鵲忙不迭地點頭，從袖子裡拿出一條帕子。「二娘子說，那日多謝三公子相救。」

這是那天楊寶娘哭泣時，趙傳煒遞給她擦眼淚的帕子。他都忘了，沒想到她一直留著。

他頓時感覺有股難以形容的甜蜜感包裹著自己，接過帕子，放在鼻孔下聞了聞，好像有股香味。

半晌後，趙傳煒把帕子塞進懷中，又掏出另一條帕子。「妳跟寶娘說，為了她，要我做什麼都願意。」

喜鵲窘得想捂耳朵，光天化日下，自家主子居然讓她來幹這差事。因為緊張，她沒發現，趙傳煒換了稱呼，不是三娘子，而是寶娘。

喜鵲接過帕子，匆匆行禮，轉頭走了。

趙傳煒站在路口，臉上的笑容一直沒斷過。

他太高興了，之前苦於不知道怎麼辦，楊寶娘不出門，他又不能去翻楊家的牆頭，孰料她居然主動打發人來了。

寶娘，妳放心吧，我會保重自己。妳等著，明年我一定考上秀才，讓阿爹來提親。

喜鵲回府，剛進門，就被莫大管事攔住。

喜鵲一驚。「阿爹。」

莫大管事看著她。「三公子給了妳什麼？」

喜鵲心跳得更快。「沒什麼。」

莫大管事一笑。「去吧，好生聽二娘子的話。」

喜鵲連忙跑了。

莫大管事進了楊太傅的書房。

楊太傅正在喝茶，他便躬身回報。「老爺，二娘子打發喜鵲去找了趙公子。」

楊太傅嗯了聲。「我知道了，你莫要管。」

楊太傅並不反對女兒這樣做，他是過來人，一眼就看出一對小兒女眼神中的眷戀。兩個孩子隔著一道牆，苦熬這麼多日子，他心裡清楚。既然決定成全，就不會管太多。

他想起了承恩公夫人，那個睿智的老太太。當初他剛訂親時，承恩公夫人時常睜隻眼、閉隻眼，讓他和李豆娘說話，他才有了那麼多美好的回憶。

多美啊，她的女兒知道喜歡少年郎了。那個少年郎，如他父親一樣出色，對她的女兒也用心。

莫大管事見狀，心裡有了譜，便不多說了。

喜鵲回到棲月閣，假裝什麼事情都沒發生。

喜鵲是楊寶娘的貼身丫頭，多少能察覺出主子的心意。但楊寶娘什麼都沒說，自然也不會多嘴。

剛才趙傳煒來了，楊寶娘在屋裡轉圈圈。轉了半天，突然雙目炯炯地盯著喜鵲。
喜鵲被看得渾身起雞皮疙瘩。「二娘子，怎麼了？」
楊寶娘對她招招手，把她帶進臥室，從小匣子裡拿出帕子。
喜鵲一看那帕子就疑惑。「二娘子，這帕子從哪裡來的？」
楊寶娘有什麼東西，喜鵲比她還清楚。
楊寶娘看她。「妳別多問，去找三公子，就說我說的，讀書辛苦，讓他多保重身子。」說完，把帕子交給喜鵲。
喜鵲還是疑惑。「去說句話，為什麼要拿帕子？」
楊寶娘撇開了臉。「妳就說，多謝那日三公子出手相救。」
喜鵲仔細看了看帕子，忽然明白，這帕子難道是趙傳煒的？
「二娘子，這樣會不會不合規矩？」她是楊寶娘跟前第一人，有必要規勸主子。
楊寶娘撫了撫袖子。「妳放心吧，阿爹知道。」
喜鵲立時睜大了眼。「老爺同意？」
楊寶娘一甩袖子。「妳這丫頭怎麼這般囉嗦？要是不願意，我讓黃鶯去。」
喜鵲立刻把帕子往懷裡揣。「願意，二娘子別生氣，我這就去。」說完，扭頭走了。
聽到趙傳煒的話後，喜鵲什麼都明白了，這兩人多少天沒見面，一句話沒說，卻是好上了。莫大管事追問，喜鵲準備忤逆親爹也要守口如瓶，沒想到莫大管事直接放她進來呢。

喜鵲回來時，楊寶娘正站在書房裡寫字。

她寫的是大字，用的是粗筆，筆頭沾滿墨汁，一張大紙上只能寫幾個字。寫到最後，成了枯筆，卻異常有風骨。

她放下筆，看向喜鵲。

喜鵲卻先扭捏起來，幾乎是同手同腳走到書桌邊，低下頭輕聲道：「二娘子，三公子說，也請您保重身子，別讓他擔憂。還說……」

楊寶娘輕笑。「他說了什麼？」

喜鵲閉上眼睛，心一橫道：「三公子說，為了二娘子，他做什麼都願意！」

楊寶娘噗哧一聲笑了。「妳羞什麼，又不是說妳。」

喜鵲立刻睜開眼睛，驚詫地看向楊寶娘，見她面帶微笑，似乎看不出一點羞澀，再仔細看看，唯目光有些閃躲而已。

喜鵲頓時哼聲。「二娘子真是的，居然背著我。」

楊寶娘覺得好笑。「我背著妳做什麼了？」

喜鵲噘嘴。「二娘子要是告訴我，方才我也能理直氣壯些。」她不怕自己丟臉，萬一壞了楊寶娘的名聲，豈不是不好。

楊寶娘眯著眼笑。「別生氣，明兒我給妳一疋好料子做新衣裳。」不由腹誹，她要是自己能問，就自己去了！
她說完，繼續提筆寫字。喜鵲識字，上頭寫的正是——周瑜打黃蓋。
喜鵲頓時捂嘴笑了。「二娘子，您是周公瑾，還是黃老將軍？」
楊寶娘斜看她一眼。「我看妳快要成了楊修！」
喜鵲繼續笑。「就算我是楊修，二娘子也不是曹孟德。」
楊寶娘低頭寫字。「狗頭軍師，留著祭旗也不錯。」
喜鵲笑得更厲害了，怪不得阿爹讓她跟著楊寶娘多讀書，讀書明理，和其他娘子說話也更有意思。
主僕倆繼續在書房裡廝混。
楊寶娘心情愉悅，戀愛的感覺原來這般美好。不需要多見面，不需要過多的語言，隔著一道牆，互相送吃的，便足夠讓人心裡甜滋滋了。
趙傳煒得了楊寶娘的話，整個人暈乎乎。
書君又對他豎起大拇指。「公子，您真厲害，連人家的閨名都知道了。」
趙傳煒斜乜他一眼。「要你管！」說完，翻身上馬。
書君牽著馬，主僕一起去了丁家。
冬日的寒風颳在臉上，趙傳煒一點都不覺得冷，感覺渾身有些躁熱。一想到楊寶娘也掛念著他，心裡像喝了一罐蜂蜜一樣甜。

怪不得二哥趙傳平經常被二嫂甄氏攆得滿院子跑。原本他很納悶，二哥身手那麼好，二嫂一個弱女子，又愛哭，怎麼能把二哥打得毫無招架之力？

每次，阿娘都笑著讓他別管，現在他終於明白了。要是楊寶娘來打他，他只能舉手投降。可惜不能日日見面，就算想讓她來打他也不能。

趙傳煒開始神遊天外，想起一壺春的相遇。他明明是想看誰在叫三舅，結果卻望向了楊寶娘。

等他知道這是幾年前嘲笑自己的小娘子之後，本來想捉弄她，但瞧見她和嚴家公子賽馬時的專注和認真，忍不住出手揮鞭捲走那塊石頭。去大相國寺燒香的路上，她又成了他今年的有緣人。

以前他的有緣人，從沒有年輕小娘子，而且這個小娘子，還和自己同一天過生辰。

趙傳煒又想起香梨樹下，楊寶娘的溫婉笑容，還有她遇險時哭得梨花帶雨的嬌俏模樣，頓覺心裡像有隻小貓爪在撓一樣，讓他想衝進楊府，拉著楊寶娘的手，訴說這些日子的愁腸百結。

半晌後，他決定，趁著年前，給阿爹寫封信，再求求阿娘幫忙，等他中了秀才之後，應該就沒問題了。二嫂娘家身分低，阿爹阿娘都不反對，趙家和楊家門當戶對，阿爹阿娘更沒有理由不答應這門親事。至於太后姨母那裡，以後多孝敬些就是了。

想到李太后，趙傳煒又想起胸前的金鑰匙，他和楊寶娘到底有什麼關係呢？為什麼會有一樣的金鑰匙？難道真的訂過親？

他想不明白，東籬先生也一直沒回信。

趙傳煒一路走、一路想，不知不覺就到了丁家。

丁大人不在家，丁太太親自招呼他。

論年紀，丁太太當他祖母都夠了，但仍舊親熱地叫他煒哥兒。

趙傳煒和丁太太說了幾句話，就被丁家的孫子拉走了。

丁家孫子把趙傳煒叫到自家校場上。「三公子，那回在宮裡，聽說你得了第二名，可惜我沒去成，沒看到你的風采。」

趙傳煒開玩笑。「幸虧你沒去，不然我的第二名就沒了。」

丁家孫子咧嘴笑。「三公子太謙虛了，射箭和騎馬需要巧勁，這是你最擅長的。若是耍刀槍棍棒，三公子說贏我，我還不服氣呢。」

兩人各挑了一匹馬，在校場跑幾圈，便一起去了書房。

丁家和趙家一樣，文武皆有涉獵，趙傳煒挑了本沒見過的書，坐下來細細研讀。他要儘快多學本事，早點考上功名，去楊家提親也體面些。

中午，丁太太本要留趙傳煒吃午飯，趙傳煒再三推辭。「伯母留飯，本不該拒絕。只是今日冬至，爺爺在家裡等我回去。過幾日休沐，定然再來拜訪伯母。」

丁太太聽他這樣說，不好再強留，準備一大包上好食物讓他帶回去。

「好孩子，讀書辛苦，不用特意來看伯母。咱們兩家又不是外人，伯母心裡知道，你只管好生讀書就行。」

趙傳煒謝過，帶著一大包禮物回家。

另一邊，中午趙傳慶剛進門，身邊人就來稟報。「世子爺，今天三爺又去了楊家。」

趙傳慶點點頭。「我知道了，讓你的人撤掉，別盯著了。」

身邊人點頭應下。

趙傳慶不是想監視趙傳煒，但最近風聲緊，他需要了解弟弟的行蹤，以便做出最準確的判斷。

趙傳煒身邊的呂侍衛早跟他說過這件事，便吩咐呂侍衛假裝不知道。

他知道大哥沒有惡意，他年紀小，大哥會擔心也是常理。大哥是京城趙家的掌權人，阿爹都不管京城的事，他就更不會干涉大哥的安排了。

午飯是在趙老太爺的院子裡一起吃的，男女分開。

趙老太爺帶著長子趙大老爺、趙傳慶、趙傳煒、趙雲陽以及趙大老爺的三個孫子坐一桌，王氏和大太太帶著趙燕娘姊妹及大房兩個孫女一起坐。趙老太爺的兩個老姨娘，則單獨在旁邊開了一小桌。

趙大老爺的獨子趙傳煦在外做官，長子和趙傳煒的年紀差不多，跟在父母身邊，趙傳煦就把兩個幼子和兩個女兒留在家裡。

論起來，趙傳煦才是趙家真正的長房長孫，晉國公雖然是次子，但爵位是自己拚來的，所以趙雲陽是晉國公府的長孫。

趙大老爺先舉杯。「阿爹，今兒闔家團聚，兒子敬阿爹一杯。」

趙老太爺高興地瞇起眼睛。「好、好，這些年，辛苦你陪在我身邊。」

趙大老爺笑著謙虛。「兒子只是管些小事，外頭還是慶哥兒在操心，他功勞最大。」

趙傳慶連忙起身。「大伯父折煞我了。」

趙老太爺讓他們都坐下。「比這個幹什麼，你們各有各的好。老二和平哥兒在外守邊疆，替咱們家爭臉面，你們叔姪守著家裡，哪一個都少不了。慶哥兒整日忙碌，家裡這些事，不都是你在打理。事情再小，也關係到我老頭子的吃喝，難道伺候我就是小事了？」

一席話說得眾人都笑了。

女桌那邊，王氏親自幫趙大太太孫氏倒酒。「我整日瞎忙，多虧了大伯母幫忙。」

孫氏年紀不小了，再找不到當初剛成婚時想和弟媳婦爭長短的氣勢，嫻靜溫和地笑。

「姪媳婦快坐，我年紀大了，整日糊裡糊塗。姪媳婦有事只管叫我，不然我怎麼好意思吃白飯。」

王氏沒進門之前，趙家中饋一直是孫氏在管，王氏一進門，孫氏立刻放權。為此，晉國公夫婦沒少提攜孫氏的獨子趙傳煦。其實兩房人老早就分了家，後來又合住在一起。

趙傳煒也向趙老太爺、趙大老爺和趙傳慶敬酒，姪子們回敬，結果不小心喝多了。大家知道他自幼身子骨不好，見他臉上紅撲撲的，趙傳慶立刻送他回房歇息。

進了房，趙傳慶命人打水來，又讓趙傳煒喝了醒酒湯，忍不住笑話他。

「喝這幾杯酒就醉了，以後考上功名或成親，豈不被人家灌趴？」

趙傳煒聽見成親兩字，忍不住紅了臉。「大哥真是的，我只是酒量小了些，又不是器量狹小。」

趙傳慶哈哈大笑，坐到他身邊。「今兒上楊家幹什麼去了？」

趙傳煒斜眼看他。「大哥整日把我當賊。」

趙傳慶摸摸弟弟的頭。「不是把你當賊，你還小呢，不知道京城的名利場有多骯髒。咱們家已經夠煊赫，若是再和楊家牽扯不清，聖上要不放心了。」

一句話說得趙傳煒的心往下沈，臉上的笑容也收了。

他輕聲問趙傳慶。「大哥，以後我是不是也跟二哥一樣，只能娶平民家的女子？」

趙傳慶沒有直接回答他，而是反問道：「你真看上了楊家的二娘子？」

趙傳煒抬頭，怔怔地說：「大哥，我的婚事，自己是不是一丁點都做不得主？」

趙傳慶見弟弟這副模樣，有些不忍。「也沒那麼嚴重，只是咱們家想和楊家結親，得讓聖上點頭才行。」

趙傳慶怕這個傻弟弟一頭栽進去，萬一最後成不了，豈不傷心？

趙傳煒低下頭。「我知道了，多謝大哥指點。」

趙傳慶拍拍他的肩膀。「你好生讀書，自己有本事了，才有說話的權力，不然，只能任人擺布。你去楊家，我不反對，只是，莫要太勤了。」

晉國公夫婦都說，緣分使然，隨他去吧。父母有命，趙傳慶在保全弟弟的前提下，盡最大可能給他自由。

趙傳煒怕趙傳慶擔心，勉強笑笑。「好，我好生讀書，考個狀元回來。」

趙傳慶笑了。「要是你能考上狀元，自己去向聖上求親都成，聖上最喜歡成人之美。不過，你這裡一頭熱的，那人家小娘子中不中意你呢？我可是聽說了，南平郡王家的二小子，整天見到楊二娘子，就跟蒼蠅見到肉一樣。」

趙傳煒瞪眼。「大哥，你怎麼什麼都知道？」

趙傳慶神秘一笑。「除了聖上的事，我不能知道，其他有什麼是我不可以知道的？」

趙傳煒從鼻孔裡哼了一聲。「大哥年紀大，手裡人多，不然我也不會輸給你。」

趙傳慶笑著起身。「莫要貧嘴，你喝多了，歇著吧，明兒去上學，我等著你考狀元呢。

太傅大人三元及第，你想做他女婿，不考個三甲，怎麼有臉提親？」說完，便抬腳往外走。
趙傳煒起身送他到門口，然後轉身回房，四仰八叉躺在床上，用枕頭蒙住自己的臉。
科舉有多難，他是知道的，這些日子在官學裡，遇到很多對手，看來以後得再加把勁。
迷迷糊糊間，他睡著了，下午便起來讀書了。
——未完，待續，請看文創風910《傳家寶妻》2

2020年10月出版

娘子不給吃豆腐

文創風 887～889

爽朗果決的賣油娘，
遇見勤快機靈的豆腐郎，
打磨樸實幸福的日常……

家長里短，幸福雋永／秋水痕

天生神力卻要裝成弱不禁風是一種怎樣的體驗？
韓梅香扮嬌滴滴的小家碧玉，憋了十多年。
大概是上輩子燒好香，出生在有田有油坊的好人家，
父母怕一身力氣的她被街坊說閒話，更擔心未來婆家嫌棄，
叮嚀她躲在深閨讀書繡花，幫著操持家務就好。
爹疼娘愛的梅香，無憂無慮的過日子，等著出嫁。
怎知爹爹意外亡故，留下孤兒寡母，和惹人覬覦的家產，
娘親天天以淚洗面，弟弟妹妹又尚年幼，
為了家人，梅香挺身而出，逼退覬覦她家產的惡親戚，
種田種地又榨油，天天扛菜扛油上集市賣，
一掃過去嬌氣形象，儼然成了家中頂梁柱。
因故退親後，梅香過得自在舒心，對於婚事更是一點都不著急。
直到大黃灣的豆腐郎黃茂林老在她跟前獻殷勤……
明明他才是賣豆腐的，梅香怎麼覺得被吃豆腐的人是自己啊？

為流浪貓狗加油 和貓寶貝 狗寶貝

廝守終生(一定要終生喔！)的幸福機會

對人來說，貓寶貝狗寶貝只是生活的一部分，
但妳（你）對牠們來說，卻是生活的全部，領養前請一定要考慮清楚——

▲ 愛呼嚕的小寶貝 雖雖和牛牛

性　　別：雖雖（男）和牛牛（女）
品　　種：米克斯
年　　紀：約4個月（6月中出生）
個　　性：活潑愛黏人
健康狀況：已完成預防針第二劑，貓愛滋、白血檢測皆陰性
目前住所：新北市三峽區（中途家中）

本期資料來源：陳品品小姐

『雖雖和牛牛』的故事：

與其說是遇見這兩隻小傢伙，倒不如說是遇見牠們一大家子。當時是我的朋友在苗栗路邊發現一隻成年母貓意外被車撞死了，留下六隻小貓在馬路上徘徊亂竄，情況非常危險，令人捏一把冷汗。所以朋友詢問了附近的民眾有關這群小貓的來歷後，決定將喪母又無自主生存能力的牠們帶回照顧，便利用美味的貓罐頭將聞香而來覓食的六隻小貓誘進貓籠內帶回，不然真不敢想像牠們是否能順利長大。

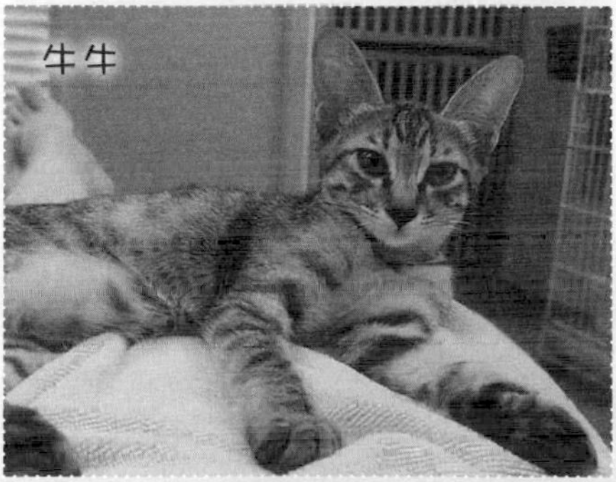

目前這群兄弟姊妹已經有四隻成功送養了，剩下雖雖和牛牛正在找新家。兩隻都很親人，特別喜歡在中途的乾媽身上呼嚕睡覺，那模樣可愛到讓人想撫摸關愛卻又怕打斷牠們的美夢，超級為難的啊！

只要領養人能接受雖雖和牛牛的活潑頑皮，並有愛貓如家人般對待的心，就算是新手也絕對沒問題。若有意願請FB私訊陳小姐或寄信至她的信箱u7311457@tknet.tku.edu.tw，讓雖雖和牛牛療癒你的生活。

認養資格：

1.認養人須年滿28歲（如不滿須與家人同住）。
2.認養前須家訪並配合環境安全防護，同意簽認養協議書，並接受日後追蹤。
3.不可關籠、不可放養、不綁繩養貓、不接受遛貓。
4.每日須至少一餐濕食（主食罐、鮮食、副食罐）。
5.無須同時認養雖雖和牛牛，可若能一起認養更好，但成長後兩隻都一定要結紮。
6.家貓的平均壽命為十多年，請仔細考量是否能不離不棄一輩子。

來信請說明：

a. 個人基本資料：姓名、性別、年齡、家庭狀況、職業與經濟來源等。
b. 想認養雖雖和牛牛的理由。
c. 過去養寵物的經驗，及簡介一下您的飼養環境。
d. 若未來有結婚、懷孕、出國或搬家等計劃，將如何安置雖雖和牛牛？

文創風
909

傳家寶妻 1

國家圖書館出版品預行編目資料

傳家寶妻 / 秋水痕著. --
初版. -- 臺北市 : 狗屋出版社有限公司, 2020.12
冊 ; 公分. --（文創風）
ISBN 978-986-509-166-8（第1冊 : 平裝）. --

857.7 109017280

著作者 秋水痕
編輯 安愉
校對 周貝桂
發行所 狗屋出版社有限公司
地址 台北市104中山區龍江路71巷15號1樓
電話 02-2776-5889～0
發行字號 局版台業字845號
法律顧問 蕭雄淋律師
總經銷 知遠文化事業有限公司
電話 02-2664-8800
初版 2020年12月
國際書碼 ISBN-13 978-986-509-166-8

本著作物由北京晉江原創網絡科技有限公司授權出版

定價260元
狗屋劃撥帳號：19001626
網址：love.doghouse.com.tw E-mail：love@doghouse.com.tw